JULIA BACH

# Eine Liebe in Afrika

*Buch*

Zehn Jahre ist es her, seit Stefan von Braun Südafrika den Rücken gekehrt hat, um in München Medizin zu studieren und Arzt zu werden. Zum siebzigsten Geburtstag seines Vaters reist Stefan erstmals wieder in das Land seiner Jugend und nutzt die Gelegenheit, seine Verlobte, die attraktive Physiotherapeutin Miriam Steiner, seiner Familie vorzustellen.

In Südafrika angekommen, ist Stefan sofort von der Schönheit der Landschaft überwältigt, und er spürt, dass er am liebsten in seiner Heimat bleiben möchte. Doch Miriam kann sich mit dem schwarzen Kontinent nicht recht anfreunden. Erst der brüske Empfang von Stefans Vater, der ihr unmissverständlich zeigt, dass sie nicht seine Traum-Schwiegertochter ist, dann all das Fremde in diesem Land. Sie möchte nichts wie zurück nach Deutschland.

Doch als Stefan bei einem Überfall lebensgefährlich verletzt wird, brechen alle Zukunftsträume des Paares zusammen. Miriam ist verzweifelt. Während Stefan im Krankenhaus ums Überleben kämpft, kümmert sich sein bester Freund aus Jugendjahren, der anglikanische Bischof Jo Mallinger, um Miriam. Um sie auf andere Gedanken zu bringen, nimmt er sie mit auf seine Reisen durch Südafrika. Und je intensiver Miriam seinen täglichen Kampf gegen Unterernährung, Gewalt und Krankheiten begleitet, desto stärker ändert sich auch ihre Sicht auf das Land am südlichen Ende Afrikas und seine Menschen. Miriam öffnet sich – und freundet sich mit Jo Mallinger an.

Stefan hat indessen den Kampf ums Überleben gewonnen, aber er ist seit dem Unfall gelähmt. Und er lässt Miriam nicht mehr an sich heran. Er möchte nicht, dass sie nur aus Mitleid zu ihm hält, und er spürt, was Miriam selbst sich bisher nicht eingesteht: Zwischen ihr und dem Bischof ist längst mehr als nur Freundschaft im Spiel …

*Autorin*

Julia Bach, geboren 1967 in Köln, wuchs als Tochter eines deutschen Diplomaten u. a. in Windhuk und Pretoria auf. Seit mehr als zehn Jahren arbeitet sie als freie Autorin und Reisejournalistin. Für ihre Reportagen über den Krüger-Nationalpark erhielt sie 2001 die renommierte Hans-Winnipek-Medaille. Heute lebt sie in der Nähe von Hamburg und in Kapstadt.

# JULIA BACH

# Eine Liebe in Afrika

Roman zum großen ARD-Zweiteiler
mit Heiner Lauterbach, Julia Stemberger
und Hannelore Elsner

Nach den Drehbüchern
von Gabriela Sperl

BLANVALET

Umwelthinweis:
Alle bedruckten Materialien dieses Taschenbuches sind chlorfrei
und umweltschonend.

Blanvalet Taschenbücher
erscheinen im Goldmann Verlag, einem Unternehmen
der Verlagsgruppe Random House GmbH.

Originalausgabe Februar 2003

Umschlaggestaltung: Design Team München
Umschlagfoto: teamWorx,
Produktion für Kino und Fernsehen GmbH
Satz: Uhl + Massopust, Aalen
Druck: Elsnerdruck, Berlin
Verlagsnummer: 35965
Redaktion: teXt in form
LW · Herstellung: Heidrun Nawrot
Made in Germany
ISBN 3-442-35965-1
www.blanvalet-verlag.de

1 3 5 7 9 10 8 6 4 2

# 1

Afrika! – Stefan von Braun steuerte die silberne Limousine, die sie sich in Kapstadt geliehen hatten, mit fünfzig Meilen in der Stunde über die staubige Schotterstraße nach Norden. Der Weg stieg leicht an, und zur Linken, in Richtung Atlantik, hatten sie einen prächtigen Ausblick über das Land: sanfte grüne Hügel, an deren Hängen sich Weinstöcke – aufgereiht wie auf einer Perlenschnur – hochzogen, Obstplantagen, Melonenfelder und Olivenhaine, dazwischen dunkelgrün aufragende Baumgruppen, struppige Palmen, blauschwarze Nadelbäume und Laubbäume, deren Namen er in den letzten Jahren vergessen hatte. In einem Tal leuchtete das Auge eines Sees wie vergossenes Quecksilber in der Sonne. Das westliche Küstenland der Kapprovinz war das Paradies von Südafrika, landschaftlich betrachtet.

Zur Rechten, am östlichen Horizont, ragten die schroff gezackten braunvioletten Cedarberge auf. Hinter den Bergen lagen die weiten Ebenen der Kleinen Karoo, wo die Strauße gezüchtet wurden.

Und über allem spannte sich der afrikanische Himmel, so gewaltig weit und leuchtend blau, wie er über Deutschland niemals sein konnte. Es war der Himmel seiner Kindheit, seiner Jugend, der Himmel, unter dem er die meiste Zeit seines Lebens verbracht hatte. Den

Unterschied zwischen einem deutschen und einem afrikanischen Himmel hätte Stefan von Braun auch nach einem langen, ermüdenden Tag im Krankenhaus und mehreren komplizierten chirurgischen Eingriffen noch sehr gut beschreiben können, auch wenn es jetzt schon zehn Jahre her war, dass er nach Deutschland gegangen war, um dort sein Medizinstudium zu beenden und Arzt zu werden. Mittlerweile war er ein angesehener Chirurg an einer Privatklinik in München und hatte sich sein Leben dort angenehm eingerichtet. Doch nun war er zum ersten Mal wieder in dem Land, in dem er geboren wurde. Im Land des Regenbogens, wie die Einheimischen hier sagten, und unter einem Himmel, der so atemberaubend schön war. Nicht einmal der weißblaue Himmel über den schneebestäubten bayerischen Alpen, wenn man bei klarem Föhnwetter vom Münchner Olympiaturm auf die scheinbar zum Greifen nahen Berge blickte, konnte es mit dem Himmel über Südafrika aufnehmen.

Verstohlen warf Stefan einen Seitenblick auf Miriam. Sie betrachtete die Landschaft zur Linken und wirkte abwesend. Für sie war es nur ein Kurzurlaub mit eingebautem Pflichtbesuch auf Rose Bud. Sie wäre nicht einmal auf die Idee gekommen, sich Gedanken darüber zu machen, ob sie hier leben könnte. Miriam war Physiotherapeutin und hatte ihre feste Existenz in München. Südafrika war ihr so fremd wie der Mond.

Für ihn jedoch war es eine Art Rückkehr, auch wenn er in ein paar Tagen wieder nach Deutschland zurückfliegen würde. Er lebte gern in München, doch beim Anblick der Landschaft überkam ihn das Gefühl, eher Südafrikaner als Deutscher zu sein, was er der Abstammung nach zweifellos war. Vielleicht trug jeder das Land, in dem er geboren und aufgewachsen ist, für immer tief in seinem Herzen. Vielleicht nistete sich der Geist eines Landes auf tausendfache undurchsichtige Weise in einem Menschen ein, der in diesem Land das Licht der Welt erblickt hatte. Und so ganz freiwillig hatte er Südafrika ja auch nicht verlassen…

Ein alter Mann in einem leuchtend orangefarbenen, gemusterten Hemd, der nach einer leichten Kurve plötzlich wie eine Silhouette in der flirrenden Luft am Straßenrand auftauchte, und ein hellblauer Pick-up, der ihm entgegenkam, unterbrachen seine Gedanken. Der Leihwagen schoss vorbei, Stefan blickte in den Rückspiegel, aber der Schwarze in seinem bunten Hemd und das Auto waren schon in der roten Staubwolke verschwunden, die sein Wagen und der Pick-up hinter sich aufwirbelten.

Allmählich hatte er das Gefühl, sich verfahren zu haben. Die Abzweigung zur Farm seines Vaters hätte längst da sein müssen. Er hielt am Straßenrand an und stellte den Motor ab.

Miriam, die bisher schweigend den Blick auf die Landschaft genossen hatte, sah ihn fragend von der Seite her an.

»Ich bin mir nicht mehr sicher, ob wir noch richtig sind«, sagte Stefan.

»Dann lass uns nachsehen«, erwiderte sie, stieg aus, faltete die Landkarte auf der Kühlerhaube auseinander und begann, sie zu studieren.

Stefan blieb sitzen und öffnete die Wagentür. »Wir sind wahrscheinlich zu weit gefahren.«

»Wir sind nicht zu weit gefahren«, widersprach Miriam, während sie mit dem Zeigefinger der rechten Hand den Weg auf der Karte nachzeichnete.

»Komm' ich von hier oder du?«, knurrte er gereizt, fuhr sich durch das dichte dunkelblonde Haar und nahm einen Schluck von dem lauwarmen Mineralwasser, das sie seit fast zwei Stunden durch die Hitze fuhren. »Es muss irgendwo da hinten sein«, fügte er freundlicher hinzu, als er ihren überraschten Blick bemerkte. Er war wohl etwas angespannt, etwas dünnhäutig. Tatsache war jedenfalls, dass er momentan ein wenig aus dem Gleichgewicht war.

»Die im Hotel haben gesagt, wir sollen diese Straße nehmen.« Miriam hielt die Karte hoch und deutete darauf.

Er stieg aus, gab ihr einen Kuss auf die Wange und ging dann in das kleine Waldstück hinein, das gleich am rechten Straßenrand begann. Er verspürte den heftigen Drang, Wasser lassen zu müssen, und das wollte er nicht gerade vor seiner zukünftigen Frau erledigen.

Miriam blickte ihm nachdenklich hinterher. Stefan war nervös. Die Reise mit ihr nach Südafrika war für ihn mehr als ein kurzer Urlaub, eine entspannte, heitere Wiederbegegnung mit den Wurzeln seiner Existenz, die er ihr nahe bringen wollte. Sie war auch so etwas wie eine Prüfung – seiner selbst und ihrer Liebe. Nach zehn Jahren würde er seinen Vater wiedersehen, von dem er im Streit geschieden war. Stefan gab ihm auf eine psychologisch ziemlich verdrehte, aber trotzdem verständliche Weise die Schuld am Tod seiner Mutter. Er hatte nur ganz selten etwas darüber gesagt, und sie hatte auch nicht in ihm herumgebohrt. Aber sie wusste, dies war seine empfindlichste Stelle.

Sie wollte sich gerade wieder der Landkarte widmen, als sie das Brummen eines Motors hörte. Ein blauer Jeep tauchte in der Kurve hinter ihr auf und kam auf sie zu. Sie trat mitten auf die Straße und ruderte mit den Armen.

Der Fahrer stieg auf die Bremse, die Räder blockierten, und das Auto kam schlingernd zum Stehen.

»Sind Sie verrückt geworden?! Ich hätte Sie fast über den Haufen gefahren!«

»Aber eben nur fast.« Miriam trat lächelnd an das Auto heran und musterte den Fremden genauer. Er sah gut aus. Etwa Mitte vierzig, ein braun gebranntes, offenes Gesicht, ein markanter Kahlkopf, oder fast kahl, zumindest. Die Brille stand ihm gut. Auch das blaue T-Shirt. Aber er war wohl schlechter Laune.

Jo erwiderte ihren Blick und musterte die junge Frau ziemlich ungnädig. Entweder ist sie verrückt, oder sie ist reichlich leichtsinnig. Was, wenn er unaufmerksam gewesen wäre? Wenn er sie überfahren hätte? Nicht auszudenken!

Trotzdem musste er zugeben, dass sie ihm gefiel: eine dunkelhaarige Schönheit mit sicherem Geschmack, denn das Beige ihrer Bluse und ihres Rocks passte perfekt zu ihrem Haar, ihrem Teint und ihren braunen Augen.

»Sie wissen nicht zufällig, wo es hier zur Rose-Bud-Farm geht?«, fragte Miriam.

»Zum alten Bernhard?« Der Mann kniff die Lippen zusammen. »Fahren Sie hinter mir her.«

Miriam schenkte dem Fremden noch ein Extralächeln. »Sehen Sie: Ich wusste, dass Sie mir helfen würden.«

Johannes Mallinger, Bischof der Anglikanischen Kirche von Südafrika, blickte sie etwas gequält an, denn er hatte jetzt wirklich keine Zeit, den Fremdenführer zu spielen. Er hatte andere Probleme. Er nickte ihr zu, trat aufs Gaspedal und rauschte davon. Eben hatte ihn Harry, sein Mitarbeiter, angerufen: Houwer und sein Bautrupp hatten wieder mit dem Aufbau einer Siedlung für Schwarze begonnen! Wieder auf einer ehemaligen Müllhalde! Wieder ohne gründliche Bodenanalyse. Als wenn Aids noch nicht genug wäre! Diese Müllhalden machten die Menschen, die auf ihnen lebten, krank. Brachten sie langsam um.

Carl Houwer! Dieser rassistische, zynische Burenschädel schreckt in seiner Geldgier wohl vor nichts zurück! Wenn er an den Bauunternehmer dachte, überkam ihn manchmal eine ganz unchristliche, eines Bischofs unwürdige Wut, der er zumindest gedanklich freien Lauf ließ. Doch ab und zu bat er den Herrn um Vergebung für die Prügel, die er Carl Houwer in Gedanken verabreichte.

Jo blickte in den Rückspiegel, sah ein silbernes Blitzen in seiner Staubfahne und ging davon aus, dass es sich um das Auto der Fremden handelte, die hinter ihm herfuhr. Als die Abzweigung zur Rose-Bud-Farm auftauchte, gab er ihr durchs offene Fenster ein Zeichen, trat noch kräftiger aufs Gaspedal und konzentrierte sich auf die Straße.

»Der rast ja wie ein Irrer«, sagte Miriam und blickte dem Jeep hinterher, der schnell von einer Staubwolke verschluckt wurde.

»Das tun sie hier alle«, erwiderte Stefan sachlich und

bog in die rostrote Schotterstraße zur Rose-Bud-Farm ab.

Miriam kramte Spiegel, Puderdose und Lippenstift aus ihrer Handtasche, überprüfte ihr Aussehen und begann, an ihrem Gesicht zu arbeiten.

»Du musst dich nicht schminken. Du bist wirklich schön genug.«

Die zukünftige Frau von Braun ignorierte den Kommentar, zog ihre Lippen nach, puderte sich die Nase, kämmte ihr prächtiges schulterlanges Haar. »Deinem Vater wäre es sicher lieber, wenn du allein kämst«, sagte sie nach einer Weile und verstaute die Utensilien wieder in der Tasche.

»Der ist froh, dass ich überhaupt wiederkomme.«

»Du doch auch.«

»Stimmt«, gab Stefan zu. »Ich bin froh, dass du mich überredet hast.«

Miriam Steiner lehnte sich an seine Schulter und blickte verträumt auf die Straße, die sich durch die Landschaft vor ihnen zog. »Es war eine schöne Woche mit dir«, sagte sie.

Stefan nickte. Es war wirklich eine sehr schöne Woche gewesen. Sie hatten sich ein paar Tage Urlaub am Meer gegönnt. Auf Rose Bud glaubte man natürlich, dass er erst heute angekommen sei. Und von Miriam wussten sie dort noch gar nichts.

Nach einem guten Kilometer tauchte das Tor zur Rose-Bud-Farm auf. Die runden Türme zu beiden Seiten der Einfahrt, die zierlichen weißen Mauern, die sich links und rechts an die Türme anschlossen und sich gut fünf Meter in die Landschaft streckten – alles in leuchtendem Weiß, was die Konstruktion im fetten Grün der Landschaft unter blauem Himmel beinahe zu einem surrealen Kunstwerk erhob. Dieses Tor wehrte nichts ab, und es schloss nichts ein, es war nur das Symbol eines Tors.

Miriam gefiel es sehr gut. Stefan betrachtete die Einfahrt entschieden nüchterner.

»Vorbei unser Urlaub«, seufzte er. »Jetzt beginnt der Ernst des Lebens. Aber keine Angst, ich werde mich vorbildlich benehmen.«

»Das kannst du doch sowieso nicht«, frotzelte sie.

»Aber ich kann es täglich neu versuchen«, erwiderte er bemüht spaßig und fragte sich, ob sie das wohl in irgendeiner Weise ernst gemeint haben konnte. Dann beschleunigte er den Wagen und fuhr, eine rote Staubfahne hinter sich herziehend, zügig über die Schotterstraße, die an Palmengruppen und Nadelbaumwäldchen vorbei fast schnurgerade auf den nächsten sanften Hügel zuführte und auf seinem Gipfel im Blau des Himmels endete. Von nun an befanden sie sich auf dem Hoheitsgebiet von Rose Bud.

Nach wenigen Kilometern tauchten die Gebäude der Farm auf, und Stefan bekam ein seltsames Gefühl in der Magengegend, ein kleiner kalter Schauer rieselte ihm den Rücken hinunter. Als er den Wagen langsam um das riesige, mit Blumenbeeten und Ziersträuchern prangende Rondell vor dem Eingang des Herrenhauses steuerte, läutete eine Hausangestellte die Glocke, die an einer eigens für sie gemauerten, altgriechisch anmutenden Bogenkonstruktion über dem Rondell hing. Es war tatsächlich Betty. Für ein paar lange Sekunden überkam ihn das Gefühl, als sei er rückwärts durch die Zeit gereist: Rose Bud hatte sich nicht verändert. Das Haupthaus sah exakt so aus, wie es vor zehn Jahren ausgesehen hatte, die anderen Gebäude, die Bäume, der Garten, alles sah genauso aus, wie er es in Erinnerung hatte.

»Na, hab' ich dir zu viel versprochen?«, fragte er, nachdem sie ausgestiegen waren, und legte den Arm um seine Braut.

Miriam blickte sich um. Es war ein bemerkenswert schönes Anwesen. Eine mächtige Palme überwachte das Tor zu dem weitläufigen, gepflegten Garten, an dem sie gerade vorbeigefahren waren. Prächtige alte Laubbäume hier und da, und unter den Bäumen die Farmgebäude, fast alle weiß, mit dunkelgrauen, strohgedeckten Dächern, keines besaß einen ersten Stock, alle waren ebenerdig. Auch das große weiße Hauptgebäude, in dem die Familie von Braun wohnte, hatte keinen ersten Stock. Es sah ebenso elegant wie solide aus, wahrscheinlich gab es nach hinten hin noch eine große Terrasse. Südafrikanischer Bungalow-Stil, dachte Miriam, war sich aber nicht sicher, ob es so etwas gab. In der Luft lag ein Duft von Rosen, Lavendel, Jasmin und Oleander. Schwarze Farmarbeiter trugen Körbe in eines der Wirtschaftsgebäude, an einem blauen Landrover lehnte ein korpulenter, gemütlich aussehender Schwarzer in der Kleidung der Hausangestellten: schwarze Hose, eine ebensolche Weste, weißes Hemd und Fliege. Er lachte und winkte ihnen zu.

Sie gingen auf das Haupthaus zu. Die große Eingangstür öffnete sich, und als Bernhard von Braun heraustrat und auf sie zukam, sah Stefan, dass er nicht rückwärts durch die Zeit gereist war. Eher vorwärts. Ihm schien, als sei sein Vater in den letzten zehn Jahren verhältnismäßig stark gealtert. Obwohl er die gleiche aufrechte Haltung hatte wie früher. Es lag auch nicht daran, dass sein Haarkranz und der Schnurrbart nun eisgrau waren. Er hatte auch nicht viele Falten im Gesicht, im Gegenteil, für einen Mann, der heute seinen siebzigsten Geburtstag feierte, sah er erstaunlich frisch und jung aus in seinem korrekten grauen Anzug mit weißem Hemd und silberner Krawatte.

Es war der Ausdruck seiner Augen, der Blick, mit dem er ihn ansah. Es lag ein tiefer Schmerz darin, und Stefan wusste, dass diese vielleicht nur für ihn sichtbare Trauer, die den Blick seines Vaters umschattete, der zähe, quälende Schmerz um den verlorenen Sohn war. Um ihn. Stefan. Sein einziges Kind. Das er durch sein unsägliches Verhalten aus dem Haus getrieben hatte. Außerdem wusste Stefan von Denise, der jetzigen Frau seines Vaters, dass dem Alten seine Emigration nach Deutschland schwer zu schaffen machte.

Für einen Moment freute es ihn, sehen zu können, dass seine Strafaktion, sein völliges Verschwinden aus dem Leben seines Vaters nach dem Tod seiner Mutter, Wirkung gezeigt hatte. Im nächsten Moment schämte er sich dafür.

Miriam beobachtete die beiden Männer aufmerksam.

Sie standen sich einen langen Augenblick schweigend gegenüber und musterten sich. Dann sagte Stefan leise: »Guten Tag, Vater.« Ohne auch nur die Spur eines Lächelns zu zeigen. Der alte Braun schlang theatralisch die Arme um seinen Sohn und drückte ihn an sich, aber es erschien ihr ungemein hölzern und steif. Auch Stefans

Erwiderung der Umarmung, zu der er sich nach ein paar Sekunden entschloss, wirkte bestenfalls neutral, und er löste sich sofort wieder von seinem Vater.

»Ich freue mich, dass du wieder zu Hause bist«, sagte der alte Braun lahm, und dann, vielleicht um dieser absurden Veranstaltung die Krone aufzusetzen, boxte er ihn kurz gegen die Schulter, so, wie es pubertierende Jungs gerne tun.

»Vater, das ist Miriam«, sagte Stefan, während er sich halb zu ihr umwandte.

»Guten Tag«, sagte Bernhard von Braun desinteressiert, drehte kurz den Kopf zu ihr, wendete sich ihr aber nicht zu, rührte sich kaum von der Stelle, gab ihr lediglich kurz die Hand, ohne sie zu drücken, maß sie mit einem offen feindseligen Blick und sprach schon wieder mit Stefan, bevor sie überhaupt etwas sagen konnte. Deutlicher hätte er seine Abneigung kaum ausdrücken können.

Ein Schäferhund wäre ihm wohl lieber gewesen, dachte sie wütend, und in diesem Moment entschied sie sich dafür, diesen Mann nicht zu mögen. Bis eben hatte sie seine Steifheit noch mit wohlwollendem Amüsement betrachtet, einen würdigen alten Herrn gesehen, der anscheinend Probleme hat, seine Gefühle auszudrücken – doch von diesem Moment an sah sie in ihm einen alten schnurrbärtigen Kolonialisten und Ausbeuter. Und was machte Stefan? Der war anscheinend überfordert, denn er tat so, als hätte er diese eiskalte Abfuhr gar nicht mitbekommen. Er erklärte dem Alten, warum sie so spät gekommen sind. Dennoch nahm sie es ihm nicht übel, denn die Begegnung mit seinem Vater war für ihn unangenehm genug.

Endlich trat eine schöne, elegante Frau in einem grauen Kostüm aus dem Haus und kam mit einem warmen Lächeln auf sie zu. Sie war um die fünfzig, trug ihr kastanienbraunes Haar hochgesteckt und war ihr auf Anhieb sympathisch. Vor allem aber machte ihr Erscheinen dem unerträglich falschen Getue zwischen Vater und Sohn ein Ende. Miriam war ihr dankbar dafür. Dies musste Denise sein, die jetzige Frau von Braun. Sie ist viel zu jung und viel zu schade für den alten Sklavenhalter, dachte Miriam.

Denise küsste Stefan auf beide Wangen, umarmte ihn, und diesmal erwiderte er die Umarmung sogar sehr freundlich.

»Gott sei Dank. Endlich.« Denise löste sich wieder von Stefan, hielt ihn an den Armen fest und sah ihm in die Augen. »Bernhard hat schon gedacht, du kommst nicht. Wie an seinem Fünfundsechzigsten. Da haben wir alle vergeblich auf dich gewartet.«

»Ach, das sind doch alte Geschichten, Denise«, murmelte Bernhard von Braun und machte eine kleine, abwiegelnde Geste.

Stefan ging nicht darauf ein. »Hallo, Denise«, sagte er lächelnd. »Schön siehst du aus.«

»Das hast du früher auch immer zu mir gesagt.« Sie ließ ihn los, wandte sich Miriam zu und reichte ihr die Hand. »Ich bin Denise.«

»Hallo!« Miriam lächelte und erwiderte den Händedruck warmherzig.

Stefan legte den Arm um sie und sah Denise an. »Das ist Miriam. Meine Frau.«

Für einen langen Augenblick sagte niemand etwas. Selbst Miriam war überrascht.

»Das ist doch…«, knurrte Bernhard schließlich leise, brach aber gleich wieder ab, schluckte das »unerhört!«, das ihm auf der Zunge lag, wieder hinunter und räusperte sich stattdessen.

»Das heißt, wir werden erst noch heiraten. In zwei Monaten«, fügte Stefan mit einem kurzen Seitenblick auf seinen Vater hinzu. Ein Zucken in seinen Mundwinkeln verriet Miriam, dass er den kleinen Scherz innerlich genoss.

Der Alte verzog dagegen keine Miene und vermied es, ihn anzusehen.

»Herzlichen Glückwunsch, Miriam«, sagte Denise warm und reichte der jungen Frau noch einmal die Hand.

»Ihr wollt euch sicher noch erfrischen«, murmelte Bernhard verdrießlich, ohne jemanden anzusehen. »Betty hat alles vorbereitet. Obst, Kaffee und so. Gegessen wird nach der Messe.«

Stefan und Miriam gingen ins Haus, Arm in Arm.

Denise musterte ihren Mann, der den beiden verärgert hinterherblickte. Diese Schwiegertochter passt ihm wohl nicht. Aber warum eigentlich? Tritt sie ihm zu selbstbewusst auf? Erinnert sie ihn an irgendetwas, was er lieber vergessen hätte? Oder denkt er vielleicht, dass sie seinen Plänen mit seinem einzigen Sohn im Weg stehen könnte?

»Typisch Stefan«, murrte Bernhard, steckte die Hände in die Hosentaschen und wandte sich demonstrativ vom Haus ab. »Bringt irgendein Mädchen mit und stellt mich vor vollendete Tatsachen.«

»Jetzt verdirb uns nicht die Laune, und genieße deinen

Geburtstag«, sagte Denise besänftigend und tätschelte seine Schulter. »Sie macht doch einen netten Eindruck.«

»Das ist keine Art«, widersetzte sich der Alte. »Egal, ob sie nett ist oder nicht.«

Johannes Mallinger traute seinen Augen nicht, als er auf der zugeschütteten Mülldeponie aus seinem Jeep sprang. Die verdammten Kerle hatten schon über zwanzig Hütten aufgestellt, schätzte er. Und sie waren emsig dabei, weitere armselige Wellblechbuden aufzustellen. Noch bevor die Autotür hinter ihm ins Schloss fiel, schrie er schon den feisten Bauleiter Goren an, der breitbeinig, stur und plattfüßig auf ihn zukam.

»Wir hatten eine klare Abmachung!«, brüllte Jo gegen den Lärm der Maschinen an. »Eine ganz klare Vereinbarung darüber, dass hier nicht mehr gebaut wird!«

Der Bure bemühte sich um ein besänftigendes Lächeln, wollte etwas sagen, doch der Bischof ließ ihn nicht zu Wort kommen.

»Wir hatten vereinbart, lieber Goren – und zwar Ihr Chef und ich –, dass hier keine einzige Hütte mehr aufgestellt wird!« Er wies mit einer ausholenden Geste über die staubige Baustelle, die einmal eine große Müllkippe gewesen war, jetzt unter einer dreckig-braunen Erdkrume verborgen.

»Keine Aufregung, Uzimvubu, keine Aufregung. Wir haben die Wasseranschlüsse bereits beantragt.« Der Bauleiter grinste ihn bauernschlau an, und für einen Moment hatte Jo den Eindruck, er wolle ihn auf den Arm nehmen. Aber das würde er wohl nicht wagen. Außerdem gefiel es ihm nicht, dass dieser stiernackige, engstirnige

Bure ihn *Uzimvubu* nannte. Diesen Ehrentitel hatten die Schwarzen ihm gegeben – er erinnerte an einen Fluss in der östlichen Kapprovinz, und Jo gefiel die Vorstellung, mit einem Fluss verglichen zu werden, der frisches, klares Wasser mit sich führte und so Leben spendete. Und diesen Goren ging der Ehrentitel gar nichts an.

»Es geht nicht um die verdammten Wasseranschlüsse und auch nicht um die Toiletten!«, fauchte Jo. »Es geht um die Kontamination, verdammt noch mal! Ich will die Laborergebnisse sehen, bevor hier irgendein weiterer Handgriff getan wird! Haben wir uns verstanden?!«

»Wir sind Bauleute. Keine Ökologen«, entgegnete der Bure ruhig. »Alles ist im grünen Bereich, wirklich alles. Glauben Sie mir, Uzimvubu.«

Uzimvubu platzte der Kragen. Er stürmte auf die Planierraupe zu, die ein paar Schritte entfernt hinter ihm stand, kletterte auf den Fahrersitz und ließ den Motor aufheulen.

Der Bauleiter rannte ihm aufgeregt hinterher. »Sind Sie verrückt geworden?! Hey!! Uzimvubu!! Sind Sie verrückt geworden?!!«

Jo ignorierte ihn, legte den Vorwärtsgang ein, gab Gas, und die Maschine schoss auf die Hütten zu. Arbeiter, die im Weg standen, sprangen fluchend zur Seite, und Jo rammte die Schaufel in die erste Hütte, die sich augenblicklich in einen Haufen Blechschrott verwandelte, walzte mit der Raupe über sie hinweg, machte die nächste Hütte platt, dann noch eine dritte und eine vierte. Endlich hielt er das Ungetüm an und sprang hinunter.

Einige der Bauarbeiter beschimpften ihn halbherzig, und er hörte, wie einer vorschlug, ihm eine Tracht Prügel zu verabreichen. Aber es beeindruckte ihn nicht.

»Sie pfeifen jetzt Ihre Männer zurück, Goren!«, raunzte er den wütenden Bauleiter an. »Und zwar sofort! Ich will hier keinen mehr sehen, bevor Sie mir nicht bewiesen haben, dass auf dieser Müllkippe menschliche Behausungen entstehen können!«

Der Bure glotzte ihn nur widerborstig an und sagte nichts.

»Und wenn das nicht klar geht, schicke ich euch die Behörden auf den Hals«, fügte der Bischof grimmig hinzu. »Haben wir uns verstanden?!«

»Sie haben *uns* nicht verstanden, Jo!«, rief eine Stimme hinter ihm, und Jo drehte sich um.

Carl Houwer kam selbstgefällig auf ihn zu. Hinter ihm stand eine protzige Limousine, deren kräftiger weißer Chauffeur im dunklen Maßanzug kühl herüberblickte. Sein Chef trug eine Baseballmütze, eine Windjacke, ein kariertes Freizeithemd, eine teure Sonnenbrille und einen altmodischen Schnurrbart, wie ihn manche Herren, die die fünfzig schon überschritten haben, noch immer für eine Zierde halten.

»Carl Houwer persönlich.« Der Bischof musterte den Baulöwen, der sich vor ihm aufbaute und die Arme in die Hüften stemmte, mit unverhohlener Abneigung.

»Ganz genau. Ich«, entgegnete Houwer großspurig und mit beinahe provozierender Gelassenheit. »Und ich werde nicht zulassen, dass Sie sich hier einmischen.«

»Haben Sie mal die kranken Kinder gesehen, die früher hier gelebt haben? Wie sie jetzt in den Krankenhäusern liegen mit schwersten Atembeschwerden? Wie sie sterben?«

»Kinder sterben hier täglich«, stellte Houwer kalt und sachlich fest. »Niemand kann Ihnen sagen, wieso und warum. Und wenn Sie mir nicht beweisen können, dass die Kinder unseretwegen sterben, werde ich hier weitermachen. Oder wollen Sie, dass ich meine Abmachungen mit dem Minister nicht einhalten kann? Mit *dem* Minister, der auch für Ihre Schulen zuständig ist? Wir sollten uns nicht in die Quere kommen.«

Der Baulöwe hielt einen Moment inne und schien auf eine Antwort zu warten, doch der Bischof musterte ihn nur angewidert.

»Wir werden uns auch nicht in die Quere kommen«, fuhr Houwer dann mit eisiger Stimme fort. »Da bin ich mir ganz sicher.«

Das ist eine Kampfansage, stellte Jo in Gedanken fest, zumindest eine Drohung, und er hatte keine Lust, sich von diesem Mann drohen zu lassen. Wenn Houwer Ärger haben wollte, dann sollte er ihn bekommen. Er musste sich nun geeignete Gegenmaßnahmen überlegen.

»Machen Sie Ihren Job. Ich mache meinen«, sagte der Bischof nach einer Weile ruhig, ließ den zynischen, Menschen verachtenden Unternehmer damit stehen, setzte sich ins Auto und fuhr davon.

Während er den Jeep mit überhöhter Geschwindigkeit in Richtung Philadelphia steuerte, wo heute Mittag der Geburtstag des alten Bernhard mit einer Messe gefeiert würde, versank Jo in dumpfes Grübeln. Bei allem Optimismus und bei allem Engagement, mit denen er den Dingen nachging, die er für seine bischöflichen Aufgaben hielt – an manchen Tagen hatte er die Nase voll und brauchte schon einen extrem starken Glauben daran, dass sich in diesem Land etwas verbessern ließ. Irgendwo hatte er mal gelesen, man müsse das Unmögliche versuchen, um damit das Mögliche zu erreichen, aber er hielt das für eine These, die sich irgendein Erfinder neunmalkluger Sprüche in seinem Lehnsessel ausgedacht hatte. In der Realität des südafrikanischen Alltags machte es wenig Sinn, nach dem Unmöglichen zu streben. Und was sollte das in diesem Zusammenhang überhaupt sein: das Unmögliche? In diesem Land, das war ihm bei allem Optimismus bewusst, existierte auch elf Jahre nach der Aufhebung der Apartheid eine nur schwer überwindbare Grenze zwischen Schwarzen und Weißen – aber man musste versuchen, das Beste daraus zu machen. Also hatte er sich für einen anderen Weg entschieden: täglich sein Mögliches zu tun, um die Lebensbedingungen der schwarzen Südafrikaner zu verbessern. Und er wollte zumindest versuchen, das häufige Gegeneinander der Schwarzen und Weißen in ein Miteinander zu verwandeln. Aber selbst diese Politik der kleinen Schritte konnte einen an den Rand des Erträglichen führen in einem Land, in dem unter der schwarzen Bevölkerung Aids wütete, in dessen Institutionen die Korruption blühte und in dessen Großstädten Gewaltverbrechen auf offener Straße zum Alltag der Menschen gehörten. Manchmal hatte er einfach die Nase voll, kam sich vor wie der sagenhafte Sisyphos, den der Göttervater Zeus dazu verurteilt hatte, einen Felsbrocken einen Hügel hinaufzurollen, und jedes Mal, wenn er den Gipfel fast erreicht hatte, rumpelte der Brocken wieder den Hang hinunter.

Miriam beobachtete das Treiben auf dem Platz vor der cremefarbenen, ungemein gepflegten Kirche von Philadelphia. So viele Leute hatte sie in diesem Nest gar nicht erwartet. Weiße zumeist, aber auch einige Schwarze. Dazwischen ein paar junge schwarze Männer, die alle die gleichen roten Jacketts, Hemden und Krawatten trugen, den Weißen die Wagentüren öffneten, ihre Autos übernahmen und sie irgendwo parkten. Rund zwei Hand voll dicker weißer Frauen in hellen Blusen und Sommeröcken saßen unter riesigen gelben Sonnenschirmen, tranken Kaffee und aßen Kuchen. Die meisten Leute gingen jedoch in die Kirche.

Die Kuchenstücke auf den Tellern erinnerten Miriam daran, dass sie Hunger hatte, und als sie auf der anderen Seite des Platzes einen Coffeeshop entdeckte, ließ sie Stefan einfach vor der Kirche stehen und hastete hinüber, noch bevor er etwas sagen konnte.

»Kann ich bitte zwei Doughnuts haben?«, fragte sie die junge weiße Verkäuferin und kramte in ihrer Handtasche nach Geld.

»Einen Moment, bitte«, entgegnete die Frau unwirsch und ohne sie eines Blickes zu würdigen.

»Drängeln Sie sich immer so vor?«, fragte jemand mit einer Männerstimme.

Sie drehte sich um. Vor ihr stand der Typ mit dem blauen Jeep, der ihr am Vormittag die Abzweigung nach Rose Bud gezeigt hatte. »Wie kommen Sie denn hierher?«, fragte sie nach einem Moment. Etwas Besseres war ihr nicht eingefallen.

»Wie Sie vermutlich. Mit dem Auto«, antwortete Jo lakonisch und beobachtete, wie die Unbekannte in ihrer

Handtasche weiter nach Geld suchte. Sie trug jetzt einen kleinen Strohhut, der ihr ausgezeichnet stand. Nun lief ihm diese Frau schon zum zweiten Mal über den Weg, ohne dass er wusste, wie sie hieß und wer sie war. Und irgendwie hatte er das Gefühl, er würde sie heute nicht zum letzten Mal sehen.

»Hier, nehmen Sie schon.« Er reichte ihr seinen Teller mit zwei Doughnuts darauf. »Sie kriegen sonst keinen Sitzplatz mehr. Falls Sie in die Kirche wollen.«

»Danke.« Sie nahm den Teller, stellte ihn auf die kleine Theke, pflückte die beiden Doughnuts herunter, wickelte sie in eine Serviette und wollte sich noch einmal bedanken. Doch als sie sich umdrehte, war der Mann schon verschwunden. Sie stopfte sich einen Doughnut in den Mund und rannte mit dem anderen zur Kirche, an deren Portal Stefan sie kopfschüttelnd erwartete.

»Ja, wo bleibst du denn?« Er nahm sie an der Hand, zog sie eilig in die Kirche und ging Hand in Hand mit ihr durch den Mittelgang zur ersten Reihe. »Du kannst doch nicht einfach abhauen«, meinte er und lächelte irgendeinem alten Bekannten zu.

»Fu fiehs doch, fass ich chan«, entgegnete sie mit vollem Mund.

In der ersten Reihe waren zwei leere Plätze neben Bernhard von Braun. Miriam setzte sich neben den Alten, der sie mit eisigem Blick betrachtete.

Sie hörte auf zu kauen, schluckte hart hinunter und sah Stefans Vater fragend an. »Oder darf ich hier nicht sitzen?«

»Hier sitzt mein Sohn«, knurrte Bernhard missmutig.

Miriam tauschte achselzuckend den Platz mit Stefan,

der von dem Alten besitzergreifend auf die Bank gezogen wurde. Und jetzt starrte er sie angewidert an. Wahrscheinlich hatte sie irgendwo noch Krümel an der Lippe. Verstohlen wischte sie sich den Mund ab und bot Stefan den zweiten Doughnut an. »Gott wird schon nichts dagegen haben«, sagte sie.

Er sah das genauso, stopfte sich schnell ein Stück Doughnut in den Mund und kaute hastig.

Bernhard sah indigniert zur Seite.

In diesem Moment dröhnte die Orgel los, und der Spieler intonierte etwas, das wie ein Bachfuge klang. Alle standen auf. Aber dann war es wohl doch kein Bach, denn ein Chor in weißen Gewändern mit roten Unterkleidern begann das alte Kirchenlied »Praise the Lord« zu singen, und kurz darauf fiel die Gemeinde ein.

Miriam konnte ein paar Zeilen mitsingen, dann ging ihr jedoch der Text aus, und sie schwieg wieder, hörte dem Gesang zu und beobachtete den hoch gewachsenen Mann, der mit einer beigen, goldverzierten Bischofsmütze und einem ebensolchen Ornat durch den Mittelgang auf den Altar zuging. Das musste Jo Mallinger sein, ein Freund von Stefan. Irgendwie kam es ihr seltsam vor, dass Stefan einen Bischof zum Freund hatte.

Als seine Eminenz die Mütze abnahm, sie einem Messknaben reichte und sich dann zur Gemeinde umdrehte, traf es sie wie ein Schlag: Dieser Typ mit dem blauen Jeep war Bischof! Der Mann mit dem Teller Doughnuts war Johannes Mallinger. Stefans bester Freund in diesem Land. Sein bester Freund überhaupt, wie Stefan manchmal gesagt hatte. Einen Bischof hatte sie sich ganz anders vorgestellt.

Johannes Mallinger bemerkte die dunkelhaarige Frau neben Stefan sofort, war irritiert, zögerte eine lange Sekunde, trat dann an den Altar und schlug das Kreuz vor seiner Brust. »Im Namen des Vaters, des Sohnes und des Heiligen Geistes«, sagte er und registrierte, dass die Frau ihn anstarrte.

Jo versuchte, es zu ignorieren, und hielt eine kleine Lobrede auf den Jubilar, doch noch bevor er Bernhard von Braun vor den Altar bitten konnte, flog die Kirchentür auf, und erregte Stimmen drangen herein. Eric, der Verwalter von Rose Bud, und Mango, ein junger Farmarbeiter, rangelten ein wenig miteinander, dann schloss sich die Tür wieder, und die beiden waren verschwunden.

Als Bernhard von Braun dann vor dem Bischof kniete und er ihm den Leib und das Blut Christi verabreichte, die Hand auf sein Haupt legte und ihn segnete, fühlte Jo Miriams Blick abermals auf sich. Es irritierte ihn schon wieder, und er war froh, als die sakrale Handlung vorüber war.

Den Rest der Messe kürzte er spontan ab. Eigentlich hatte er vorgehabt, der Gemeinde, und im speziellen Carl Houwer, noch eine Passage aus der Bibel vorzulesen, in der es um die Pflicht der Reichen ging, für die Armen zu sorgen, doch plötzlich wollte er möglichst schnell ein Ende finden. Man sang noch eine Strophe, er segnete die Gemeinde, und dann war die Messe beendet.

Der Bischof wartete einen Moment, dann ging er hinter seinen Schäfchen her zum Ausgang des Gotteshauses. Draußen umarmte er den alten Bernhard noch einmal herzlich und wortlos, küsste Denise auf beide Wangen, und endlich kam Stefan auf ihn zu, die Fremde an seiner Seite.

Sie sind ein schönes Paar, dachte er. Auch wenn Stefan in dem blauen Anzug etwas zu brav wirkt. Sie jedenfalls sieht hinreißend aus in ihrem geblümten Kleid, der weißen Jacke und dem Strohhut. Allerdings ist ihr Dekolleté für die hiesigen Verhältnisse ein wenig gewagt.

Sie begrüßten einander, wie es sich für alte Freunde gebührt: tauschten den speziellen südafrikanischen Handschlag aus, fielen sich in die Arme, herzten und drückten sich, beklopften sich und lachten sich an.

»Übrigens, das ist Miriam«, stellte Stefan seine zukünftige Frau vor. – »Und das ist mein alter Freund Jo, von dem ich dir schon so viel erzählt habe.«

»Dieser Bursche hier«, sagte Jo dann mit gespieltem Ernst zu Miriam, »dieser Bursche hat mich vor zehn Jahren einfach verlassen. Mich. Seinen Vater. Sein Land.«

Stefan lachte. »Na, ich weiß nicht – aber so im Doppelpack funktionieren wir doch ganz gut: du als Bischof und ich als verlorener Sohn. Das passt doch. – Er hat mich so sehr vermisst, dieser treulose Freund, dass er mir nicht eine einzige Karte geschrieben hat.«

»Ich kann nicht schreiben. Das weißt du doch.«

»Das passt«, sagte Miriam mit ironischem Unterton. »Ich habe Sie auch eher für einen Farmverwalter oder Schafzüchter gehalten.«

»Das wollte ich eigentlich auch werden«, gab Jo zurück.

»Aber dann ist ihm sein notorisches Sendungsbewusstsein dazwischengekommen«, witzelte Stefan. »Sag mal – habt ihr euch schon kennen gelernt?«, fügte er nach einem Moment verblüfft hinzu.

Miriam und Jo nickten lächelnd.

»Umso besser. Dann kannst du mir ja gleich helfen, Miriam zu überzeugen, dass wir hier blei…«

»Du musst gleich mitkommen, Uzimvubu«, unterbrach ihn eine Stimme. »Sonst ist sie tot. Sie will deinen Segen.« Mango trat dicht an sie heran.

Der Verwalter Eric blieb einen Schritt hinter ihm stehen. »Entschuldigen Sie, Bischof«, warf Eric ein. »Ich habe ihm verboten, Sie zu behelligen. Heute am Geburtstag vom Boss. Aber es ist seine Schwester…«

»Und das Baby«, beharrte Mango und sah den Bischof ruhig an.

»Ist schon gut, Eric.« Jo betrachtete das faltenlose, rot leuchtende Gesicht des Jungen. Mango stand kurz davor, ein Mann zu werden, und die Regeln und Rituale der schwarzen Religion schrieben vor, dass er sein Gesicht bis dahin rot färben musste. Auch der helle Leinenanzug, das feine Hemd und die Golfmütze gehörten irgendwie dazu. Wahrscheinlich musste er seine beste Kleidung tragen.

»Entschuldigt mich. Wir sehen uns später.« Jo nickte Miriam und Stefan zu und ging mit Mango zu einem abenteuerlich aussehenden roten Pick-up ohne Türen, in dem ein Farmarbeiter saß, stieg ein und fuhr mit ihm davon.

Carl Houwer trat an Bernhard heran, der dem Fahrzeug hinterherblickte, und sagte: »Er mischt sich in zu viel ein.«

Bernhard nickte. »Gott sei Dank. Das ist genau richtig so. – Ah!« Er wandte sich von Houwer ab und einer schwarzen Schönheit zu, die mit wiegenden Schritten auf sie zukam. Sie mochte um die dreißig sein, besaß ein ebenmäßiges braunes Gesicht, trug ihr Haar straff zurückgekämmt und im Nacken zu einem Knoten gebunden. In ihrem eleganten nachtblauen Kleid wirkte die Frau beinahe wie eine berühmte Filmdiva.

»Herzlichen Glückwunsch«, sagte sie mit einer angenehm volltönenden Stimme. »Es war ein wunderbarer Gottesdienst.«

Bernhard ergriff ihre Hand mit beiden Händen und schüttelte sie. »Kennt ihr euch eigentlich?«, fragte er, nachdem er sie wieder losgelassen hatte.

»Nein«, antwortete Houwer und musterte die schöne Frau interessiert.

»Anina Thulani«, stellte Bernhard vor. »Kapstadts beste Anwältin. Du wirst in Zukunft nichts mehr zu lachen haben, wenn wir uns streiten. – Carl Houwer, leidenschaftlicher Golfspieler und Baulöwe.«

Der gierige Unternehmer ging gar nicht auf die Anspielung des alten Braun ein. Stattdessen lächelte er die schwarze Gazelle mit blitzenden Zähnen einnehmend an.

# 2

»Ich liebe sie, Mann! Ich liebe sie!«, schluchzte Steve Mbonga. Die Tränen liefen ihm über die Wangen, und er steuerte das Fahrzeug etwas schlingernd über die Straße zu seinem Haus.

Jo drückte kurz den Oberarm des Farmarbeiters. »Ich weiß.« Dann lehnte er sich wieder zurück und starrte durch den fensterlosen Rahmen hinaus, ohne da draußen irgendetwas wirklich wahrzunehmen. Was hätte er sonst noch sagen können? Wer will den Schmerz eines jungen Mannes lindern, dessen schwangere Frau gerade stirbt. Verfluchtes Aids!

Mango stand hinter ihnen auf der umgitterten Ladefläche und wurde kräftig durchgeschüttelt. Die sterbende Petronella war seine Schwester. Seine Lieblingsschwester.

Als sie in der kleinen, aus mehreren ebenerdigen Wohnhäusern und ein paar Schuppen bestehenden Ansiedlung anhielten, die in einiger Entfernung von Rose Bud auf dem Gebiet der Farm lag, sprang Mango von der Ladefläche.

Steve blieb im Fahrzeug sitzen.

»Was ist?«, fragte Jo leise.

»Ich kann nicht. Geh du.« Steves Gesicht zuckte, seine Wangen waren nass von Tränen, doch er ließ keinen Laut mehr hören, nahm nach einem Moment den Hut vom

Kopf und drückte ihn sich aufs Gesicht. »Nun geh schon!«, presste er schließlich mühsam hervor.

Jo stieg aus. Einige Frauen, die vor einem Gartentor schwatzten, hielten mitten im Gespräch inne, blickten schweigend herüber und beäugten erstaunt Uzimvubu, der noch nie eine Soutane getragen hatte, wenn er zu ihnen kam.

Als er mit Mango auf Steve Mbongas Haus zuging, öffnete sich die Haustür, ein Schwarzer trat heraus und kam ihnen auf dem Plattenweg entgegen.

Er trug einen braunen, europäischen Hut, ein rotweiß leuchtendes Stirnband, eine rotweiße Halskette und einen bunten afrikanischen Kittel zu einer Stoffhose. Das silberne Haar und der silberne Bart machten ihn zu einem schönen Mann.

Mthobeli war ein Sangoma, ein Medizinmann: Schamane, Bewahrer des alten Glaubens, Zauberer, Arzt, Psychologe, Lebensberater – Mthobeli war für seine Leute alles in einer Person, und sein Ruf reichte weit über die Township Makomba hinaus.

»Dein Mann ist schon da drinnen«, sagte der Sangoma zu Jo und blieb stehen. »Und auch du wirst ihr nicht mehr helfen können.«

Jo musterte ihn ruhig. Irgendwie war dieser Alte ein Phänomen. Mthobeli war bestimmt schon siebzig Jahre alt, doch er versprühte die Energie und den Lebensmut eines jungen Mannes, und sein Blick hatte etwas Durchdringendes, ohne unangenehm zu sein.

»Ich hole sie nach Hause zu den Ahnen«, fügte der Sangoma hinzu und sah den Bischof herausfordernd an.

»Und ich werde mit dir nicht darüber streiten, Mthobeli«, antwortete Jo gelassen, wandte sich ab und betrat das Haus.

Das kleine Zimmer, in dem Petronella auf zwei übereinander gestapelten Matratzen in weißer Bettwäsche lag, war klein und voll. Oma, ihre Mutter, saß auf einem Stuhl dicht an einer Wand, ihr ältester Sohn Peter, ihre Schwester Sophia, deren Mann Singi, ihre Schwägerin Adyna und ihre Freundin Clara standen im Raum verteilt und beobachteten, wie Pater O'Yaba der Sterbenden mit dem Daumen ein Kreuz auf die Stirn zeichnete.

Mango nahm seine Mütze ab und stellte sich schweigend neben seine Schwester Sophia. Der schwarze Priester trat vom Bett zurück und machte seinem Bischof Platz.

Jo setzte sich auf die Bettkante, nahm Petronellas Hand und sah ihr in die Augen. »Dein Gott, der zugleich mein Gott ist, wird dich und dein ungeborenes Kind, das noch nicht ohne dich leben kann, bei sich aufnehmen. Du wirst vergessen, was dich auf Erden an Kummer und Sorgen bedrückt hat. Schlafe. Schlafe und ruhe in Frieden.«

Die junge Frau blickte ihn gequält an, bewegte einen Moment die Lippen, als wolle sie sich noch ein Lächeln abringen, doch es gelang ihr nicht mehr. Sie schloss die Augen, und nach einigen Sekunden sank ihr Kopf zur Seite.

Sie hätte tatsächlich eingeschlafen sein können, doch Jo wusste sofort, dass sie tot war. Er hatte den Geruch des Todes schon bemerkt, als er das Zimmer betrat. Dieser Geruch hatte nichts mit den schlechten Gerüchen zu tun, die ein schwer kranker, vor sich hin siechender

Mensch verströmen konnte. Es war der Geruch des Todes selbst. Es gab ihn auch in der klinisch reinen Intensivstation in Kapstadt, wenn ein Mensch dort starb.

Jo stand auf und schlug ein Kreuz über der Toten. »Friede sei mit dir. Amen.«

Er warf noch einen langen Blick auf die Tote, dann zog er das weiße Laken, mit dem Petronella Mbonga sich in diesem Leben zugedeckt hatte, über ihr Gesicht.

Niemand sagte ein Wort, und die Stille lastete wie Blei auf den Menschen. Niemand weinte. Petronella war nicht das erste Mitglied der Sippe Mbonga, das an Aids starb.

Eine große, blaugrün schillernde Schmeißfliege schoss durch das kleine Fenster herein, brummte wild durchs Zimmer, umkurvte die reglosen Gestalten ein paarmal und flog zur Tür wieder hinaus.

»Niemand mit einem Kind im Bauch geht in Frieden. Dein Gott, Uzimvubu, hat uns alle verraten. Die Krankheit des weißen Mannes tötet mein Volk.« Omas alte Stimme klang laut in der Stille des Raums. Sie maß den weißen Bischof mit einem traurigen Blick und schwieg wieder.

»Wir werden sie, wie ich dir versprochen habe, bei den Vorfahren begraben. Wir sorgen dafür, dass sie in ihrer Heimat begraben wird.« Pater O'Yaba redete begütigend auf sie ein, versicherte ihr, dass die Kirche sich an den Kosten für die Überführung Petronellas beteiligen werde, doch Oma ließ das nicht gelten.

»Das macht es auch nicht besser«, sagte sie verbittert, wollte noch etwas hinzufügen, doch ein lauter Schrei von draußen unterbrach sie. Die Mbongas liefen aus dem

Haus, und als Jo hinter ihnen hinaustrat, war Singi schon dabei, Steve zu beruhigen, der durch den Vorgarten tobte und schreiend und schluchzend die Wäsche von der Leine riss.

»Singi, lass ihn!«, rief Jo und lief hinüber. Er nahm Steve in den Arm, doch der Mann riss sich sofort wieder los, rannte zu seinem Pick-up, sprang hinein und raste mit aufheulendem Motor davon.

Mango rannte ihm hinterher, schrie etwas auf Xhosa, doch Steve konnte ihn längst nicht mehr hören, und es hätte auch nichts genutzt, wenn er ihn gehört hätte. Nach hundert Metern gab Mango auf, blickte noch eine Weile auf die Staubwolke, in der Steves Auto verschwunden war, und kehrte dann zum Haus zurück.

Pater O'Yaba und Uzimvubu standen vor dem Haus und sprachen miteinander, Oma saß auf der Bank an der Hauswand und beobachtete sie missmutig. Mango stellte sich zu den Männern und hörte zu.

»Singi und Sophia haben gesagt, dass sie die Kinder bei sich aufnehmen werden«, sagte der schwarze Priester zu seinem Bischof.

»Aber die haben doch selbst zwei Kinder. Und viel zu wenig Platz«, gab Jo zu bedenken.

O'Yaba schüttelte den Kopf. »Die älteste Schwester ist verantwortlich. Das ist normal. Außerdem, wie sollte es sonst gehen? Steve arbeitet den ganzen Tag, Mango hat gerade seine Beschneidung hinter sich, und die Oma schafft das nicht mehr. Glaub mir, es ist das Beste so.«

»Es sind einfach zu viele, die sterben«, sagte Jo und schwieg wieder.

Der Priester wartete noch einen Moment, dann schüttelte er den Kopf erneut, grimmig diesmal. »Petronella hätte nicht sterben müssen, wenn dein Freund Bernhard seinen Leuten die Medizin gegeben hätte.«

»Nein, O'Yaba. Bernhard gibt ihnen gern alle Medikamente, die wir organisieren können. Aber *wem* sollen wir sie denn geben, wenn wir nicht wissen, wer HIV-positiv ist und wer nicht?«

»Sie müssen eben alle getestet werden.«

»Aber du weißt doch genau, dass man sie nicht dazu zwingen kann. Das weißt du genauso gut wie ich.«

»Wenn du sie bittest, würden sie es tun«, beharrte der schwarze Pater.

Nun war es an Jo, den Kopf zu schütteln. »Ach, O'Yaba. Ich hab' das doch schon so oft versucht.«

O'Yabas Miene wurde bitter. »Dann musst du weiter zusehen, wie sie sterben. Frauen, Kinder, Babys.« Er nickte seinem Bischof zu und ging zu seinem klapprigen Wagen.

»Ich komme gleich!«, rief Jo ihm hinterher. Pater O'Yaba würde sich schon wieder abregen. Er war ein guter Mann. Und er wusste ganz genau, wie schwierig es war, die HIV-Tests unter der schwarzen Bevölkerung populär zu machen.

Er ging zu der alten Frau hinüber, die von jedem Oma genannt wurde. Niemand sprach sie jemals mit Namen an, und vielleicht hatte sie ihn selbst schon vergessen. Ihr trauriges Gesicht stand in seltsamem Kontrast zu ihrem farbenfrohen Turban, als sie aufsah und ihn ruhig musterte.

»Oma, ich verspreche dir, wir werden uns um alles kümmern.«

»Dein Gott hat uns alle verraten. Er tötet mein Volk«, wiederholte sie mit brüchiger Stimme den Vorwurf, den sie ihm schon im Zimmer der toten Petronella gemacht hatte. Dann löste sich eine einzelne schwere Träne aus ihrem linken Augenwinkel und rollte über ihre Wange.

*Dein Gott hat uns alle verraten.* Dieser Satz ging ihm noch eine Weile im Kopf herum, als er neben O'Yaba im Auto saß und sich nach Rose Bud fahren ließ. Er konnte sich gut vorstellen, was Oma sich dachte. Für sie war Aids eine Seuche, die von den Weißen kam und nur die Schwarzen umbrachte. Und der Gott, der das zuließ oder gar verursachte, das konnte in ihren Augen nur ein weißer Gott sein. Der Jesus jedenfalls, den sie in der Kirche am Kreuz sehen konnte, war eindeutig ein Weißer. *Dein Gott hat uns alle verraten.*

Für andere war Aids wie ein böser Fluch, der über sie gekommen war, ein Fluch, den sie auch den Weißen zu verdanken hatten, so, wie alles Schlechte immer von den Weißen gekommen war. Die Medizin der Weißen, behaupteten manche, brächte die Schwarzen erst recht um. Für die breite Masse, die Bewohner der Townships, die meist nicht lesen und schreiben konnten, für diese Menschen war Aids ein Verrat, eine Seuche, ein Fluch – aber keine Infektionskrankheit, die durch den Austausch von Körperflüssigkeiten beim Geschlechtsverkehr übertragen wurde. Manche der schwarzen Männer glaubten sogar, Sex mit einer Jungfrau würde sie gegen die Seuche oder den Fluch immun machen. Die Zahl der Vergewaltigungen war entsprechend hoch, und die Zahl der Infizierten stieg unaufhaltsam weiter an.

Plötzlich fiel ihm Sisyphos mit seinem Felsbrocken

wieder ein, doch er verdrängte den Gedanken mit aller Kraft. Mit Pessimismus konnte er seine Aufgaben nicht erfüllen. Er, Johannes Mallinger, war ein Optimist, und das musste er zwangsläufig sein, denn ein Pessimist in seinem Amt hätte schon längst zermürbt und frustriert aufgegeben.

Denise von Braun war zufrieden. Es war eine gelungene Geburtstagsparty: Der große Salon strahlte im Licht der Lampen und Kerzenlüster, die Terrasse und der Garten hinter dem Hauptgebäude von Rose Bud waren mit bunten Lampions illuminiert. An der entfernten Stirnseite des Salons war ein überquellendes Büfett aufgebaut, an dem Bedienstete sich um das leibliche Wohl und die Wünsche der Gäste kümmerten, livrierte Diener trugen silberne Tabletts mit vollen und leeren Gläsern, andere boten den schwatzenden Grüppchen, die sich gebildet hatten, kleine Köstlichkeiten an.

Ein wunderbarer Abend, nicht zu warm, und obwohl die vier Musiker für Denises Geschmack eine etwas zu langweilige Tanzmusik spielten, eine Art Barjazz, trafen sie anscheinend den Musiknerv der angegrauten High Society aus Kapstadt und der umliegenden Provinz, denn die Tanzfläche in der Mitte des Salons war voller Paare in Abendkleidung. Die Damen trugen reichlich Schmuck, die Herren goldene Uhren.

Denise gönnte sich eine Pause, setzte sich mit einem Glas Champagner auf einen Stuhl und trank einen Schluck. Sie hatte auch schon getanzt, genug getanzt, wie sie fand: mit Bernhard, mit Stefan, mit dem alten Vandermeer, mit jemandem, dessen Name ihr im Moment nicht einfiel, und sogar mit Carl Houwer, der ihr mit seinem Gerede auf die Nerven gegangen war, als er mit Miriam Konversation über Südafrika machte. Die Schwarzen seien zwar genauso Menschen wie die Weißen, hatte er zum Besten gegeben, aber es werde eine Weile dauern, bis sie sich an sie gewöhnt hätte. Das passte wieder mal zu Houwer! Zum einen war es eine Selbstverständlichkeit, dass Schwarze und Weiße als Menschen völlig gleichwertig sind, zum anderen war eben diese Selbstverständlichkeit aus Houwers Mund eine dreiste Lüge: Denn gerade er betrachtete die Schwarzen als Menschen zweiter Klasse, bestenfalls.

Als sie mit Houwer, ihrer Pflicht als Gastgeberin gehorchend, getanzt hatte, war Jo an sie herangetreten und wollte mit dem Bauunternehmer sprechen, aber der gab ihm eine kühle Abfuhr: Er empfahl dem »lieben Bischof«, einen Schluck zu trinken, denn er werde die Probleme der Welt heute Abend bestimmt nicht mehr lösen.

Auch Jo tanzte einmal. Mit Miriam. Vorher hatten sie kaum ein Wort gewechselt, und auch als sie zusammen tanzten, redeten sie nicht viel. Aber man spürte, dass sie gut miteinander zurechtkamen. Die Damen, vor allem die etwas älteren, warfen indignierte Blicke auf die Hand des Bischofs, die auf dem völlig nackten Rücken der Fremden lag. Miriam deutete die Blicke richtig und konnte sie zum Teil sogar verstehen, denn ihr goldschimmerndes Abendkleid war einfach zu gewagt für Rose Bud: der Rücken frei bis zum ersten Lendenwirbel und vorn ein Dekolleté, das ein wenig zu viel über ihren schönen Busen verriet. Nichts gegen eine gewisse Freizügigkeit, aber Rose Bud war nicht New York. Oder München.

Denise trank einen weiteren Schluck Champagner und beobachtete Anina Thulani und Carl Houwer, die sich langsam auf der Tanzfläche drehten und miteinander sprachen. Das war das bisherige Ereignis des Abends: Anina Thulani und Carl Houwer. Das war etwas, über das die Leute tuscheln konnten. Und das taten sie ausgiebig, jedenfalls den Blicken nach zu urteilen, mit denen sie das merkwürdige Tanzpaar bedachten.

Jeder hier wusste, wer Carl Houwer war: einer, der Blechhütten für Schwarze auf verseuchte Mülldeponien baute, undurchsichtige Grundstücksgeschäfte betrieb, Golfplatz um Golfplatz sammelte und gute Verbindungen zur Regierung hatte. Manche, doch bei weitem nicht alle, rümpften die Nase über ihn. Aber das waren auch schon alle gesellschaftlichen Sanktionen, zu denen die Leute sich hier aufrafften.

Und jetzt tanzte Houwer ziemlich eng mit einer Frau, die – bei aller Schönheit und Eleganz – schwarz war. Das war bisher undenkbar. Sollte Houwer sich auf seine alten Tage ändern? Vielleicht war Anina Thulani für Carl Houwer *die* Chance, ein anständiger Mensch zu werden. Denn das war er auf keinen Fall, zumindest in Denises Augen. Sie überlegte einen Moment, ob ihr Urteil über Houwer vielleicht zu hart und ungerecht wäre, schließlich war er ein alter Bekannter ihres Mannes, doch sie entschied, dass es gerecht war. Genau genommen war Carl Houwer ein skrupelloser, geldgieriger Ausbeuter und Rassist. Aber es war nicht ihre Sache, sich mit ihm anzulegen. Frauen hatten in Südafrika in der Politik und im öffentlichen Leben so gut wie nichts zu sagen. Das war bedauerlich, aber es war ihr auch egal. Sie betrachtete die Angelegenheit praktisch und kümmerte sich um all die Leute, die auf dem Gebiet von Rose Bud lebten. Das war ihr Beitrag zur südafrikanischen Politik und zum Ausgleich unter den Rassen.

Houwers Motiv für sein unübersehbares Interesse an einer Schwarzen war wohl in erster Linie Aninas Schönheit. Aber was mochte *ihr* Grund für diesen heftigen Flirt mit Houwer sein? Sie war kein armes Mädchen, das sich – von den südafrikanischen Rassenproblemen einmal abgesehen – einen reichen Mann angeln wollte. Sie war eine erfolgreiche, gut situierte Anwältin in Kapstadt. Und gerade Houwer! Anina Thulani wusste wie alle anderen, was der Baulöwe so trieb. Ihr Verhalten war für Denise ein Rätsel, und sie beschloss, die beiden im Auge zu behalten. Vielleicht verwandelt die schwarze Schönheit einen Saulus in einen Paulus, dachte sie. Aber wie wahrscheinlich ist das?

Ein lautes Händeklatschen unterbrach ihre Gedanken.

Bernhard hatte sein Champagnerglas auf einem Tisch abgestellt, klatschte noch einmal in die Hände, die Musik brach ab, und alle Augen richteten sich auf ihren Mann. Denise erhob sich und ging zu Stefan und Miriam hinüber, die ein paar Schritte von Bernhard entfernt standen.

»Darf ich noch einmal ganz kurz um eure Aufmerksamkeit bitten?!«, sagte Bernhard von Braun mit erhobener Stimme, und die letzten Gespräche im Salon verstummten.

»Meine lieben Freunde, ihr wisst ja alle, Stefan ist nach Deutschland gegangen, er hat dort studiert und ist jetzt ein erfolgreicher Chirurg. Es waren zehn sehr lange Jahre ohne ihn, und nun ist es mir endlich gelungen, ihn doch einmal nach Hause zu lotsen. Der Hauptgrund für mich, siebzig zu werden.«

Die Gäste lachten brav über das abschließende Bonmot, doch der Jubilar hob kurz die Hand, wollte offensichtlich noch etwas hinzufügen, und sie verstummten wieder.

»Und Stefan ist nicht allein gekommen. Er hat Miriam mitgebracht.« Bernhard machte eine Kunstpause, um den Leuten Gelegenheit zu geben, sich die Frau anzusehen, die neben Stefan stand und gespannt zuhörte. »Wir freuen uns, Denise und ich, dass wir sie bei uns begrüßen dürfen. Und bei der Gelegenheit möchte ich euch auch noch sagen, dass Stefan und Miriam heiraten werden. Hier auf Rose Bud, im Mai. Damit wir alle bald wieder so glücklich zusammenkommen können.«

Die Gäste applaudierten höflich, beäugten wieder den verlorenen, nun endlich wiedergefundenen Sohn und seine fremde Braut.

Aber Bernhard von Braun war immer noch nicht fertig. »Ich bin zwar ziemlich fit«, hob er erneut an, »aber auch … schon ein bisschen alt. Deshalb habe ich einen Herzenswunsch: dass Stefan wieder ganz zu uns kommt.« In der gespannten Stille, die darauf entstand, sah er seinem Sohn direkt in die Augen, und Stefan erwiderte den Blick. »Wann immer du magst, Stefan.«

Die Leute warteten ein paar Sekunden, und als der Hausherr spontan auf seine Familie zuging, die Ansprache also offiziell beendet zu sein schien, klatschten sie noch einmal, lauter diesmal, denn es waren doch recht zu Herzen gehende Worte, die der alte von Braun sich abgerungen hatte. Sonst redete er nicht so viel.

Stefan hat nicht ein einziges Mal gelächelt, dachte Denise und beobachtete, wie ihr Mann und sein Sohn sich unbeholfen, ja hölzern umarmten. Vielleicht hatte Bernhard geglaubt, er könne ihn überzeugen, indem er seinen Herzenswunsch vor großem Publikum vortrug und Miriam öffentlich als zukünftiges Familienmitglied willkommen hieß.

Miriam machte ein ziemlich betretenes Gesicht, und Denise hatte den Eindruck, dass Bernhards Versuch auch bei ihr nicht sonderlich gut angekommen war. Sie lächelte auch nicht, als Bernhard mit ihnen anstieß und sie sich alle vier gegenseitig auf die Wangen küssten.

Die Gäste, besonders die Damen, beobachteten die Szene neugierig und wandten sich erst ab, als es nichts mehr zu bestaunen gab. Die Musiker begannen wieder, ihre zu langsame amerikanische Barmusik zu spielen.

Miriam hatte für den Moment genug von dem, was hier gerade ablief. Sie stellte ihr Glas ab, nahm ihre Kaschmirstola, die sie auf einer Stuhllehne abgelegt hatte, und suchte das Weite, spazierte unter den kritischen Blicken der südafrikanischen Gesellschaft auf die Terrasse hinaus. Irgendwie, so schien es ihr, hatte der Alte gerade versucht, Stefan zu erpressen und sie zu ködern. Eigentlich war die Ankündigung ihrer Hochzeit auf Rose Bud eine Frechheit, denn *sie* hatte er nicht gefragt, was sie davon hielt, hier in Südafrika zu leben.

Auf der Terrasse und im Garten waren nur wenige

Gäste. Die Zikaden sangen, am Himmel standen Myriaden von Sternen, und der Abend roch nach Süden, nach einem heißen, fruchtbaren Land, weit weg von München.

»Gratulation«, sagte jemand hinter ihr.

Miriam drehte sich um. »Danke«, sagte sie, als sie Jo Mallinger erkannte.

Jo nickte nur, und sie spazierten, ohne dass sie es vorher vereinbart hatten, nebeneinander in den Garten hinein.

»Er ist der einzige Mann, den ich jemals wirklich haben wollte. Schon seit zwei Jahren will ich ihn heiraten. – Und jetzt heirate ich wohl in Afrika.«

»Welcome!«, witzelte Jo. »Aber, wenn ich mich eben nicht verhört habe, scheinen Sie nicht gerade begeistert darüber zu sein, in Afrika zu heiraten.« Er musterte sie von der Seite, aber sie reagierte nicht darauf. »Für Stefan war das immer seine Heimat.«

»Sein Zuhause ist jetzt in München«, stellte Miriam sachlich fest.

»Wer von hier ist, bleibt von hier«, widersprach Jo ebenso nüchtern, und sein Tonfall machte die schlichte Bemerkung zu einer elementaren Tatsache, gegen die es keinen Widerspruch geben konnte.

Miriam antwortete nicht gleich, und sie gingen ein paar Schritte schweigend nebeneinander her. »Ich kann verstehen, dass Sie das sagen«, antwortete sie dann etwas zögernd. »Obwohl … obwohl … eigentlich ist es ja wunderschön hier.«

»Eigentlich?«, fragte Jo amüsiert.

»Es ist alles etwas … gewöhnungsbedürftig.«

»Altmodisch?«

Das sind die Leute hier zweifellos auch, dachte Miriam, aber darum ging es nicht. Ihr war aufgefallen, dass außer Anina Thulani keine Schwarze und kein Schwarzer auf der Party waren – außer Bediensteten und Musikern.

»Es ist irgendwie kolonialistisch«, sagte sie dann bewusst provokativ.

Jo blieb stehen und sah sie prüfend an. »Und reaktionär. Oder? Sie denken dabei wohl an den alten Bernhard, nehme ich an.« Jo schüttelte den Kopf. »Das ist ungerecht. Bernhard von Braun ist einer der offensten Menschen, die ich kenne.«

»Den Eindruck hat er auf mich nun wirklich nicht gemacht.«

»Nun ja, er ist vielleicht nicht der Progressivste, aber er ist ein Mann mit menschlichem Format. Und er freut sich natürlich, dass sein Sohn eine so schöne Frau heiratet.«

Miriam lachte leise und erwiderte seinen Blick. »Für einen Geistlichen charmieren Sie ganz schön herum.«

»Das täuscht. Ich habe wirklich wenig Übung darin.« Johannes Mallinger lächelte neutral.

Sie musterte ihn etwas anzüglich. Seine Eminenz trug einen dunklen Anzug, ein weißes Hemd, hatte auf eine Krawatte verzichtet und sah einfach viel zu gut aus für einen Bischof. Eigentlich sah er überhaupt nicht aus wie ein Bischof.

Sie gingen weiter, doch Jo blieb plötzlich stehen und schnupperte irritiert in die Luft. »Riechen Sie auch etwas?«

»Ja. Lavendel und Jasmin.«

Jo schüttelte den Kopf und rannte los, in Richtung der Holzhäuser, in denen die Bediensteten lebten.

Miriam blickte ihm erstaunt hinterher. Sie roch immer noch nichts. Dann tauchte die Hausangestellte Betty aus der Dunkelheit auf, in die Jo verschwunden war.

»Feuer!«, schrie Betty. »Feuer!!« Sie hastete über die Terrasse in den Salon. Sofort darauf strömten Menschen aus der weit geöffneten Terrassentür und rannten über den Rasen in die Dunkelheit hinter dem Haupthaus.

Miriam lief mit ihnen. Nachdem sie um die Ecke des Hauses gebogen war, entdeckte sie durch die Bäume einen gespenstisch roten Schein, und als sie den Weg hinter den Bäumen erreichte, sah sie, dass die Flammen schon hoch aus dem Dach einer der Hütten loderten. Das trockene Holz brannte lichterloh, und es gab nichts mehr zu löschen. Aber es waren wohl keine Menschen in Gefahr, denn die Schwarzen standen ruhig am Gartenzaun und beobachteten, wie die Hütte prasselnd und knackend niederbrannte.

»Los, her mit dem Wasser!«, schrie Jo die drei Hausangestellten an, die mit einem Bottich Wasser und Decken angelaufen kamen.

Er tauchte eine Decke ins Wasser und hängte sie sich wie einen Umhang über Kopf und Körper. Auch Stefan und ein junger Schwarzer in einer Dienerlivree nahmen Decken, machten sie nass und hüllten sich damit ein. Dann liefen sie auf die Hütte zu. Ein anderer Schwarzer mit einem rot geschminkten Gesicht griff ebenfalls nach einer Decke, doch ein Älterer von der Gruppe riss ihn zurück und schrie ihn an.

»Halt, Mango! Nein! Das darfst du nicht! Du kannst da nicht reingehen! Du wirst sonst von den Ahnen verflucht!«

Miriam verstand nicht, was hier vor sich ging. Wieso wollten die Männer in die brennende Hütte? Dann hörte sie einen Kinderschrei aus der Hütte. Der Schrei traf sie wie ein Schlag, und plötzlich hatte sie das Gefühl, als ob die Zeit viel langsamer vergehen würde. Sie sah, dass die drei Gestalten wie in Zeitlupe im rot glühenden Schlund der Hüttentür verschwanden. »Stefan!«, schrie sie. »Stefan! Blieb hier!!« Doch es war schon zu spät. Ihr zukünftiger Mann konnte sie nicht mehr hören.

Die nächsten Sekunden vergingen plötzlich so unerträglich langsam, dass ihr vor Angst und Ungeduld fast das Herz zersprang. Sie hätten schon lange wieder draußen sein müssen! Der Rauch hatte sie betäubt, und sie erstickten und verbrannten jetzt gerade dort in dieser elenden Hütte.

Dann erschien die erste Silhouette im Viereck der Tür und taumelte ins Freie, gleich darauf zwei weitere. Jo und der Hausangestellte trugen zwei halb ohnmächtige, weinende Kinder auf den Armen.

»Bringt sie zu mir ins Haus!«, rief Denise den Rettern zu.

Der Hausangestellte antwortete ihr mit einem dankbaren Blick, drückte Stefan das Kind in den Arm und wandte sich einer jungen Frau zu, die weinend neben ihm stand.

»Es sind die Eltern«, sagte Stefan zu Miriam, dann trug er das kleine Mädchen zum Haupthaus hinüber.

Die Mutter hörte auf zu weinen, klammerte sich an

ihren Mann und ging mit ihm eng umschlungen hinter Stefan her.

Miriam konnte es nicht fassen. Die Schwarzen waren da herumgestanden und hätten die Kinder in der Hütte verbrennen lassen! Es wollte ihr nicht in den Kopf. Unfassbar! Was waren das für Menschen?!

Sie wandte sich ab und schlenderte langsam zurück. Nach einigen Schritten berührte etwas ihren Rücken. Sie drehte sich erschrocken um. Ein junger Schwarzer mit rotem Gesicht stand da und hielt etwas in Händen.

»Was willst du? Fass mich nicht an!«, zischte sie den Mann impulsiv an. Erst dann sah sie, dass er ihre kleine Abendhandtasche in der Hand hatte und sie ihr reichte. Sie musste sie wohl verloren haben.

»Ihre Tasche«, sagte der Schwarze kühl.

»Danke. Ist nett von dir«, sagte Miriam unsicher, nahm die Tasche, öffnete sie, zog ein paar Randscheine heraus und reichte sie ihm.

»Behalten Sie Ihr Geld.« Im Gesicht des jungen Mannes zuckte kein Muskel, aber seine Stimme klang nach Verärgerung. Er drehte sich auf dem Absatz um und ging davon.

Miriam tat es Leid, dass sie ihn so angefaucht hatte, aber sie hatte sich einfach erschrocken. Und sie empfand im Moment tatsächlich eine ziemliche Wut auf diese Schwarzen, die ihre Kinder einfach verbrennen ließen. In der Dunkelheit hatte sie auch zu spät bemerkt, dass der Junge mit ihrer Handtasche jener mit dem rot geschminkten Gesicht war, der in die brennende Hütte laufen wollte. Wahrscheinlich hielt er sie jetzt für eine dumme Gans. Eine rassistische dumme Gans. Sie hätte ihm wohl auch kein Geld anbieten sollen. Nun ja, egal, es war passiert. In ein paar Tagen wäre sie wieder in München, und dann konnte sie all das hier vergessen.

»Wenn Sie in Ihr Zimmer wollen, dann können Sie auch den anderen Eingang nehmen.« Wally, der Chef der Hausangestellten, trat an Miriam heran und deutete auf den Haupteingang von Rose Bud, vor dem sich eine große Schar der Gäste versammelt hatte. Limousinen fuhren vor, es setzte wohl ein allgemeiner Aufbruch ein.

Miriam nickte und ging mit ihm zum Nebeneingang des Hauses.

»Das ist unvorstellbar«, sagte sie mehr zu sich selbst als zu ihrem Begleiter, »einfach unglaublich. Wenn die Kinder verbrannt wären…«

Der Hausverwalter blieb stehen und sah sie an. Sein gutmütiges Onkel-Tom-Gesicht war ernst. »Wenn das Feuer von den Vorfahren kommt, dann darf der Mensch sich nicht einmischen.«

»Heißt das, die Kinder hätten sterben sollen?!«

Wally fuchtelte abwehrend mit der Hand und rollte mit den Augen. »Wenn die Vorfahren das Feuer schicken, dann ist das ein Zeichen. Und die Vorfahren würden die Kinder niemals ohne Grund dem Feuer überlassen.«

Miriam schüttelte fassungslos den Kopf. »Das ist doch abergläubischer Schwachsinn!«

»Sie glauben aber daran, Miriam.« Ohne dass sie es bemerkt hatte, war Stefan herangekommen. Sein Gesicht zeigte noch Spuren vom Ruß der brennenden Hütte. »Seit Jahrhunderten«, fügte er hinzu. »Vielleicht schon seit Jahrtausenden.«

»Es ist ein Zeichen von den Ahnen«, wiederholte

Wally. »Eine Warnung. Vielleicht liegt ein Fluch über dem Haus.«

»Ach, Wally, morgen werden wir alle froh sein, dass die Kinder noch leben.« Stefan nickte ihm zu, legte den Arm um seine Braut und ging mit ihr ins Haus.

»Ich versteh' diese Leute nicht«, sagte Miriam ratlos und blickte durchs Fenster ihres Schlafzimmers in die Nacht hinaus. »Ihr habt doch das einzig Richtige getan.«

»Aus unserer Sicht«, antwortete Stefan und zog sein verschmutztes Hemd aus. »Aber sie haben eine andere Sicht der Dinge. Und wir Weißen bringen hier irgendwie alles durcheinander.«

Miriam drehte sich um. Stefan stand dicht vor ihr, und mit einem Mal fühlte sie eine solche Erleichterung darüber, dass ihm nichts geschehen war, dass es sie fast schwindelte. Sie musste ihn spüren. Sofort. Sie zog ihn heran und gab ihm einen Kuss, einen kleinen, spielerischen erst. Dann erwiderte er ihn, und es wurde ein leidenschaftlicher Kuss daraus. Sie sanken aufs Bett, doch plötzlich schrie draußen jemand laut und gellend etwas auf Xhosa. Dem folgte ein kurzer Trommelwirbel.

Miriam erschrak und löste sich von Stefan. »Was war das?«

Draußen war es wieder still.

»Keine Ahnung.« Stefan ging zum Fenster und sah hinaus. »Ich kann nichts Besonderes sehen.« Er drehte sich um und blieb am Fenster stehen. »Weißt du, ich bin richtig froh, dass wir hier sind.«

»Komm her«, sagte Miriam, und ihre Stimme klang etwas zu rau.

»Kennst du in Deutschland einen Bischof, der uns

trauen könnte?« Stefan kam langsam auf sie zu. »Und der dazu noch mein Freund ist?«

Miriam antwortete nicht, stand auf, warf ihre Stola achtlos aufs Bett, streifte einen Träger ihres Abendkleids herunter und entblößte ihre linke Apfelbrust. Sie lächelte, und Stefan kannte diesen Blick genau.

Er ging zu ihr, schlang die Arme um sie und drückte sie an sich. Ihre Lippen fanden sich, Miriam wollte sich aufs Bett fallen lassen, doch er ging nicht darauf ein, löste seine Lippen von den ihren und hielt sie fest. »Ich muss dir noch etwas sagen. Es ist verrückt, weißt du: Plötzlich kann ich mir wieder vorstellen, hier zu leben. Mit dir. Also, wenn du mich fragst, dann …«

»Ich frage dich aber nicht«, unterbrach sie ihn und verschloss seinen Mund mit einem Kuss.

Als sie aufs Bett sanken, begannen irgendwo draußen wieder Trommeln zu hämmern, und nach einem Moment setzte ein fremdartiger, rhythmischer Gesang ein.

»Was ist das?«, fragte Miriam abermals, löste sich ein wenig aus ihrer Umarmung und hob den Kopf.

»Musik«, antwortete Stefan, »wahrscheinlich sorgt Mthobeli wieder dafür, dass seine Leute ihre alte Religion nicht ganz vergessen. Lass sie einfach trommeln.« Er zog ihr das Kleid bis zum Bauchnabel herunter und blickte ihr in die Augen, während sie die Gürtelschnalle seiner Hose öffnete …

In einiger Entfernung vom Haupthaus hatten die Farmarbeiter auf freier Fläche ein großes Lagerfeuer entzündet, saßen oder standen, auf der Stelle tanzend, um das Feuer, lauter schwarze, glänzende Gesichter über

T-Shirts, karierten Sporthemden und Windjacken. Kaum einer trug traditionelle afrikanische Kleidung.

Sangoma Mthobeli stand im Kreis seiner Leute neben dem Feuer, stampfte zum Rhythmus der Trommeln mit den Füßen auf den Boden und sang aus voller Kehle ein altes Lied. Sobald er eine Strophe beendete, fielen alle anderen im Chor ein, und ihr Gesang erfüllte die sternklare Nacht. Der Sangoma trug einen Kopfputz aus Perlenschnüren, hatte ein Leopardenfell um seine nackten Schultern drapiert, riss seinen Mund beim Singen weit auf und entblößte dabei eine große Zahnlücke im vorderen Oberkiefer.

Sein Aussehen stand in bizarrem Gegensatz zu dem des jungen Mannes in der Dienerlivree, der ein paar Schritte entfernt von ihm im Schneidersitz auf dem Boden saß, laut mitsang und rhythmisch mit dem Oberkörper schwankte.

Jo stand in einiger Entfernung unter einem Baum und betrachtete die Veranstaltung schon eine Weile. Er konnte nicht sagen, ob Mthobeli gesehen hatte, dass er hier war und die Szene heimlich beobachtete. Irgendwie überkam ihn jedoch das merkwürdige Gefühl, der Sangoma könnte auch von seiner Anwesenheit wissen, ohne dass er ihn gesehen haben musste. Es gab da eine Geschichte über diesen Alten, die sich schwer mit der westlichen Vernunft vereinbaren ließ. Es hieß – und die jeweiligen Zeugen hatten es hoch und heilig beschworen –, dass er an zwei Orten gleichzeitig gesehen worden sei. Mthobeli äußerte sich nicht weiter dazu. Jo hatte ihn selbst nach dieser Geschichte gefragt, aber der Sangoma gab ihm nur die freundliche und bestimmte Auskunft, dass es Dinge gäbe, die ihn nichts angingen.

Viele der Schwarzen hier waren gleichzeitig Christen und Animisten. Sie glaubten an den Gott der Christen, und sie glaubten gleichzeitig an ihre angestammte alte Religion. An Ahnenseelen und Totengeister. Sie glaubten, dass die Seelen Verstorbener unter gewissen Bedingungen Einfluss auf das Geschehen in der realen Welt nehmen konnten. Sie konnten auch einen Fluch aussprechen. Sie konnten sogar, wie alle dort am Lagerfeuer wohl glaubten, Hütten anzünden.

Der Bischof sah den Singenden und Tanzenden noch eine Weile zu, dann ging er zurück ins Haus. Er hatte sich mit Stefan auf ein Glas Wein verabredet. Nach dieser spektakulären Rettungsaktion im Feuer hatten sie sich einen Schluck redlich verdient.

Er setzte sich im Herrenzimmer von Rose Bud in einen Sessel und bat Betty, nach Stefan zu suchen. Dann wartete er ein paar Minuten und lauschte grüblerisch auf das Dröhnen der Trommeln und die vielstimmigen Gesänge, deren Melodien sich in einem gleichermaßen ansteckenden wie beruhigenden Rhythmus wiederholten.

»Ich war schon im Bett«, sagte Stefan, als er das Herrenzimmer betrat und sich in einen Sessel fallen ließ. »Entschuldige, wenn du warten musstest. Aber ich hab's nicht vergessen.«

So früh schon im Bett?, dachte Jo und fragte sich unwillkürlich, ob Miriam auch schon im Bett war. Stefan und Miriam waren vorhin auf einmal verschwunden. »Entschuldige bitte, wenn ich euch gestört habe.«

»Das macht gar nichts, mein Freund.« Stefan räkelte

sich in seinem Sessel und beobachtete Betty, die mit einer Flasche Wein mit zwei Gläsern hereinkam. »Lass uns ein bisschen über die alten Zeiten plaudern, Jo. – Danke, Betty. Sehr aufmerksam.«

Wallys Frau lächelte ihm zu, servierte den Wein und ging wieder. Er kannte Betty schon seit seiner Geburt. Da war sie ein Teenager gewesen. Jetzt war sie eine schöne ältere Frau mit silbernen Strähnen an den Schläfen.

»Auf uns, Jo. Und auf Afrika.« Stefan hob sein Glas, und sie stießen miteinander an. »Ist ja fast alles wie früher hier.«

Jo schüttelte den Kopf. »Nichts ist wie früher.«

»Stimmt. Das Land ist endlich frei.«

»Das schon. Aber heute sterben zu viele. Täglich kommen fast zweitausend HIV-Infektionen dazu.« Sie schwiegen einen Moment. Dann fuhr sich der Bischof mit der Hand über die Stirn und lächelte ein wenig angestrengt. »Lass uns von erfreulicheren Dingen reden, mein Freund. Was ...«

»Was ist eigentlich mit Jane und dir?«, unterbrach Stefan. »Warum habt ihr nicht geheiratet?«

»Sie hat Ben geheiratet. Lass uns ...«

»Das hab' ich schon gehört. Aber sie haben sich bald nach der Hochzeit getrennt.«

Aber auch dieses Thema gefiel Jo nicht, und so plauderten sie dann doch über alte Zeiten, über dies und das. Nach einer guten Stunde saßen sie immer noch da, bei einer zweiten Flasche. Sie hatten ein paarmal herzlich gelacht, und jetzt schwiegen sie bereits seit ein paar Minuten, hingen ihren Gedanken nach und lauschten auf den schon vertrauten Klang der Trommeln und die monotonen Gesänge, die durch die Moskitonetze an den geöffneten Fenstern hereindrangen.

»Vielleicht hat der Sangoma Recht«, sagte Jo schließlich und betrachtete nachdenklich die beiden präparierten Köpfe an der Wand über dem Kamin. Ein Springbock, das Wappentier Südafrikas, und eine Gazelle. »Manchmal denke ich, wir rauben ihnen ihre Seelen. Durch unseren fremden Glauben. Unsere Dominanz. Unsere Präsenz.«

Stefan lachte. »Ich höre wohl nicht recht, Herr Bischof. Früher wolltest du den Heiden immer das Christentum beibringen. Du wirst doch wohl nicht schwankend werden im rechten Glauben, oder? Der Bischof Mallinger tritt zu den Animisten über! Mthobeli wird sich totlachen.«

Auch Jo lachte, wurde dann aber wieder ernst. »Natürlich glaube ich nicht, dass auf einmal ein Fluch über Rose Bud liegt. Aber *sie* glauben es. Und letztlich kann niemand wissen, ob es diese Ahnenseelen gibt oder nicht. – Aber etwas anderes: Warum bist du damals gegangen? Ohne was zu sagen.«

Stefan wand sich unbehaglich, trank hastig einen Schluck Wein. Die Frage musste natürlich irgendwann kommen. Er war damals einfach verschwunden, und sein Freund hatte das Recht, diese Frage zu stellen.

»Ich hab's nicht ausgehalten. Es hat Mama damals umgebracht«, antwortete er schließlich und trank noch einen Schluck. Ihm war danach.

»Die Affäre mit Denise?« Jo machte eine abwehrende Geste. »Das ist Quatsch. Und das weißt du auch. Deine Mutter war todkrank.«

»Es war nicht die Krankheit. Sie ist an gebrochenem Herzen gestorben. Es hat ihr irgendwie den Rest gegeben.«

Als Jo nicht antwortete, sondern ihn nur durch seine Brillengläser fixierte, verfiel auch er in Schweigen. Natürlich wäre seine Mutter in jedem Fall gestorben, aber es hatte ihr trotzdem den Rest gegeben, und sein harmoniesüchtiger Freund wollte das nicht wahrhaben.

»Jawohl, verdammt noch mal!«, fluchte er, als ihm das Schweigen zu lange dauerte. »Mama war noch keine sechs Monate tot, da hat er Denise geheiratet! Sechs Monate! Sie war noch keine sechs Monate tot!«

»Denise kann überhaupt nichts dafür«, sagte Bernhard ruhig. Stefans Vater war unbemerkt an sie herangetreten, blieb neben einem Sessel stehen und musterte seinen Sohn mit zerfurchter Stirn.

»Das weiß ich. Denise kann nichts dafür«, murmelte Stefan überrascht, wollte eigentlich den Mund halten, aber dann platzte es doch noch einmal aus ihm heraus. »Du hast achtundzwanzig Jahre mit Mama einfach weggeworfen! Einfach so!« Er schnippte mit den Fingern. »Das versteh' ich nicht! Wie kann man das?! Achtundzwanzig Jahre! Einfach so!«

Jo stand auf und zog sein Jackett an. »Er hat deine Mutter bis heute nicht vergessen.« Er nickte den beiden zu und ging.

»Er hat sich auch nicht geändert«, meckerte Stefan gereizt vor sich hin. »Jo mit seinem ewig versöhnlichen Harmoniegesülze. Das geht mir immer noch auf den Keks.«

Bernhard von Braun setzte sich nicht, sondern blieb

neben dem Tisch stehen, verschränkte die Hände auf dem Rücken, studierte das Muster der Vorhänge an der Verandatür und dachte an die Gewissensnöte, die er durchgestanden hatte, damals. Jo hatte ihm sehr geholfen, ihm die Dinge im richtigen Licht gezeigt und deutlich gemacht, dass es weder eine Sünde noch sonst irgendwie falsch war, wieder zu heiraten. »Wenn Jo nicht gewesen wäre, hätte ich sie nie geheiratet«, sagte er schließlich.

Stefan blickte überrascht auf. »Was? Wie? Ich denke, du liebst sie?«

»Beide«, antwortete sein Vater leise, ohne den Kopf zu wenden. »Ich habe beide geliebt.«

»Man kann nicht gleichzeitig zwei Frauen lieben. Dann ist eine Liebe nichts wert.«

»Und weil du dir dessen so sicher bist, muss ich mich schuldig fühlen? O nein, Stefan!« Bernhard wandte sich seinem Sohn zu. »Ich fühle mich schuldig, weil ich ihr nichts gesagt habe.«

Stefan konnte sich ein sarkastisches Lächeln nicht verkneifen. »Da kann ich dich beruhigen. Sie hat es auch so verstanden.«

»Was hat sie auch so verstanden?«, fragte Bernhard nach einer kleinen Pause heiser.

»Genau das, was du gerade denkst. Mama hat alles gewusst von dir und Denise.«

Bernhard von Braun war zutiefst betroffen und starrte seinen Sohn ungläubig an.

»Ja, schau nur betroffen. Sie hat alles gewusst«, knurrte Stefan. »Du hast doch nie etwas gesagt, Vater! Eigentlich hast du nie geredet! Du hast immer nur Anweisungen gegeben! Aber geredet hast du nicht, Vater.

Du hast mit Mama nicht geredet, und mit mir auch nicht.« Er brach ab, denn darum ging es eigentlich nicht.

»Es war an dem Abend, bevor Mama starb«, fuhr er fort, als Bernhard noch immer nichts sagte. Das Gesicht seines Vater war grau unter seiner südafrikanischen Bräune. »Du warst wieder bei Denise. Und ich hab' Mama vorgelogen, dass du dringend irgendwo hinmusstest. Da hat sie mich in den Arm genommen und gesagt, ich solle endlich aufhören zu lügen. Ich! Und dass sie weiß, dass du sie trotzdem liebst. Und sie nie verlassen wirst.«

Bernhard ließ sich langsam auf einer Sessellehne nieder. »Tja«, murmelte er ratlos, »aber warum, um Gottes willen, bist du denn weggegangen Stefan, ich ...«

»Ich hab' dich so gehasst dafür, Vater! Und dass Mama dir das schon längst verziehen hatte, Vater – das hast du nicht verdient! Wirklich nicht!«

Bernhard von Braun erhob sich ruckartig wieder von der Sessellehne, blieb noch einige Sekunden neben dem Sitzmöbel stehen und verließ dann grußlos das Herrenzimmer von Rose Bud.

# 3

Die einmotorige Cessna Hawk brummte zuverlässig, lag gut in der Luft, ließ sich leicht steuern, und Stefan genoss den Ausblick über das Land. Links unter ihnen befanden sich die weißen Häuser von Rose Bud im dunklen Grün der Bäume, in der Umgebung leuchtete das helle Grün der Weinberge im Licht des Morgens, dazwischen gelbe Weizenfelder, die dunklen Tupfer der Wäldchen und am Horizont die violette, kahle, schroff aufragende Kette der Cedarberge.

Er war nicht nur ein leidenschaftlicher Chirurg, er war auch ein leidenschaftlicher Pilot, und er kostete das Gefühl, nach zehn Jahren wieder über das Gebiet von Rose Bud fliegen zu können, bis zur Neige aus. Es war zwar nicht seine alte Cessna, aber die neue war mindestens genauso gut. Sein Vater flog nicht mehr, deshalb stand das schöne Stück die meiste Zeit auf dem Boden.

Ihm fiel auf, dass noch niemand auf den Feldern der Farm arbeitete, aber er schenkte dem keine weitere Beachtung. Bald flogen sie über das Gebiet der Broadlandsfarm, auf der, mitten im berühmten Weinbaugebiet um Stellenbosch, Hengste gezüchtet wurden. Direkt hinter den Koppeln mit den Pferden, die wie flügellose braune Insekten das Grün sprenkelten, lag ein schmaler Streifen Kiefernwald, aus dem die schroffen, dunklen Flanken der Hottentots Holland Mountains aufragten.

»Sieh mal, da unten!«, rief er und deutete aus dem Seitenfenster.

»Ja. Eine Pferdefarm«, sagte Miriam. »Lauter Pferde.«

»Nein. Weiter hinten. Dort. Zum Atlantik rüber.«

Sie blickte in die Richtung, in die sein Finger deutete, fokussierte den Blick auf die graue, verschwommene Fläche am Horizont, die wohl der Atlantik sein musste, ließ ihre Augen über Hügel, Felder und Wälder zurückwandern, und dann sah sie, was er wohl meinte. Wahrscheinlich den kleinen See am Fuß eines Hügels. Im Morgenlicht wirkte er, als hätte ein Land-Art-Künstler eine große goldene Niere auf einem grünen Tuch neben einem bemoosten Baumstumpf drapiert.

»Wunderschön«, sagte sie, lächelte ihn an, blickte wieder aus dem Fenster und gab dann im Weiteren vor, staunend und sprachlos ergriffen die Landschaft zu bewundern. Dabei hing sie ihren Gedanken nach. Dieses Land da unten war zweifellos von eindrucksvoller Schönheit. Das brauchte Stefan gar nicht so oft zu betonen. Schließlich hatte sie Augen im Kopf. Dass es München und Umgebung landschaftlich nicht mit der südlichen Kapprovinz aufnehmen konnten, verstand sich von selbst. Die Alpen waren zwar auch nicht schlecht, aber wann hatte man schon Zeit, in die Berge zu fahren? Eigentlich viel zu selten. Und einen eigenen Flieger besaß Stefan dort sowieso nicht.

Als sie an München dachte, fiel ihr wieder ein, dass sie in zwei Tagen zu einem Fortbildungsseminar musste. Zum ersten Mal nicht als Hörerin, sondern als Dozentin. Das war wichtig für sie. Dafür hatte sie eine ganze Weile hart gearbeitet. Sie war gern Physiotherapeutin, und inzwischen spielte sie schon mit dem Gedanken, ein eigenes Institut für Physiotherapie zu gründen, in dem sie vor allem ausbilden wollte. Und Stefan hatte einen guten und für die Zukunft aussichtsreichen Job als Chirurg in einer renommierten Privatklinik. Das war ihr Leben.

Stefan zog die Maschine in einer weiten Schleife nach Norden und hielt auf die Cedarberge zu. »Wir fliegen ein Stück über die Cedars«, sagte er und deutete auf die Bergkette am rechten Horizont, »dann ein bisschen über die Kleine Karoo. Anschließend geht's direkt nach Süden runter zur Küste, über Oudtshoorn nach George, dann nach Mossel Bay, ein wenig an der Küste entlang nach Westen – und dann, mein Schatz, zeige ich dir den Blick auf eine Stadt, die durch ihre Lage als eine der schönsten Städte der Welt gilt! – Du musst dir das wirklich alles ansehen, Miriam!«

»Das mach' ich gerade, Stefan. Es ist wirklich ein schönes Land.«

»Es ist mehr als das, Miriam.« Er lachte und blickte wieder nach vorn.

In der nächsten halben Stunde flogen sie schweigend über die westliche Kapprovinz. Der Himmel war von lichtem Blau mit einigen Rosatönen, die Sonne noch rotgolden und erst eine gute Hand breit über dem Horizont. Miriam hielt ihr Versprechen und betrachtete nun die Landschaft, ohne diese durch abschweifende Gedanken zur Kulisse zu degradieren. Südafrika war, zumindest hier, wirklich von grandioser Schönheit. Hinter der baumlosen, schroffen Bergkette, die sie gerade überflogen, dehnte sich eine bräunlich gelbe, grün gesprenkelte Ebene, in der sich mikroskopisch winzige dunkelgraue Punkte bewegten.

»Das sind die Weiden der Straußenfarmen in der Kleinen Karoo«, erläuterte Stefan. »Da vorn der weiße Fleck in der Grünfläche ist die Stadt Oudtshoorn.«

Miriam nickte nur. Sie betrachtete das Panorama der Berge, der Hügel, Ebenen und Waldflecken, das am Horizont von der verschwommen graublauen Fläche des Ozeans begrenzt wurde, der sich ein weiteres Stück dahinter mit dem leuchtend blauen Himmel vereinigte. Traumhaft. Doch irgendwie erreichte diese Schönheit ihr Herz nicht, nicht wirklich, ihre Gedanken schweiften immer wieder ab.

Im Moment stritten sich zwei Seelen in ihrer Brust. Bei diesem Gedanken überlegte sie spontan, von wem dieser Spruch mit den zwei Seelen, ach, in der Brust wohl sein könnte, aber es fiel ihr nicht ein, und nach ein paar Sekunden gab sie den Versuch auf. Jedenfalls war die eine Seele glücklich, die andere war verärgert.

Die glückliche Seele dachte an gestern Abend, an Stefans braun gebrannten Körper, an seine zärtlichen Hände, seine einfühlsamen Liebkosungen, an das überströmende Glücksgefühl, das sie in seinen Armen fand. Dieses Gefühl hatte tiefe Wurzeln. Sie hatte ihn gleich geliebt, gleich als sie ihn kennen lernte, und das war schon fünf Jahre her. Und als er ihr einen Heiratsantrag machte, hatte sie nicht gezögert. Er war nicht der erste Mann, der vor ihr stand und ihr einen Heiratsantrag machte. Aber er war der richtige Mann. Sie liebte ihn. Und er liebte sie. So einfach war das.

Das ging in der einen Seele vor. Die andere, die verärgerte, ließ die Unverschämtheiten nachwirken, die der alte von Braun sich leistete. Behandelt mich erst wie den letzten Dreck, dachte Miriam, dann heißt er mich plötzlich als Schwiegertochter willkommen, entscheidet ganz einfach, wann und wo ich seinen kostbaren Sohn heiraten darf und verkündet es auch noch öffentlich. Ohne vorher überhaupt mit mir geredet zu haben! Aber er hat zweifellos mit Stefan gesprochen. Ganz sicher. Und der hat mir nichts gesagt. Irgendwie ist das nicht fair. Von beiden nicht. Aber dafür hat Stefan mir die halbe Nacht etwas vorgeschwärmt, von Südafrika, von dem Lebensgefühl, das es nur hier und nirgendwo sonst auf der Welt gebe, und wie schnell ich es lieben lernen werde und so weiter und so fort…

Als sie bei der Stadt George die Küste erreichten, war Miriam irgendwie froh, denn der Ozean, der mit weiß schäumenden Brechern gegen die Klippenküste brandete, riss sie aus ihren Gedanken.

»Ist das nicht wunderschön?«, fragte Stefan.

»Ja, wunderschön«, antwortete sie lakonisch.

In der nächsten Stunde, während sie an der äußersten Südspitze Südafrikas entlangflogen, hielt Stefan ihr einen Vortrag über das Land, in dem er geboren war, und sie hörte aufmerksam zu. In München hatte sie das nie so sehr gespürt, aber hier, in diesem Flugzeug über dem Meer, das grandiose Panorama vor Augen, fühlte sie ganz deutlich, dass Stefan Deutschland als Exil betrachtete. Jo Mallinger hatte wohl Recht, als er sagte: Wer von hier ist, bleibt auch von hier. So wie ihr Bräutigam redete, sprach nur einer, der seine Heimat tief im Herzen trug. Es musste ein Gefühl sein, das ihr, zwangsläufig, fremd war, so eine Art *african feeling*. Afrikavirus hatte Jo das genannt.

Auch mit Kapstadt hatte Stefan nicht übertrieben. Der Anblick war atemberaubend. Mindestens so schön wie der auf Rio de Janeiro vom Flugzeug aus, aber viel archaischer. Das dunkle Tafelbergmassiv, das sich majestätisch hinter der Stadt erhob, war nicht der Zuckerhut. Und Kapstadt nicht nur eine prächtig gelegene Küstenstadt, sondern die südlichste Metropole eines Kontinents, eine Großstadt am Ende der Welt. Danach kamen nur noch die Weiten des Ozeans und irgendwann die Eismassen der Antarktis.

Im Hafengelände streckten sich die Kais wie hellgraue Tentakeln in das blaue Meer hinaus, Handelsschiffe malten weiße Linien auf den Atlantik, Segelyachten zogen mit bunten, geblähten Segeln ihre Bahnen, hinter dem Hafen reckten sich glitzernde Bürotürme in den Himmel, und rechts vom Tafelbergmassiv erhob sich ein kleinerer Berg, der wie eine missratene Kopie des Zuckerhuts von Rio aussah. Das Einzige, was sie an dem traumhaften Panorama störte, war das Oval des Sportstadions, eine offene Schüssel mit einer roten Bahn um das grüne Viereck des Rasens, die in einer Grünfläche zwischen Stadt und Ozean lag.

»Was sagst du nun? Ist es nicht wunderschön hier? – Also, was hältst du davon? Hier zu leben, meine ich.«

Sie hatte diese Frage schon erwartet, seit die Maschine in der Luft war, und sie atmete tief ein, bevor sie ruhig und bestimmt antwortete: »Ich bitte dich, Stefan – was soll ich denn hier tun? Und was willst du hier tun? Albert Schweitzer spielen? – Stefan, ich will hier nicht leben. So wunderschön es auch ist. Ich kann hier einfach nicht leben.«

Für eine Sekunde hatte Miriam ein merkwürdiges Gefühl, ein seltsamer Gedanke schoss ihr durch den Kopf, und der sagte: Es ist eigentlich gar nicht richtig, was du da sagst. Aber es war nur ein ganz weit entfernter, winziger Gedanke, flackerte in einem weit entlegenen Winkel ihres Bewusstseins auf, so entfernt und so winzig, dass er gleich wieder erlosch, und eine Sekunde später hatte sie ihn bereits vergessen.

»Ich habe Angst, Stefan«, sagte sie stattdessen, »ich habe einfach Angst, dass du wirklich wieder hier leben willst. Und so hart es auch ist, ich muss dir …«

»Ach komm, Miriam!«, unterbrach Stefan sie. »Wäre das denn wirklich so schlimm? Es ist wunderbar, hier zu leben! Du könntest hier unterrichten, du könntest medizinische Vorsorge betreiben, Aids-Vorsorge etwa – weiß der Teufel! – irgendwas!«

Miriam schüttelte den Kopf. »Stefan, bitte versuch nicht, mich zu überreden. Ich will einfach nicht. Wenn du unbedingt wieder zurückwillst, dann mach das. Aber so hart und brutal es auch klingt – das wäre eine Entscheidung gegen mich. Gegen uns.« Sie sah ihn dabei nicht an. Sie blickte durch das Seitenfenster auf Kapstadt, und fast ärgerte sie sich darüber, dass der Anblick weiterhin so unglaublich schön war.

Stefan legte die Cessna ohne Vorwarnung in eine enge Linkskurve nach unten, Miriam erschrak, stieß einen kleinen Schrei aus, er lachte und brachte die Maschine wieder in die Horizontale.

»Lass den Blödsinn, Stefan! Du bist schon eine ganze Weile nicht mehr geflogen. Dabei kann man abstürzen. Also bitte, lass den Quatsch.«

Er lachte, aber es war kein fröhliches Lachen. »Okay!« Dann wurde er wieder ernst. »Alles in Ordnung, Miriam. Ich meine, mit München und so. Ich bin… ich bin im Moment einfach ein bisschen sentimental.« Warum nur konnte sie nicht verstehen, dass er hier bleiben wollte? Warum war sie bloß so stur?

»Ist schon gut, Stefan. Aber bring uns bitte heil wieder runter.«

»Hast du Angst, wir könnten abstürzen?«

»Nein, Stefan. Da bin ich ganz fatalistisch. Aber man muss es ja nicht herausfordern.«

»Da hast du mal Recht.«

Er beschleunigte die Cessna, drehte noch eine Runde über dem Tafelberg, dann flog er in direkter Linie zurück, landete die Maschine zehn schweigsame Minuten später sanft und präzise auf dem kleinen Flugfeld und ließ sie galanterweise in der Nähe ihres Autos ausrollen.

Auch die Fahrt zum Haus verlief eher einsilbig. Als sie ankamen, saß Denise auf der Veranda und frühstückte. Miriam ging in ihr Zimmer, um sich umzuziehen.

»Guten Morgen.« Stefan küsste seine Stiefmutter auf beide Wangen und setzte sich zu ihr an den Frühstückstisch.

Sie sahen sich einen Moment an, schweigend und lächelnd.

»Hast du mir endlich verziehen, Stefan?« Sie hob ihr

Glas, trank einen Schluck Tomatensaft und balancierte das Glas dann in der Hand.

»Ach, Denise!« Stefan grinste verstohlen. »Das ist eine Sache zwischen Vater und mir. Das hatte mit dir nie etwas zu tun.« Er köpfte ein Ei und schenkte sich eine Tasse Kaffee ein.

»Aber im Innersten hast du doch immer mich verdammt«, beharrte sie.

»Es ist doch wohl logisch, dass ich als Sohn zu meiner Mutter gehalten habe. Du warst jung und schön, und sie hatte gegen dich keine Chance. Ach, lass das. Es ist alles so lange her.«

»Keine Chance …?«, sagte Denise nachdenklich. »Das trifft es nicht wirklich, Stefan. Es war Liebe. Dagegen kann ein Mensch im Grunde gar nichts tun. Dein Vater liebte uns beide.«

»Das weiß ich inzwischen«, sagte er, nicht ohne einen gewissen Sarkasmus. »Es gibt kein Problem zwischen uns, Denise. Ich habe dich immer sehr gemocht, und ich mag dich heute ganz genauso. Und wenn ich dich so ansehe – dann freu' ich mich für dich … und für ihn.«

»Danke dir, Stefan.« Sie biss von ihrem Brötchen mit selbst gemachter Marmelade aus ihren Orangenhainen. »Musst du unbedingt probieren. Unsere Orangenmarmelade ist erstklassig.«

Stefan nickte nur, denn er kaute gerade einen Bissen Ei mit Weißbrot. Das Ei schmeckte anders als die Eier, die er in München aß. Man schmeckte, dass es von einem frei umherstreifenden Huhn stammte, von einem Huhn, das unter der Sonne Südafrikas Kräuter, Käfer, Würmer und goldene Weizenkörner verspeist hatte.

Ein scharfer Schrei ließ beide zum Himmel blicken. Ein großer, einsamer Vogel segelte hoch über dem Haus, allein im unendlich weiten Blau. Sie beobachteten ihn einen Moment schweigend. Der Größe nach musste es ein Adler sein. Oder ein Geier.

Stefan ließ den Blick über die Wiesen und Felder wandern, die man von der Veranda aus sehen konnte. Die einzelnen, hoch aufragenden Palmen mit ihren majestätischen dunkelgrünen Kronen hatten ihm schon immer gut gefallen. Am Horizont wurde die Aussicht durch die dunkle Kulisse der Hottentots Holland Mountains begrenzt.

»Du weißt gar nicht, wie mir das hier gefehlt hat, Denise.«

Denise lehnte sich zurück und blickte nachdenklich zu den Bergen hinüber. »Doch, Stefan. Ich weiß das.« Weiter sagte sie nichts.

»Ich weiß, dass du das weißt«, antwortete er nach einem Moment. Natürlich wusste Denise ganz genau, was er meinte. Ihre Familie lebte seit über hundertfünfzig Jahren in Südafrika. Sie war hier geboren und aufgewachsen, und sie trug das Land tief in ihrem Herzen. Inzwischen war Stefan sich sicher, dass es bei ihm nicht anders war. Gestern noch war ihm das nicht so klar gewesen. Aber das half ihm auch nicht weiter. Miriam wollte ganz offensichtlich nicht hier leben. Vielleicht konnte Denise ihm helfen. Oder besser Jo? Er hatte ihn darum gebeten, denn Jo und Miriam waren sich offensichtlich nicht unsympathisch. Und Jo konnte ganz schön überzeugend sein.

»Schade, dass ihr heute Abend schon wieder fliegen

wollt. Warum hängt ihr nicht ein paar Tage dran. Bernhard würde sich sehr freuen. Warum habt ihr so wenig Zeit?« Denise blickte auf, als sie Schritte hörte.

»Weil wir beide arbeiten müssen. Und ich habe in zwei Tagen einen Vortrag auf einem Seminar zu halten. Guten Morgen, Denise.«

Miriam setzte sich lächelnd an den Tisch. Sie trug ein himmelblaues Jäckchen, ein weißes T-Shirt und eine weiße Leinenhose.

»Als Physiotherapeutin?«, fragte Denise und nickte ihr zu.

»Genau.«

»Ich habe gestern gar nicht mitbekommen, dass Sie eine Lehrerin sind. Oder gar eine Professorin.«

»Könntet ihr euch vielleicht duzen?«, unterbrach Stefan, blickte die Frauen entrüstet an, hielt den Löffel mit der selbst gemachten südafrikanischen Orangenmarmelade in der erhobenen Hand und bekleckerte so die Tischdecke. »Entschuldigung.«

»Dozentin wäre wohl das richtige Wort«, sagte Miriam freundlich. »Ich habe auch eine Praxis. Aber so nebenbei habe ich mich fortgebildet. Deswegen läuft es zurzeit alles recht gut. Es ist meine erste Veranstaltung als Dozentin. Und ich kann das Seminar keinesfalls sausen lassen. – Obwohl es hier wunderschön ist. Wirklich sehr schön, Denise.«

»Freut mich, dass es dir bei uns gefällt, Miriam«, sagte die Herrin von Rose Bud und blickte zur Sonne hinauf, die gleißend im Blau des Himmels stand. »Das wird ein heißer Tag heute.«

»Ja«, sagte Stefan und räkelte sich für einen Moment

wohlig, »sieht so aus. Ein prächtiger heißer südafrikanischer Tag. Da fühlt man seinen Körper so richtig. Da lebt man. – Wie geht's dir, mein Schatz? Hast du den Flug gut überstanden?«

»Sehr gut. Du bist ein guter Pilot. Und ein noch besserer Chirurg, Liebling.«

Von irgendwo klangen erregte Stimmen herüber. Sie hörten einen Moment hin.

»Ist irgendwas los?«, fragte Stefan.

»Nicht, dass ich wüsste«, antwortete Denise mit gerunzelter Stirn. »Ich bin gerade erst aufgestanden. Es war ein langer Abend gestern.«

Wally hastete auf die Veranda. Seine Krawatte hing schief unter dem weißen Hemdkragen, was bei Wally ungewöhnlich war. »Sie sind weg!«, rief er aufgeregt. »Alle weg, Madame!«

»Wer ist weg, Wally?« Denise kannte ihren langjährigen Hausverwalter als sonnigen südafrikanischen Fatalisten, doch im Moment schien er ziemlich verstört.

»Die Farmarbeiter! Sie sind alle verschwunden! Niemand ist mehr da! Mister Bernhard ist stinksauer! Aber es ist wegen dem Fluch! Der Sangoma hat es gesagt! Es ist wegen dem Fluch!«

»Und was passiert jetzt?«, fragte Stefan.

»Der Boss will nach Makomba fahren und mit Harari sprechen. Er ist der, auf den die Leute hören. Außer auf den Sangoma, natürlich. Aber Harari glaubt, was der Sangoma sagt.«

»Und du, Wally? Was glaubst du?« Stefan schluckte einen Bissen Orangenmarmeladebrötchen herunter und sah seinen alten Freund, der ihn früher bei so manchem Lausbubenstreich gedeckt hatte, fragend an.

»Es ist wegen dem Fluch, Stefan! Wie der Sangoma es sagt: Die Ahnen haben einen Fluch geschickt.«

»Und warum sollten sie das tun?«

»Was für eine Frage! Woher soll ich das wissen? – Ich muss jetzt dem Boss helfen. – Madame!« Der Hausverwalter neigte kurz den Kopf vor Denise und lief davon.

Stefan blickte ihm stirnrunzelnd hinterher. So echauffiert hatte er den alten Wally noch nie gesehen. Das stand ihm gar nicht. Für ihn war Wally immer der Fels in der Brandung gewesen, unerschütterlich, klug und weise.

»Ich will wissen, was da los ist. Entschuldigt mich«, sagte Denise und stand auf.

»Ich komme mit.« Stefan erhob sich ebenfalls.

Miriam wollte nicht desinteressiert wirken, also ging sie mit den beiden, obwohl es ihr völlig egal war, ob die Farmarbeiter verschwunden waren oder nicht. Eigentlich war sie in Gedanken schon mit ihrer Abreise und den Dingen befasst, die sie in München erwarteten.

Vor dem Haupthaus standen Bernhard und der Farmverwalter Eric neben einem Jeep und redeten lautstark miteinander.

»Gerade jetzt vor der Erntezeit!«, fluchte Eric. »Das verdammte Pack! Der verdammte Sangoma! Wenn der mir noch mal unterkommt! Ich schmeiß' sie alle raus und hol' mir neue Arbeiter!« Er riss sich den Hut vom Kopf, wollte ihn auf den Boden werfen, besann sich aber eines Besseren und setzte ihn wieder auf.

»Ich kann es nicht ausstehen, wenn du so redest, Eric!«, zischte Denise wütend und maß ihren Hausverwalter mit kühlem Blick. Eric war ein guter Verwalter, aber auch ein burischer Holzkopf, der wohl nie kapieren würde, dass Schwarze nicht schlechter sind als Weiße. Manchmal hätte sie ihn am liebsten gefeuert, aber ein Verwalter mit seinen Qualitäten war schwer zu finden.

Eric van Houten antwortet nicht, riss sich wieder den Hut vom Kopf, fächelte sich damit Luft zu und musterte seinen Arbeitgeber auffordernd.

»Sie werden nach Makomba gegangen sein«, sagte Bernhard betont neutral. »Reg dich nicht auf, Denise. Wir fahren einfach hin. Ruf doch bitte Jo an. Ich glaube, er kann uns jetzt helfen.«

Denise und der Verwalter rasselten immer wieder mal aneinander. Eric konnte einfach nicht über seinen weißen Schatten springen, und Denise war schon immer der Schutzengel aller Farmarbeiter auf Rose Bud. Trotzdem funktionierte das schon zehn Jahre lang bestens, und eigentlich hatten sie gar nichts gegeneinander, aber immer wenn Eric den verbalen Sklavenschinder gab, der er gar nicht war, identifizierte sich Denise augenblicklich mit Mutter Theresa. Bernhard kannte dieses Hickhack zwischen den beiden zur Genüge. Und er konnte es jetzt nicht brauchen. Die Ernte von Rose Bud stand auf dem Spiel.

»Und du kommst mit!«, schloss Bernhard seinen Gedankengang nach außen ab und winkte seinen Sohn mit einer knappen Geste heran.

Stefan fühlte, wie eine kleine Hitzewelle vom Hals aufwärts durch seinen Kopf schoss. Das war genau der Tonfall, den er an dem Alten hasste. Kommandoton: Und du kommst mit! Hätte er nicht fragen können? Zum Beispiel: Kannst du mir helfen, Stefan? Dann hätte er sagen können: Gern, Vater. Ich helfe dir. Doch das war bei Bernhard von Braun wohl nicht drin. Aber er würde ihm trotzdem helfen.

Miriam hielt ihn fest, als er zu seinem Vater ins Auto steigen wollte. »Ist das nicht gefährlich, Stefan? Ich will nicht, dass du mitfährst.«

Stefan drückte ihr einen flüchtigen Kuss auf den Mund und stieg in den Jeep. »Ich bin bald wieder da, mein Schatz.«

»Was mischt denn die sich ein?«, fauchte der Alte.

Miriam hörte die Bemerkung laut und deutlich, doch sie reagierte nicht darauf. Stefan stieg ins Auto, und Bernhard trat aufs Gaspedal. Eric van Houten nickte Denise zu, stieg in seinen Pick-up und fuhr seinem Chef hinterher.

»Bernhard kann mich einfach nicht ausstehen«, sagte Miriam und sah den Autos nach, die bald von einer Staubwolke verschluckt wurden.

»Nein«, sagte Denise, hakte sich bei ihrer Schwiegertochter in spe ein und ging mit ihr zur Veranda zurück. »Bernhard ist einfach nur nervös im Moment. Die Ernte von Rose Bud. Der Sangoma hat den Leuten wohl erzählt, dass …«

»Wer?«, unterbrach Miriam. »Wer oder was ist dieser Sangoma? Wally hat das Wort vorhin auch schon erwähnt.«

»Ein Sangoma, das ist ein Kräuterarzt, ein Medizinmann, ein Wunderheiler – schwer zu sagen, was er alles ist. Mthobeli, der Alte mit dem silbernen Bart. Du hast ihn vielleicht schon gesehen. Anscheinend hat er den

Leuten erzählt, dass die Farm verflucht ist oder so was. Wally sagt auch, das Feuer in der Hütte sei nicht auf natürliche Weise ausgebrochen. Ein Zeichen der Ahnen, sagt er. Wahrscheinlich hat Mthobeli ihnen eingetrichtert, dass dieser angebliche Fluch sie alle treffen wird, dass sie sterben müssen, wenn sie Rose Bud nicht verlassen.«

»Und deshalb sind sie alle abgehauen? Ich dachte, das sind alle Christen. Wieso …«

»Ja, aber auch wenn sie Christen sind – da gibt es immer noch das Alte. Ihre Tradition. Ihre Religion. Das ist Südafrika, Miriam. Das ist hier so.«

Bernhard starrte grimmig durch die Frontscheibe des Jeeps auf die rote Schotterstraße, die nach Makomba führte. Irgendwie traf es ihn ganz persönlich, dass seine Leute Rose Bud verlassen hatten. Wenn er einer von der Sorte Farmer wäre, die ihre Schwarzen ausbeuteten, dann hätte er das nachvollziehen können. Aber so? Er hatte seine Arbeiter und Hausangestellten immer anständig behandelt. Er war ihnen ein guter Patron und fairer Arbeitgeber. Er fragte sich auch, ob die Hausangestellten wohl etwas von diesem organisierten Auszug gewusst hatten, aber er würde niemanden danach fragen. Welchen Sinn machte es, wenn er jetzt nachträglich erfuhr, dass sie es gewusst hatten? Jedenfalls hatte keiner etwas gesagt. So war das nun mal in Südafrika.

Stefan saß schweigend neben seinem Vater. Sie redeten schon seit zehn Minuten kein Wort miteinander, und was sie vorher gesprochen hatten, war kaum etwas wert. Bernhard machte sich Sorgen um die Ernte und hatte anscheinend vergessen, dass sein Sohn nicht der Juniorchef von Rose Bud war, sondern ein Chirurg aus München, der heute Abend wieder abreisen würde.

Als die ersten schäbigen Wellblechhütten der Township Makomba in der flimmernden Hitze des Vormittags auftauchten, dachte Stefan an das Südafrika, das er vor mehr als einer Stunde aus dem Flugzeug heraus gesehen hatte. Von da oben, dachte er, von da oben sieht alles wunderbar aus. Aber Makomba – und all die anderen Townships – sind eine Schande für dieses Land. Eigentlich sollte es solche Orte nicht mehr geben, elf Jahre nachdem die Apartheid abgeschafft wurde. Aber es gab sie immer noch.

Bernhard hielt den Jeep einfach irgendwo in diesem trostlosen Haufen verrotteter Hütten an, und sie stiegen aus.

Stefan blickte sich angewidert um. Kinder spielten im Dreck, ein paar dürre Hunde stöberten im Müll nach etwas Fressbarem. Eine Bande zerlumpter Halbwüchsiger hockte unter einem Stück Wellblech, das auf vier Pfosten festgenagelt war und ein wenig Schatten spendete. Sie rauchten Zigaretten, tranken Bier und warfen aggressive Blicke herüber.

»Wo ist Harari?«, fragte Bernhard einen halb nackten Jungen, der aus einer Hütte kam. »Weißt du, wo Harari ist?«

Das Kind blickte ängstlich zu ihm hoch und rannte davon, ohne zu antworten.

»Ich bin hier«, hörte Bernhard die Stimme seines Vorarbeiters und drehte sich um.

Harari trat aus dem Eingang einer anderen Hütte, ging zu dem kleinen Haufen seiner Habseligkeiten, der vor der Hütte aufgetürmt war, griff sich einen Stuhl heraus und wollte ihn hineintragen.

»Moment«, sagte Bernhard und ging zu ihm hinüber. »Warte einen Moment, Harari.«

Der Schwarze stellte den Stuhl wieder in den Staub und blickte seinen Chef schweigend an.

»Ich sag' dir, Harari, die klauen euch hier noch die letzten Matratzen unter dem Hintern weg«, sagte Bernhard kopfschüttelnd und warf einen Blick auf die Bier trinkenden Jugendlichen. Er kannte keinen von ihnen. »Und Arbeit werdet ihr hier auch keine finden«, fügte er hinzu. »Überleg dir das, Harari. Steve, Singi und all die anderen werden hier nur rumhängen und auf dumme Gedanken kommen.«

Die Frau des Vorarbeiters und zwei Kinder kamen aus der Hütte. Sie beäugten die Weißen misstrauisch und fuhren schweigend fort, ihre Habseligkeiten in die Hütte zu tragen.

»Es liegt ein Fluch über deinem Haus«, antwortete Harari endlich ernst. »Ein Fluch.«

Am liebsten hätte Bernhard den Vorarbeiter gefragt, ob er noch alle Tassen im Schrank habe, aber er ließ es lieber, denn das hätte die Situation sicher nicht verbessert.

»Bist du nun Christ – oder nicht?«, fragte er ihn stattdessen. »Ich bitte dich, Harari – dieses Voodoozeug, das Mthobeli euch einredet, das ist doch alles Unsinn.«

»Niemand redet mir etwas ein«, gab Harari bestimmt zurück. »Glaub mir. Niemand. Aber die Vorfahren haben ein Zeichen gesetzt. Und sie verlangen ein Opfer.«

»Ja, dass wir die Hütte wieder aufbauen. Und das machen wir ja auch. Also, bitte: Kommt zurück.«

»Die, die zurückgehen, werden krank und müssen sterben!« Oma musste wohl die ganze Zeit zugehört haben. Sie stand plötzlich hinter ihnen. »Wer zurückgeht, wird sterben«, wiederholte sie, warf Bernhard einen bösen Blick zu und verschwand dann im Eingang einer anderen Hütte.

Der junge Mango kam auf sie zu. Sein rotes Gesicht leuchtete in der Sonne. »In einem hat Oma Recht«, sagte er zu Stefan. »Euer Gott, der kümmert sich einen Scheißdreck um uns.«

Stefan wollte ihm etwas antworten, doch der junge Mann winkte ab, ging weiter, bog um die Ecke einer Hütte und war wieder verschwunden.

Bernhard schüttelte resigniert den Kopf und legte seinem Vorarbeiter kurz die Hand auf die Schulter. »Okay, Harari – überlegt es euch. Überlegt es euch gut.«

Harari sah ihn einen Moment nachdenklich an, doch er antwortete nicht. Er nickte ihm nur zu, griff sich den Stuhl und ging wieder in die schäbige Wellblechhütte, in der seine Familie nun hauste.

»Ich werde alt, Stefan«, sagte Bernhard von Braun zu seinem Sohn und fuhr sich müde mit der Hand über die Stirn. »Allein schaff' ich das alles nicht mehr. Ich brauche deine Hilfe.«

Stefan schüttelte den Kopf. »Das ist unmöglich, Vater. Wie stellst du dir das vor?«

Die Residenz des Bischofs Johannes Mallinger war ein kleines, etwas heruntergekommenes Steinhaus am Hauptplatz von Philadelphia, schräg gegenüber der schmucken Kirche, in der er vor zehn Jahren Bernhard und Denise getraut hatte. Der Bischofssitz besaß zwar zwei klassizistisch anmutende Säulen, die das Dach über der zum Platz hin gelegenen Veranda stützten, aber die sahen ebenso schäbig aus wie das ganze Haus.

Jo hielt mit seinem alten, klapprigen R4 vor dem Haus und war noch nicht ganz ausgestiegen, als Emily schon auf ihn zustürzte.

»Jo! Jo! Warum kommst du uns nicht mal besuchen?!« Der hübsche zwölfjährige Blondkopf klammerte sich an seine violette Soutane und blickte an ihm hoch.

Jo legte den Arm um ihre Schulter, zog sie ein wenig an sich und ging mit ihr zur Veranda seines Hauses hinüber. »Das mach' ich bald, Emily. Im Moment habe ich…«

»Er kommt nicht, weil er uns schon lange vergessen hat«, sagte Jane van der Moolen zu ihrer Tochter und musterte den Bischof skeptisch. Jo hatte keine Ahnung, welches Mädchen da gerade neben ihm stand und ihn bewunderte. Den tollen Johannes Mallinger, Bischof der Anglikanischen Kirche von Südafrika und furchtlosen Kämpfer für die Gerechtigkeit auf Erden. Generell und für Südafrika im Besonderen.

Jo betrachtete die Frau, die mit einem verkniffenen Lächeln die zwei Stufen der Veranda hinunterstieg und sich ihnen in den Weg stellte, eine Hand in die Hüfte gestemmt.

»Das ist doch Blödsinn, Jane«, sagte Jo und ließ Emily los, die augenblicklich davonrannte und um die Ecke des Hauses verschwand, hinter der, dem Geschrei nach zu urteilen, noch einige andere Kinder spielen mussten. Jane sah immer noch sehr gut aus. Der Wind spielte mit ihrem blonden Haar, und ihre grünen Augen funkelten ihn an. Nicht gerade freundlich.

»Du weißt doch, wie es bei mir im Moment aussieht. Ich habe nicht mal Zeit für mich selbst.«

»Die hast du doch sowieso nie. Sonst hättest du mal über dein Leben nachdenken können.«

Das hörte er nicht zum ersten Mal von ihr. Sie sagte es zu oft, und er wusste, warum.

»Mein Leben ist, wie es ist, Jane«, antwortete er trocken und öffnete langsam seine Soutane. Heute Vormittag hatte er schon wieder den letzten Segen für einen Menschen gespendet. Eine junge Frau. Fast ein Mädchen noch. Aids.

»Genau«, sagte Jane mit einer feinen, aber unüberhörbaren Bitterkeit und strich die Leinenbluse über ihrem Busen glatt. »Dein Leben ist, wie es ist. Das war schon immer so, nicht wahr, Jo?«

Ihre grünen Augen blitzten ihn voller Sarkasmus an, doch er ging nicht darauf ein, weder auf ihre Worte noch auf ihre Augen. »Danke, dass du dich um Mutter gekümmert hast«, sagte er stattdessen.

»Ich war mit ihr beim hiesigen Arzt. Aber der ist ihr nicht mehr gut genug. Tja. Und jetzt will sie zu einem Spezialisten nach Kapstadt.«

»Ich weiß. Es wundert mich auch nicht. Sie glaubt, ihr Bänderriss sei etwas ganz besonders Schlimmes. Du weiß doch, wie Susan ist. Sie ist kein einfacher Mensch.«

Susan Mallinger trat auf die Veranda hinaus und ließ sich vorsichtig in einem Korbsessel nieder. »Jo! Johannes! Kommst du jetzt mal?!«, rief sie fordernd nach ihrem Sohn.

»Schön, dass du beim Training für die neuen Lehrkräfte mitmachst, Jane«, sagte Jo, ohne groß auf seine Mutter zu achten.

»Wir tun doch immer alle, was du willst.« Jane lächelte zuckersüß, doch das Lächeln erreichte ihre Augen nicht.

Emily stürmte um die Hausecke, rannte zu ihm und hielt sich wieder an seiner Soutane fest. »Jo! Ich will, dass du uns öfter besuchen kommst! Wie früher!«

»Das mach' ich«, antwortete er.

»Johannes!«, rief seine Mutter erneut. »Jo!«

Emily ließ seine Soutane wieder los und blickte zu ihm auf. »Versprochen, Jo?«

»Versprochen. Mach's gut, meine Kleine.«

Jane warf ihm einen skeptischen Blick zu. »Komm, Emily, wir müssen nach Haus«, sagte sie dann unvermittelt. »Der Bischof hat sicher was Wichtiges zu tun. Komm, Emily.«

Das Mädchen löste sich von Jo und stieg mit ihrer Mutter in den schäbigen beigen Landrover, der vor der Veranda der zweifelhaften Bischofsresidenz stand. Jane nickte Susan Mallinger zu, bedachte den Bischof mit einem traurigen, wissenden Blick, fuhr los und hupte noch einmal grüßend.

Jo blickte dem Wagen mit gerunzelter Stirn nach. Jane tat eine Menge für ihn. Half ihm, wo sie nur konnte. Er hätte froh darüber sein sollen, doch er war es nicht. Nicht richtig. Er wusste ihre Hilfe zu schätzen, aber irgendwie war Janes Hilfsbereitschaft auch problematisch für ihn. Jane liebte ihn. Und das war das Problem. Sie liebte ihn immer noch. Obwohl sie schon seit Jahren getrennt waren. Obwohl sie damals Ben geheiratet hatte.

Und sich dann ein Jahr nach der Hochzeit von ihm getrennt hatte. Inzwischen waren die beiden lange geschieden. Ihm wäre es nur recht gewesen, wenn es zwischen den beiden geklappt hätte. Hatte es aber nicht. Und jetzt verfolgte Jane ihn mit ihrer Liebe. Verfolgte ihn schon seit Jahren. Sie war nicht aufdringlich, gewiss nicht. Dazu hatte sie zu viel Format. Aber er spürte ihre Liebe, und er war froh darüber, dass er ihre Gedanken nicht lesen konnte. Er spürte diese Liebe, mit der sie ihm nachstellte, jedes Mal, wenn sie sich sahen. Sie liebte ihn wirklich. Er sie aber nicht. So war das. Und dagegen ließ sich nun mal nichts machen.

»Jo! Johannes!«

Die drängende Stimme seiner Mutter holte ihn aus seinen Gedanken zurück. »Ja, Mutter. Was ist denn?«

Susan Mallinger saß in einem Korbstuhl, hatte ihr bis zum Knie bandagiertes rechtes Bein auf einen Hocker gelegt und musterte ihren Sohn missmutig. »Wo bleibst du denn nur? Das Essen ist völlig verkocht.«

»Mutter, ich habe doch gesagt, dass ich mittags nicht nach Hause komme«, antwortete der Bischof genervt und zog seine Soutane aus. Darunter trug er ein weißes Hemd und eine schwarze Hose. »Das hab' ich doch gesagt, nicht wahr, Nana?«, fügte er hinzu und nickte der jungen schwarzen Frau zu, die aus dem Haus auf die Veranda trat.

»Ja, Hochwürden, das haben Sie gesagt«, antwortete die Köchin ruhig.

Susan warf ihr einen giftigen Blick zu, Nana nahm dem Bischof die Soutane ab und zog es vor, wieder im Haus zu verschwinden.

»Also, dass Jane immer noch so an dir hängt…«, bemerkte Susan bissig, »ich hätte dich schon längst…«

Jo war froh, dass sie abbrach, denn er schätzte ihre Kommentare über ihn und Jane nicht sonderlich.

»Jetzt komm! Jetzt hilf mir doch mal!«, knurrte Susan dann und versuchte mühselig, sich aus ihrem Korbsessel zu erheben.

Er ging hinüber und reichte ihr die Krücken.

»Und weil du sie andauernd ausnutzt, behandelt sie mich schlecht. Behauptet, mein Knie wird steif, wenn ich nicht turne. Lauter so Quatsch!« Sie hinkte mit ihren Krücken auf die Eingangstür zu, die sich gerade öffnete. Ein junger Schwarzer, mit einem großen braunen Briefumschlag in der Hand, trat heraus.

Susan betrachtet ihn ungnädig und fauchte dann ihren Sohn an. »Und die ganze Zeit hab' ich diesen wildfremden Mann unterhalten müssen.« Sie warf dem Schwarzen einen etwas freundlicheren Blick zu. »Na ja, wenn Sie darauf bestehen, können Sie meinetwegen mitessen.«

»Mutter«, sagte Jo tadelnd, nahm Harry am Arm und zuckte entschuldigend mit den Schultern.

Susan verschwand kommentarlos im Haus.

»Harry, was gibt's denn?«

»Ich habe hier die Ergebnisse der Bodenuntersuchung«, antwortete Jos Mitarbeiter, öffnete den Briefumschlag und reichte dem Bischof die Unterlagen. »Der Hügel ist zweifellos kontaminiert.«

»Sicher?«

»Zweifellos. Hier. Lesen Sie selbst.«

Jo warf einen Blick auf die Papiere. »Dann müssen wir einen sofortigen kompletten Baustopp erwirken. Ich werde gleich mit dem Minister telefonieren. Und Houwer wird das sicher auch interessieren.«

Harry zuckte nur skeptisch mit den Schultern. »Sind Sie da sicher, Bischof? Ich glaube, Houwer interessiert das nicht im Geringsten. Bis später, Uzimvubu.« Er ging zu seinem verbeulten Pick-up und fuhr davon.

Jo betrachtete noch einen Moment die Papiere, dann ging er ins Haus, um zu telefonieren. Aber der Minister war nicht da. Angeblich. Dann rief er in Houwers Baufirma an, doch der Chef war nicht zu sprechen. Seine Sekretärin ließ sich schließlich aber dazu herab, ihm mitzuteilen, dass Houwer gerade auf dem Golfplatz sei. Auf dem neuen, den er an der Bucht gebaut hatte. Ein ganz toller Platz, fügte sie hinzu, mit grandioser Aussicht. Einfach super.

Jo beendete das Gespräch, ohne sich von der Frau zu verabschieden. Er hatte nicht das erste Mal mit ihr telefoniert, und er wusste, dass diese Sekretärin die personifizierte Charakterlosigkeit war.

Er verzichtete nun endgültig auf Nanas verkochtes Mittagessen, stieg in seinen blauen Jeep und fuhr mit den Unterlagen über die kontaminierte Mülldeponie los. Auf dem Weg zu Houwers Golfplatz dachte er jedoch nicht an die Machenschaften des Bauunternehmers, sondern an Miriam und Stefan. Sein Freund hatte ihn gebeten, ihm dabei zu helfen, seine Braut davon zu überzeugen, dass es schöner sei, in Südafrika zu leben als in München. Aber wann sollte er das tun? Die beiden würden heute Abend schon wieder zurückfliegen, auch wenn Stefan lieber hier bleiben wollte. Er hatte also nur diesen Nachmittag zur Verfügung, um Miriam die Vorzüge dieses Landes nahe zu bringen. Aber jetzt musste er sich erst mal mit dem befassen, was schlecht in diesem Land war.

Carl Houwer stand breitbeinig mit dem Rücken zu ihm, stützte sich mit einer Hand auf seinen Golfschläger und plärrte lautstark in sein Handy. »Ja, doch! Ja! – Hör zu, Goren: Ruf diesen scheiß Kirchenfritzen an und sag ihm, dass mich seine Öko-Nummern nicht interessieren. Nicht mal in hundert Jahren. – Was? – Der kann mich am Arsch lecken!«

»Das würde ich uns beiden gerne ersparen«, sagte Jo ruhig und blieb direkt hinter Houwer stehen.

Der Baulöwe drehte sich betont langsam um. »Na, so was«, sagte er jovial und lächelte breit. »Ich wollte Sie gerade anrufen, Jo. Was machen Sie denn hier auf meinem Golfplatz?«

»Der Ökofritze wollte einfach mal sehen, was sich der Baufritze so unter den Nagel reißt.« Jo blickte sich demonstrativ um. Dieser Golfplatz hatte eine wirklich fantastische Lage. Direkt an der Bucht, mit prächtigem Ausblick auf das Tafelbergmassiv. »Beachtlich. Erstklassige Lage. Wie viele Golfplätze haben Sie denn schon?«

»Ach, etliche«, antwortete Houwer lässig und fuchtelte angelegentlich mit seinem Golfschläger.

Bischof Mallinger fixierte den Bauunternehmer mit einem sarkastischen Grinsen, hob die Hand und rieb Daumen und Zeigefinger aneinander. »Und die Baugenehmigungen bekommen Sie, weil Sie die Leute ...«

Houwer musterte ihn überheblich. »Weil ich die Leute schmiere? Ach, Bischof, so einfach geht das heutzutage nicht mehr. Da muss man schon noch einiges dazu tun.«

»Zum Beispiel Hütten bauen für die armen Schwarzen.«

»Genau«, erwiderte der Bauunternehmer, bedachte seinen schwarzen Caddie, der ein paar Schritte entfernt neben dem Golfwagen stand und die beiden Weißen beobachtete, mit einem freundlichen Blick und wandte sich dann wieder dem Bischof zu. »Ganz genau. Hütten bauen für die armen Schwarzen. Ich würde für Sie auch Kirchen bauen.«

Houwer lachte, als hätte er einen besonders guten Scherz gemacht. Doch Jo verzog keine Miene.

»Also, wissen Sie«, fuhr Houwer fort, »mir persönlich ist es nun wirklich ganz egal, ob anglikanisch, katholisch, jüdisch oder sonst was, ich baue …«

»Ersparen Sie mir Ihren Zynismus«, unterbrach Jo ihn kalt.

»Ach, hören Sie doch auf. Sie wissen ganz genau, wie die Geschäfte funktionieren. Eine Hand wäscht die andere. Was wollen Sie eigentlich? Und dieser Hüttenbau – das ist doch wirklich eine gute Sache. Oder?«

»Und wo Sie bauen, interessiert Sie wohl überhaupt nicht?! Auf Müllhalden! Auf kontaminierten Müllhalden!« Jo hatte allmählich die Nase voll von Houwers verlogenem Gequatsche. Er hielt dem Bauunternehmer die Papiere hin, die er schon die ganze Zeit in der Hand trug. »Hier! Sehen Sie sich das an! Die Untersuchungen! Es ist alles verseucht!«

Houwer nahm die Papiere und warf einen kurzen, ostentativ desinteressierten Blick darauf. »Beschweren Sie sich bei der Regierung. Die stellt mir die Bauplätze zur Verfügung. Ich baue nur die Hütten. Und ich zahle das aus meiner eigenen Tasche!«

»Sehen Sie sich die Unterlagen nur weiter an«, sagte Jo ruhig.

Der Baulöwe warf ihm einen verdrießlichen Blick zu und widmete sich wieder den Papieren. Es waren Fotos dabei. Sie zeigten schwarze Kinder mit grässlichen Hautausschlägen. Sie lebten schon eine Weile in Hütten, die Houwer gebaut hatte. Auf einer anderen Mülldeponie.

»Verschonen Sie mich mit Ihrem Propagandamaterial.« Houwer wollte die Bilder offensichtlich nicht sehen. »Bringen Sie mir Fakten! Mit Fakten können Sie mich überzeugen. – Einen schönen Tag noch, Herr Bischof.« Der Bauunternehmer wandte sich von Jo ab, machte ein paar Probeschläge mit seinem Eisen und hatte den Bischof augenblicklich und demonstrativ vergessen.

Jo drehte sich wortlos um und verließ den luxuriösen Golfplatz. Diese Fotos waren Fakten. Die Hautausschläge waren immer nur der Anfang. Manche der Kinder starben auch. Aber das war dem Mistkerl egal. Der würde für eine Hand voll Dollar vor keiner Schandtat zurückschrecken. Sein Zorn über diesen Mann stieg allmählich immer höher, und er wusste noch nicht, wie er ihm beikommen sollte.

# 4

Bischof Johannes Mallinger grübelte noch darüber nach, wie er dem Bauunternehmer das Handwerk legen könnte, als er die ersten Häuser von Rose Bud erreichte. In einiger Entfernung spazierte eine weiße Frau über eine Wiese und winkte ihm zu. Jo sah genauer hin. Es war Miriam Steiner. Er bremste seinen Jeep, hielt an und wartete, bis sie an die Straße herangekommen war. Vielleicht ergab sich ja doch noch die Gelegenheit, ihr dieses Land etwas näher zu bringen.

»Ich sag's doch!«, rief Miriam. »Sie sehen aus wie ein richtiger Farmer!«

»Wenn überhaupt, dann Hilfsfarmer.« Jo lächelte und versuchte zu übersehen, wie verdammt gut sie in ihrem weißen Sommerkleid aussah. Stefan ist ein Glückspilz, dachte er. »Ich wollte Stefan vor der Abreise noch mal sehen.«

»Und vielleicht auch mich?«, fragte Miriam etwas kokett und trat dicht an das Wagenfenster heran.

Jo ging nicht auf ihren Tonfall ein, nahm seine Sonnenbrille ab und musterte sie freundlich. »Sie sollten in der Mittagssonne immer einen Hut tragen.« Er nahm seinen eigenen Hut vom Nebensitz und reichte ihn ihr.

»Ich kann schon selbst auf mich aufpassen«, entgegnete Miriam leichthin, nahm aber den Hut und setzte ihn auf. »Okay so?«

»Okay so.« Jo grinste. »Und wenn ich ganz ehrlich bin – *Sie* wollte ich auch sehen.«

»Das beruhigt mich«, flirtete Miriam, »ich wäre nämlich total eifersüchtig geworden, wenn Sie tatsächlich nur wegen Stefan gekommen wären … Außerdem ist er gar nicht da. Er ist mit seinem Vater unterwegs.«

Der Bischof wurde wieder ernst. »Was ist eigentlich los auf Rose Bud? Denise hat mich vorhin angerufen. Sie sagt, alle Arbeiter hätten die Farm verlassen.«

»Stimmt«, antwortete Miriam. »Aber *ich* bin noch hier.«

Jo fragte sich, wie sie das wohl meinte, stellte ihr die Frage aber nicht. »Was halten Sie davon, wenn Sie mich nach Makomba begleiten würden. Ich werde am besten mal mit Mthobeli reden. Er hat Einfluss auf die Leute.«

Miriam überlegte kurz, dann sagte sie: »Warum nicht?«, und stieg ein. »Was ist das eigentlich: Makomba?«, fragte sie, nachdem er den Jeep gewendet hatte und aufs Gaspedal trat.

»Eine Township. Nicht weit von hier.«

Miriam wusste, was eine Township ist: ein Dorf, in dem Schwarze leben, doch als Makomba in Sicht kam und sie die ersten Hütten erreichten, begriff sie, dass ihre Vorstellung reichlich falsch gewesen war. Das war kein Dorf, sondern eine entsetzliche, schäbige, völlig heruntergekommene Ansammlung Hunderter von Wellblechhütten, die dicht aneinander standen. Die Sonne brannte gnadenlos auf dieses Chaos hinunter, es roch nicht besonders gut, halb verhungerte Hunde streunten über die schmutzigen Wege, an allen Ecken lag Abfall herum, und halb nackte Kinder wälzten sich im Dreck oder warfen mit Steinen nach den Hunden. Hier und da erhoben sich Holzmasten über die Hütten, die alle durch ein Kabel verbunden waren. Es gab also wahrscheinlich Strom hier. Aber wohl keine Wasserleitungen zu den einzelnen Hütten, denn sie sah viele Frauen, die mühselig Wasserkanister schleppten.

Jo beobachtete Miriam aus den Augenwinkeln. Er konnte sich denken, was gerade in ihr vorging, und er fragte sich, ob es wirklich eine so gute Idee von ihm war, sie hierher mitzunehmen. Makomba war nicht unbedingt ein Platz, der von der Schönheit Südafrikas zeugte.

Die Hütte des Sangoma war nicht so schäbig wie die anderen. Sie war aus Holz und türkis gestrichen, auch wenn die Farbe schon überall abblätterte und das nackte Holz der Bretter hervortrat.

Jo hielt den Jeep direkt vor der Hütte, und sie stiegen aus. Miriam blieb am Auto stehen, und Jo ging zum Eingang der Behausung.

Die Tür öffnete sich, und Mthobeli trat heraus. Der Sangoma trug heute kein Leopardenfell und keinen Kopfputz aus Perlenschnüren, sondern ein knalliges, orange gemustertes Hemd, einen europäischen Hut und eine dunkle Hose. Mthobeli begrüßte ihn, indem er kurz mit den Schwanzhaaren eines Gnus durch die Luft wedelte, die wie ein etwas merkwürdiger Staubwedel am Ende eines kleinen, mit roten und weißen Schnüren umwickelten Stocks befestigt waren.

»Warum bringst du deine Frau nicht mit?!«, rief Mthobeli und bedachte die Weiße neben dem Jeep des anglikanischen Bischofs mit einem fragenden Blick.

»Sie ist nicht meine Frau!«, antwortete der Bischof knapp, ging zu dem Sangoma hinüber und blieb direkt vor ihm stehen. »Sie ist die Frau meines Freundes.«

Der Alte ignorierte seine Erklärung einfach. »Du kannst deine Frau nicht auf der Straße stehen lassen. Bring sie herein.« Er wandte sich ab und ging wieder in seine Holzhütte.

Miriam hatte dem Wortwechsel schweigend zugehört, nickte nur, als Jo sie fragend ansah, und betrat hinter ihm die Behausung des schwarzen Zauberers. Sie bestand aus einem einzigen, relativ großen Raum, der ebenfalls türkis gestrichen war. An den Wänden hingen irgendwelche Zettel, auf denen etwas geschrieben stand, und sie schloss daraus, dass der Alte wohl lesen konnte. Sie hatte sich die Hütte eines echten afrikanischen Medizinmanns anders vorgestellt, sie hatte wenigstens einen Totenschädel erwartet oder abgezogene Schlangenhäute oder eine Schüssel mit den blutigen Eingeweiden eines Tiers oder irgendwelche anderen grausigen Dinge, aber nichts dergleichen. Und der Sangoma selbst sah auch nicht gerade aus wie ein Schamane, er sah aus wie all die anderen Schwarzen hier auch.

Mthobeli setzte sich auf einen Stuhl vor einen kleinen, niedrigen Tisch, auf dem in einer Schale etwas glimmte und den Raum mit blauen, aromatisch duftenden Rauchfahnen erfüllte. Mit einer knappen Handbewegung bot er ihnen zwei schiefe Stühle an, und sie setzten sich.

»Entspann dich, Jo. Entspann dich«, sagte Mthobeli dann und musterte den Weißen ruhig. »Ich habe keinen Menschen von der Farm vertrieben.«

»Natürlich hast du niemanden vertrieben, Mthobeli«, antwortete der Bischof höflich. »Also, was ist los? Die Farmarbeiter waren bisher immer loyal, und sie waren immer gern auf Rose Bud. Von ganz allein, einfach so, geht da keiner … Was ist also los, Mthobeli? Warum sind alle verschwunden?«

Der Sangoma ließ sich Zeit, bevor er antwortete, betrachtete einen Moment die blauen Rauchfahnen, die vom Tisch aufstiegen, und fixierte dann den weißen Bischof.

»Wenn Feuer entsteht«, sagte er langsam und ließ seine ganze Autorität mitklingen, »wenn ein Feuer in einer Hütte einfach so entsteht, ohne dass irgendein Mensch es entzündet hat – dann ist das ein Zeichen. Ein Zeichen, das die Ahnen gesetzt haben. Aber ihr seid in die brennende Hütte hineingegangen.« Er machte eine Kunstpause und fuhr dann fort, jedes einzelne Wort betonend. »Der Ort ist entweiht.«

»Ja, hätten wir die Kinder denn verbrennen lassen sollen?!«, rief Jo erregt.

Der Sangoma verzog keine Miene und ignorierte die Frage. »Wenn der Ort, an dem das geschehen ist, nicht gereinigt wird, dann ist es von nun an ein schlechter Ort. Für alle Zukunft ein schlechter Ort. *Das* habe ich meinen Leuten gesagt. Und mehr nicht.«

Jo schüttelte den Kopf und musste ein wenig an sich halten, denn allmählich nervte ihn die Ignoranz des Alten.

Mthobeli schien genau zu wissen, was er gerade empfand. »Entspann dich, Jo«, sagte er ruhig. »Entspann dich. Du bist ein guter Mann. Pass auf deine Frau auf. Und geh jetzt.«

Damit war die Audienz beendet, denn der Sangoma senkte den Blick und schien ihre Gegenwart im nächsten Augenblick vergessen zu haben. Nach einem Moment stand er auf, ging langsam und ohne sie eines Blickes zu würdigen zu dem kleinen Fenster seiner Behausung und blickte hinaus.

Schweigend verließen sie die Hütte.

»Der Typ hat echt eine gestörte Wahrnehmung«, sagte Miriam, als sie auf den Jeep zugingen.

»Was meinen Sie damit?«

»Er scheint einfach nicht zu kapieren, dass ich nicht Ihre Frau bin.«

Jo musste grinsen, obwohl ihm eigentlich gar nicht danach war. »Sie haben wohl ein Problem damit, für meine Frau gehalten zu werden.«

Sein Handy klingelte, bevor Miriam antworten konnte. »Entschuldigung«, sagte er zu ihr, zog das Telefon aus der Hosentasche und nahm das Gespräch an.

»Hallo? – Ah, Jane. Was gibt's denn?« Er lauschte einen Moment, dann verfinsterte sich seine Miene. »Wie? Was? Was heißt da: eine Spende von Carl Houwer? – Okay, ja. – Bis später.«

Er stieg in den Wagen und musterte Miriam, die schon im Auto saß. »Wann geht Ihr Flug?«

»Heute Abend. Wieso?«

»Na, dann haben Sie ja noch ein bisschen Zeit. Begleiten Sie mich doch einfach zur Schule nach Philadelphia«, antwortete Jo, suchte nach seinem Autoschlüssel, fand ihn und startete den Jeep. Er hatte entschieden, der Braut seines Freundes jetzt einfach die Schwarzenschule zu zeigen, die Jane leitete. Vielleicht würde ihr das ja gefallen. Aber er glaubte eigentlich nicht daran, Miriams Herz an einem einzigen Nachmittag für Südafrika gewinnen zu können. Und er spürte verwundert, wie viel ihm daran lag, sie zu überreden, in diesem Land zu bleiben. Und dieses merkwürdige Gefühl, das da in ihm hochstieg, war völlig unabhängig davon, dass er Stefan versprochen hatte, seine Braut von Südafrika zu überzeugen.

Es beschäftigte ihn die ganze Fahrt bis zur Schule, er grübelte darüber nach, was es sein konnte, das sich da in ihm selbstständig machte, und je mehr er darüber nachdachte, umso verrückter schien ihm das, was da aus seiner tiefsten Seele emporstieg. Das konnte nicht sein! Er hatte fast schon vergessen, dass es ein solches Gefühl in ihm geben konnte. Und es durfte nicht sein! Es war schlicht und einfach unmöglich. Es war inakzeptabel für ihn, und er würde es nicht zulassen.

»Ist irgendetwas?«, fragte Miriam nach einer Weile. »Sie sind so still. Habe ich irgendetwas Falsches gemacht?«

»Nein«, antwortete er ruhig. »Es ist gar nichts. Was soll denn sein?«

Dann schwiegen sie wieder, bis Jo den Jeep vor der Schule hielt und sie ausstiegen.

Miriam blickte sich um. Es gab zwar eine Menge johlender und lachender schwarzer Kinder, doch nichts erinnerte sie an eine Schule, so wie sie Schulen in Erinnerung hatte. Kein Schulhof mit einer Mauer drum herum, keine Lehrer, die ihre Zöglinge während der Pause unter Kontrolle hielten. Das Gebäude, in das die Kinder ihre Bücher trugen, war eine ärmliche, aber einigermaßen große, gelb und rot gestrichene Bretterbude. Wahrscheinlich war es das Schulhaus. Das Ganze war ein Chaos, und mitten auf dem, was in Deutschland ein Schulhof gewesen wäre, stand ein weißer Lastwagen, den ein protziger blauer Schriftzug verzierte: »Carl Houwer Inc.« Sie erinnerte sich daran, dass es der Name dieses Bauunternehmers war, den sie gestern auf der Geburtstagsparty des alten Braun kennen gelernt hatte.

Eine hübsche blonde Frau Mitte dreißig, wohl Lehrerin an dieser Schule, kam auf sie zu, ein Buch in der Hand. Sie trug eine abgewetzte braune Lederjacke, helle Jeans und machte den Eindruck, als sei sie die Chefin des ganzen Chaos.

»Hier«, sagte die Frau, warf ihr einen merkwürdigen Blick zu und gab Jo das Buch. »Die ganze Wagenladung ist eine Spende von Carl Houwer.«

Jo nahm das Buch und blätterte flüchtig darin herum. »Ich weiß nicht so recht«, murmelte er. »Am liebsten würde ich Houwer diese ganze Bücherladung wieder vor die Füße kippen.«

»Oh, nein!«, rief Jane und nahm ihm das Buch wieder aus der Hand. »Das wirst du schön bleiben lassen, Jo. Du weißt ganz genau, wie gut wir die Schulbücher brauchen können. Und wenn Houwer damit sein schlechtes Gewissen beruhigen will, dann kann mir das nur recht sein. Er sollte diese Anfälle öfter bekommen.«

»Schlechtes Gewissen? Houwer?« Jo ließ ein kleines, bitteres Lachen hören. »Der hat kein schlechtes Gewissen, Jane. Du kennst ihn doch. Der hat überhaupt kein Gewissen. Ich nehme an, er will sich mit dieser Spende als Gutmensch darstellen. Gerade Houwer! Unglaublich. Der Kerl will mich verarschen.«

Carl Houwer ist anscheinend Jo Mallingers Intimfeind, dachte Miriam. Jedenfalls waren sie alles andere als Freunde, wie sie gestern von Denise erfahren hatte. »Manchmal muss man eben seinen Stolz herunterschlucken«, warf sie ein und stellte sich lächelnd neben den Bischof.

»Sie haben ganz Recht«, antwortete Jane an Jos Stelle, musterte erst die schöne Fremde und dann ihren ehemaligen Geliebten.

Der Seitenblick, den die Frau Johannes Mallinger zugeworfen hatte, erschien Jane merkwürdig. Wer mochte sie sein? Sie hatte sie noch nie gesehen.

»Willst du uns nicht miteinander bekannt machen, Herr Bischof?«, fragte Jane ein wenig provozierend.

»Miriam Steiner. – Jane van der Moolen«, sagte Jo knapp. »Miriam ist Stefans Braut. Jane leitet diese Schule.«

Die Frauen nickten sich freundlich zu.

»Na, dann werde ich mich mal ein wenig nützlich machen«, sagte Miriam dann, wandte sich ab und wollte einem kleinen schwarzen Mädchen helfen, das dabei war, einen viel zu schweren Stapel Bücher ins Schulgebäude zu schleppen.

Die Kleine sah die fremde weiße Frau erschrocken an, warf einen zweifelnden Blick auf ihre Lehrerin, und als Jane nickte, überließ sie der Fremden einen Teil der kostbaren Bücher, auf die sie schon so lange gewartet hatte, und ging neben ihr in das Schulhaus.

»Sie ist hübsch«, sagte Jane und blickte der zukünftigen Frau von Braun, die neben der kleinen Miranga zum

Schulhaus ging, wohlwollend hinterher. »Und ganz in Ordnung ist sie ja auch, wie es scheint.«

»Woher willst du das wissen?«, fragte Jo.

»Nun, ich bin eine Frau. Und deswegen sehe ich mehr Dinge als du.«

Jo runzelte die Stirn. »Was soll das heißen?«

»Sie packt zu. Und meckert nicht rum.«

»Da hab' ich aber Glück gehabt«, antwortete Jo mit ironischem Unterton.

»Wieso *du*? Ich denke, es ist die Braut deines besten Freundes?«

»Eben.«

Jane van der Moolen warf ihm einen skeptischen Blick zu. Irgendetwas irritierte sie an Jo. Sie kannte ihn schließlich lange genug, auch wenn der Herr Bischof niemandem einen Einblick in seine wirklichen Gefühle gestattete. »Da kommt übrigens deine Mutter«, sagte die Lehrerin dann.

»Auch das noch«, seufzte Jo leise und drehte sich um.

Am anderen Ende des Schulhofs half Nana seiner Mutter gerade aus dem Auto, stützte sie und gab ihr die Krücken, an denen Susan wegen ihres Bänderrisses gehen musste.

»Jo! Jo!« Emily rannte quer über den Schulhof auf ihn zu und umarmte ihn.

»Emily«, sagte er und strich der Kleinen übers Haar.

»Deine Mama ist total schlecht erzogen«, plapperte sie. »Sie meckert immer nur rum.«

»Da hab' ich wohl was falsch gemacht.« Jo lächelte und drückte das Mädchen kurz an sich.

Janes hübsches Gesicht bekam einen bitteren Zug um

die Mundwinkel. Jo hatte keine Ahnung, wessen Kind Emily war. Für ihn war sie Bens Tochter. Aber Ben hatte damals geahnt, dass Emily nicht *seine* Tochter war. Später, als sie es Ben irgendwann einmal erzählte, in einer Nacht, die sie für die richtige hielt – in dieser Nacht hatten sie sich getrennt.

Sie wischte die unangenehmen Gedanken zur Seite, setzte ihr Standardlächeln wieder auf, griff sich einen Bücherstapel, ging zum Schulhaus hinüber und nickte Miriam, die ihr entgegenkam, freundlich zu.

»Und wer ist die?«, fragte Emily Jo mit einem neugierigen Blick auf die fremde Frau, die neben ihnen stehen blieb.

»Ich bin Miriam. Jo hat mich mitgebracht.«

Die Kleine musterte sie kritisch und blickte dann an Jo hoch. »Ist das deine neue Freundin?«

»Nein. Das ist *eine* neue Freundin.«

»Und was ist der Unterschied?«

»Warum werde ich eigentlich hierher gefahren, wenn ich nach Kapstadt zum Arzt will?!«, schimpfte seine Mutter jetzt laut über das Kindergeschrei hinweg, bevor Jo Emily den Unterschied erklären konnte. Sie hinkte auf ihren Krücken heran und betrachtete übellaunig ihren Sohn. »Du fährst mich doch, oder?«

Miriam warf einen Blick auf ihre Armbanduhr. »Es wird Zeit«, sagte sie dann zu Jo. »Sonst verpassen wir noch unseren Flieger.«

Jo nickte und wandte sich seiner Mutter zu. »Ja, Mutter, natürlich fahre ich dich nach Kapstadt. Ich muss Miriam nur noch nach Rose Bud zurückbringen.«

»*Wen?*«

»Das ist Miriam Steiner, Mutter. – Miriam, das ist Susan Mallinger. Meine Mutter.«

Miriam lächelte freundlich, doch Susan warf ihr nur einen schiefen Blick zu.

»Aber du holst mich doch pünktlich ab, oder?!«, rief Susan ihrem Sohn hinterher, als sie zum Auto gingen.

»Ja, doch, Mutter! Pünktlich! Ich bin gleich wieder zurück!« Jo startete den Motor und war froh, dass er ihr für den Moment entkommen konnte. Seit sie sich den Bänderriss zugezogen hatte, war seine Mutter eine ziemliche Nervensäge.

Als sie vor dem Haupthaus von Rose Bud hielten, waren Stefan und Wally schon dabei, das Gepäck in den silberfarbigen Leihwagen zu laden. Bernhard stand mit verärgerter Miene daneben, blickte demonstrativ auf seine Uhr und murrte etwas vor sich hin.

Miriam beachtete ihn nicht, lief auf Stefan zu und gab ihm einen Kuss auf den Mund. »Entschuldige, dass ich so spät komme.«

»Schon gut«, antwortete er. »Und ich hatte schon gehofft, du möchtest doch in Afrika bleiben.«

»Nehmt jetzt am besten die Abkürzung, die ich dir erklärt habe«, sagte Bernhard verdrießlich, blickte wieder auf seine Uhr und warf der Braut seines Sohnes einen ungnädigen Blick zu. »Sonst kommt ihr wirklich zu spät.«

Stefan umarmte seinen besten Freund. »Wir sehen uns in der Kirche wieder, Jo. Zu unserer Hochzeit.«

»Abgemacht«, antwortete Jo nur und drückte ihn kurz an sich.

Stefan verabschiedete sich mit Wangenküssen von Denise und umarmte dann seinen Vater, etwas halbherzig, wie es schien.

»Komm bald wieder«, sagte Bernhard zu ihm. »Auch wenn *sie* das nicht will.«

Den zweiten Satz sagte der alte von Braun entschieden lauter, und Miriam war klar, dass sie ihn hören sollte. Und sie hörte ihn. Sie ging auf Denise zu und küsste sie auf beide Wangen. »Danke für alles, es war sehr schön hier.«

»Schade, dass ihr wirklich schon abfliegt«, sagte Denis warmherzig.

Anschließend ging Miriam zu Jo hinüber und reichte ihm die Hand. »Danke.«

Er antwortete nicht, sondern drückte nur ihre Hand und lächelte sie an.

Dann stieg Miriam zu ihrem Bräutigam ins Auto, ohne den alten Braun auch nur eines Blickes zu würdigen.

Als der Wagen vom Hof fuhr, sah ihm Bischof Johannes Mallinger mit Gefühlen nach, die mehr als gemischt waren. Sie verwirrten ihn: Es wäre ihm lieb gewesen, wenn sein Freund noch geblieben wäre. Und gleichzeitig war er froh darüber, dass Miriam abreiste. Irgendwie hatte er das Gefühl, einer Gefahr entronnen zu sein. Vielleicht war es tatsächlich besser, wenn Stefan und Miriam in Deutschland leben würden. Der letzte Gedanke befremdete ihn, doch er war da, und er konnte ihn nicht verleugnen.

Stefan drückte noch einmal grüßend auf die Hupe, dann verschwanden die Zurückbleibenden aus seinem Rückspiegel. »Es freut mich, dass ihr euch so gut versteht«, sagte er und ergriff Miriams Hand. »Er ist mir sehr wichtig.«

»Wen meinst du? Doch wohl nicht deinen Vater.«

»Nein. Ich meine Jo.«

»Er ist so nett bischöflich.«

»Wie bitte? Was?«

»Ja«, sie lächelte verschmitzt und drückte seine Hand, »irgendwie so unerfahren…«

»Du bist wirklich unmöglich«, erwiderte er mit gespieltem Ernst. »Du musstest wohl wieder deine Wirkung testen.«

»Nun ja… nachdem dein Vater mich komplett ablehnt…«

Beide lachten.

Stefan ließ ihre Hand los. »Wir müssen uns beeilen. Hoffentlich finde ich diese Abkürzung auch, die Vater mir beschrieben hat.«

Er fand sie. Es war eine kleine Schotterstraße, die später auf die Hauptstraße nach Kapstadt stoßen und die Fahrt um eine viertel Stunde verkürzen sollte. Stefan trat aufs Gaspedal, und der Wagen schoss über die leere Straße, eine rote Staubfahne hinter sich herziehend.

»Ich muss mal«, sagte Miriam, nachdem sie etwa zehn Minuten gefahren waren.

»Bitte«, seufzte Stefan und fuhr an den Straßenrand.

»Was? Hier mitten auf der Straße?«

Er sah sich um. »Hier ist weit und breit kein Mensch. Wo ist also das Problem?«

»Nein. Lieber da vorn.« Sie deutete auf ein Windrad und ein großes Wasserbecken aus Beton, die etwa hundert Meter voraus neben einer kleinen Baumgruppe standen.

Frauen! Stefan nickte gottergeben, fuhr zu den Bäumen und hielt an. Miriam nahm ihre Handtasche, stieg aus, lief die zehn Meter zum Wasserbecken hinüber und verschwand dahinter.

Das hätte sie auch auf Rose Bud erledigen können, dachte er und trommelte mit den Fingern aufs Lenkrad. Hoffentlich braucht sie nicht zu lange. Schließlich müssen wir auch noch den Leihwagen zurückgeben, bevor wir fliegen können.

Es war still, bis auf das Quietschen des Windrads. Dann hörte er das Brummen eines Motors und blickte auf. Ein hellblauer Pick-up kam ihm entgegen, zwei Schwarze im Führerhaus, einer hinten auf der Ladefläche. Und plötzlich ging alles ganz schnell. Der Pick-up hielt direkt neben dem Leihwagen, der Mann sprang von der Ladefläche, zog eine großkalibrige Pistole und richtete sie auf Stefans Kopf. Die anderen beiden stiegen ebenfalls aus, einer riss die Tür des Leihwagens auf, dann zerrten sie Stefan brutal aus dem Auto.

»Was ist?! Wollt ihr Geld oder was?!«, rief er wütend, wollte sich trotz der Waffe zur Wehr setzen, doch er hatte keine Chance.

Einer stieg in Stefans Wagen, der zweite stand hinter ihm und hielt ihn fest, der dritte zielte mit der Pistole auf ihn. Als der Motor des Leihwagens startete, ließ der Mann ihn los.

»Nicht das Auto, verdammt! Nicht das Auto!!«, schrie Stefan, rannte zu ihrem Leihwagen hinüber und wollte den Kerl darin hindern, mit dem Auto abzuhauen. Aber er kam nicht dazu. Einer der Männer riss ihn zurück und wirbelte ihn herum, der andere hob die Pistole und zielte auf den Weißen. Dann schoss er.

Es traf Stefan von Braun wie ein Pferdetritt in den Bauch. Er torkelte rückwärts, dann gaben seine Beine nach, und er fiel in den Straßenstaub. Er sah noch, wie zwei der Räuber wieder in den Pick-up sprangen, dann versanken die Straße, das Auto und die Männer in der Schwärze, die ihn plötzlich umhüllte.

Miriam hatte den Schuss gehört, aber erst nichts Schlimmes dabei vermutet. Ein Jäger, dachte sie, irgendwer schießt hier wohl auf Vögel oder Gazellen oder sonst was. Erst das Aufheulen von Automotoren machte ihr deutlich, dass irgendetwas nicht stimmen konnte. Als sie hinter dem Wasserbecken hervorkam, blieb ihr vor Entsetzen fast das Herz stehen: Ein blauer Pick-up raste davon, der Leihwagen fuhr hinterher – und Stefan lag auf der Straße, presste die Hände auf den Bauch und gab keinen Laut von sich.

»Stefan! Stefan!!« Sie rannte zu ihrem Bräutigam hinüber und kniete sich neben ihn in den Staub. Mit der Linken hielt sie seinen Kopf und war fast glücklich, als sie plötzlich ein leises Stöhnen hörte. Mit der Rechten schüttelte sie ihr Handy aus der Handtasche und wählte die eingespeicherte Nummer von Rose Bud.

»Denise«, schluchzte sie, als sie die Stimme am anderen Ende hörte, »schnell, Denise, einen Krankenwagen, schnell. Man hat auf Stefan geschossen! – Nein, ich hab' keine Ahnung, wo wir sind. Bitte! Schnell! – Ja, einen Hubschrauber! Ja! Bitte! Schnell!«

Plötzlich stöhnte Stefan laut und qualvoll auf.

Ein eiskalter Schauer rann ihr über den Rücken, und sie ließ das Handy fallen. »Nein, Stefan! Nein! Du darfst nicht sterben! Stefan!!«

Er zuckte kurz und wie bei einem Krampf mit beiden Beinen, dann sank sein Körper schlaff zusammen, und sein Kopf fiel zur Seite. Auf seinem Bauch zeigte sich ein roter Fleck, der sich immer schneller ausbreitete.

»Nein! Nein! Bitte nein, Stefan, du musst am Leben bleiben! Stefan, bleib hier!«

Stefan von Braun rührte sich nicht mehr und gab nicht den leisesten Laut von sich. Sie presste ihr Ohr auf seine Brust, doch sie konnte keinen Herzschlag hören. Bitte, Gott, dachte sie, bitte lass ihn nicht tot sein.

Jo Mallinger warf nur einen kurzen Blick auf den knallroten Hubschrauber, der in den Sinkflug ging und in einiger Entfernung vorsichtig auf dem Landeplatz vor dem Somerset Hospital in Kapstadt aufsetzte.

Seine Mutter beachtete die lärmige Maschine nicht, sondern hinkte mit verdrossenem Gesicht neben ihrem Sohn her. »Das hat überhaupt nichts gebracht«, knurrte sie. »Professor! Das war mir ein schöner Professor!«

Jo seufzte. Seit sie diesen verdammten Bänderriss hatte, war sie schlimmer als alle ägyptischen Plagen zusammen. Einfach unausstehlich. »Mutter, du wolltest unbedingt zu diesem Professor. Also! Aber kein Professor auf der ganzen Welt kann dir helfen, wenn du selbst nicht ein bisschen mithilfst.«

»Ach was!«, erwiderte sie scharf und warf einen galligen Blick über die Schulter auf das Krankenhaus, in dem man so getan hatte, als sollte sie sich lieber selbst heilen.

»Professor! Wenn's nach dem geht, hab' ich eigentlich gar nichts. Will mich nicht mal operieren, der Scharlatan! Ich soll meine Muskeln trainieren! Das reicht in meinem Alter, hat er gesagt. Was geht den überhaupt mein Alter an? Professor! Pah!«

»Ach, Mutter. Es reicht doch schon, wenn du jeden Tag ein paar von den Übungen machst.«

Jo blieb plötzlich wie angewurzelt stehen und blickte angestrengt zu dem Hubschrauber hinüber.

»Na, was ist denn, Johannes? Willst du hier festwachsen?«

Er antwortete nicht, sondern beobachtete, wie Ärzte und Sanitäter eine Trage aus dem Helikopter hievten, auf der sich ein Mensch befand, der in eine Aluminiumfolie gewickelt war. Sie rollten die Tragbahre so schnell sie konnten zum Eingang der Notaufnahme, zwei weitere Weißkittel liefen nebenher und hielten Infusionsflaschen hoch, eine mit einer durchsichtigen Flüssigkeit, die andere enthielt offensichtlich Blut. – Und hinter der Tragbahre lief eine Frau her, die eigentlich schon auf dem Weg nach Deutschland sein sollte: Miriam!

Fassungslos beobachtete Jo, wie die Leute mit der Trage in der Klinik verschwanden, dann ließ er seine Mutter einfach stehen und rannte los.

»Jo!«, plärrte Susan ihrem Sohn hinterher. »Johannes! Was ist denn?! Jo! Wo willst du denn hin, zum Teufel!« Sie hatte die Ärzte mit der Trage nicht gesehen, denn sie hatte die ganze Zeit griesgrämig ihr bandagiertes Bein betrachtet und erst aufgeblickt, als ihr Sohn plötzlich losrannte.

»Moment, Mutter!«, rief er, ohne sich umzudrehen. »Ich komme bald wieder!«

»Ja, das ist doch …« Sie schluckte den Rest des Satzes hinunter und hinkte langsam in Richtung Krankenhausparkplatz weiter. Damit dieser unmögliche Kerl sie auch wieder finden würde, wenn er zum Auto zurückkam. Was wollte er bloß auf einmal im Krankenhaus? Die ganze Welt ist verrückt, dachte Susan Mallinger, und mein Sohn ist einer der Verrücktesten. Neben diesem unsäglichen Professor, natürlich. Muskelübungen! War sie eigentlich nur von Idioten umzingelt? Von Narren, Scharlatanen und Klugscheißern? Es schien ihr so. Johannes würde was zu hören bekommen, wenn er wieder auftauchte. Und nicht zu knapp.

Als Jo in den Korridor zur Intensivstation einbog, sah er Miriam schon von weitem. Sie saß auf einem Stuhl, die Hände vors Gesicht geschlagen. Er blieb vor ihr stehen, ging in die Hocke und ergriff behutsam ihre Unterarme.

Miriam Steiner nahm die Hände von ihrem tränennassen Gesicht, sah ihn an, wollte etwas sagen, doch es kam nur ein Schluchzen aus ihrem Mund, und sie schlug die Hände wieder vors Gesicht.

Auch Jo sagte nichts, hielt nur weiter ihre Arme fest.

Bernhard von Braun kam neben einem schwarzen Arzt im Laufschritt den Korridor entlang.

»Warum habt ihr nicht aufgepasst?!«, schrie er, noch bevor er sie erreicht hatte. »Warum habt ihr überhaupt angehalten?! Und auch noch ausgestiegen?! Ihr seid in Afrika, verdammt noch mal! Jedes Kind weiß, dass man das hier nicht tun darf!« Am liebsten hätte er dieser Frau aus München die Faust ins Gesicht geschlagen. Dieses Weib hatte es geschafft: Erst verhinderte sie, dass sein

Sohn auf Rose Bud blieb – und jetzt hatte sie ihn auch noch umgebracht! Fast zumindest!

Der Arzt blickte skeptisch von einem zum anderen Angehörigen und zog es dann vor zu verschwinden.

Jo erhob sich, wandte sich dem Farmer zu, legte ihm besänftigend die Hand auf die Schulter. »Ach, lass sie, Bernhard. Lass sie in Ruhe. Das bringt doch jetzt nichts mehr.«

»Er hat Recht«, sagte Miriam leise, ohne die Männer anzusehen. »Wenn ich nicht ausgestiegen wäre, wär' das alles nicht passiert.«

Jo ließ Bernhard los, der erst wie ein Löwe im Käfig hin und her lief, sich schließlich jedoch auf einen Stuhl setzte und düster auf den grauen Linoleumboden starrte.

»Was soll das, Miriam?«, wandte sich Jo der Braut seines Freundes wieder zu. »Was gewesen wäre, wenn... Vielleicht solltest du einfach mal für ihn beten.«

»Zu wem?«, fragte sie bitter, und in ihrer Stimme lag so viel Verzweiflung, dass Jo trocken schlucken musste. »Zu wem denn? Zu dem Gott, der das alles hier zulässt?«

Der Bischof blickte sie schweigend an, denn er wusste nicht, was er darauf antworten sollte.

Miriam Steiner blieb im Somerset Hospital. Sie blieb die ganze Nacht im Krankenhaus. Sie ließ sich einen blauen Arztkittel geben und setzte sich auf einen Stuhl neben das Bett ihres Bräutigams. Stefan hatte eine transparente Atemmaske über Mund und Nase, auf seiner nackten Brust waren eine Menge rotweißer Elektroden befestigt, deren Kabel zu irgendwelchen Maschinen führten, die piepsten oder andere Geräusche machten. Auf einem

Monitor bewegten sich zwei zuckende Linien. Stefan atmete ruhig und gleichmäßig – wenn es denn seine eigene Atmung war, die seinen Brustkorb hob und senkte. Ab und zu beugte sie sich vor und wischte ihm die feinen Schweißtropfen von der Stirn.

Hinter einem Vorhang hörte sie leise Schritte, ein Rascheln, dann war ein Arzt zu hören, der Bernhard und Jo die Röntgenbilder erklärte: »Die Kugel sitzt sehr tief. Und er hat viel Blut verloren.«

Plötzlich ertönte ein lauteres, rhythmisches Piepsen, und Stefan bewegte den Kopf. Die Linien auf dem Monitor veränderten sich, die Ausschläge wurden heftiger. Der Vorhang hinter ihr wurde zur Seite gezogen, drei Blaukittel eilten zum Bett, zwei entfernten die Elektroden von Stefans Brust, der dritte nahm die Infusionsflasche aus der Halterung, dann schoben sie den Patienten eilig in den Operationssaal und schlossen die Tür hinter sich.

Miriam lief ihnen nach, und als die Türflügel vor ihr zugingen, traf sie das Gefühl, als hätte sich ein Sargdeckel geschlossen. Es traf sie so heftig, dass sie sich sekundenlang nicht bewegen konnte. Sie stand einfach da und starrte auf die Tür, hinter der nicht nur über Stefans Leben entschieden wurde, sondern auch über ihres. Dann, irgendwann, zog sie den blauen Kittel aus, warf ihn achtlos auf einen Stuhl, ging durch den langen schrecklichen Korridor zurück und fand eine Tür, die auf einen Balkon führte.

Unter ihr lag das Lichtermeer von Kapstadt. Eine laue Brise wehte eine Mischung aus Blütenduft und Autoabgasen durch die Luft, die Geräusche der Großstadt waren nur leise zu hören. Aber sie sah nichts, sie roch nichts, sie hörte nichts. Sie dachte nur daran, dass man Stefan jetzt aufschnitt, um die Kugel zu entfernen, um sein Leben zu retten. Irgendwann würde jemand zu ihr kommen und ihr mitteilen, ob er die Operation überlebt hatte. Oder nicht. Sie fürchtete diesen Augenblick, so wie sie noch nie etwas in ihrem Leben gefürchtet hatte.

Sie hatte jegliches Zeitgefühl verloren, nahm nichts mehr wahr von der Welt um sie herum, und als sich irgendwann eine Hand sanft auf ihre Schulter legte, erschrak sie heftig.

»Er lebt«, sagte der Arzt sanft. »Kommen Sie, bitte.«

Sie folgte dem Mann durch den Korridor, zog ihren blauen Kittel wieder an, betrat die Intensivstation und setzte sich an Stefans Bett. Er trug keine Atemmaske mehr, hatte aber immer noch die Elektroden auf der Brust. Auf dem Monitor zuckte gleichmäßig eine Linie.

Sie streichelte sanft seine Stirn. »Hörst du mich, Stefan?«, fragte sie, obwohl sie wusste, dass er sie nicht hören konnte. Aber sie wollte es ihm trotzdem sagen. »Ich tue alles für dich. Wirklich alles. Ich bleibe sogar mit dir in diesem gottverdammten, sonderbaren Land. Wenn du nur wieder gesund wirst…«

Ein Pfleger mit einem Tablett betrat die Station. »Er schläft ganz ruhig«, sagte er. »Und Sie sollten sich nun auch eine Pause gönnen. Ruhen Sie sich ein wenig aus. Ich habe hier ein kleines Frühstück für Sie.«

Miriam hatte gar nicht bemerkt, dass die Sonne schon aufgegangen war und Tageslicht durchs Fenster fiel. Sie blickte den Pfleger an und schüttelte den Kopf. »Ich kann jetzt nichts essen. – Und ich werde die Typen finden, die ihm das angetan haben.«

Dann wandte sie sich wieder ihrem Bräutigam zu.

Als Bernhard von Braun eine Stunde später in einem blauen Kittel das Krankenzimmer seines Sohns betrat, saß Miriam immer noch an Stefans Bett. Sie musste die ganze Nacht gewacht haben und war nun auf dem Stuhl eingeschlafen. Er selbst hatte sich irgendwann ausruhen müssen. Aber er war ja auch keine fünfundzwanzig mehr. Immerhin, dachte er, ist diese Frau die ganze Nacht nicht von seiner Seite gewichen. Das spricht zumindest nicht gegen sie. Er zog sich einen Stuhl heran, setzte sich ans Bett, nahm die Hand seines Sohns und hielt sie fest.

Als sie ein feines Geräusch hörte, erwachte Miriam aus ihrem kurzen Schlummer. Der alte Braun saß auf der anderen Seite des Betts und hielt Stefans Hand.

Sie musterten sich kurz, doch keiner von beiden sagte ein Wort.

Plötzlich öffnete Stefan die Augen. Er bewegte ganz leicht den Kopf, blickte beide an, versuchte ein Lächeln, dann fielen seine Augen wieder zu.

Vater und Braut sahen sich erneut an. Lange und schweigend. Und zum ersten Mal empfand Miriam so etwas wie ein warmes Gefühl für den alten von Braun. Auch wenn es nur ein ganz kleines Gefühl war.

In dieser Nacht schlief auch Bischof Johannes Mallinger nicht. Er fuhr irgendwann nach Philadelphia zurück, ging aber nicht nach Hause. Er zog sich allein in seine Kirche zurück, und dort betete er – so inbrünstig und intensiv wie schon seit langer Zeit nicht mehr. Er bat den Gott, an den er glaubte, um das Leben seines besten Freundes. Es war ein langes Gebet, das er erst beendete, als das erste Morgenlicht durch die Kirchenfenster sickerte.

Bevor er sich erhob, bat er den Herrn der Welt noch um etwas in eigener Sache: Er bat ihn darum, dieses Gefühl von ihm zu nehmen, das er für Miriam Steiner empfand. Denn es durfte nicht sein. Es war unrecht. Auch wenn es Liebe war.

Er verließ seine Kirche, stieg in den Jeep, den er vor dem Kirchenportal geparkt hatte, und fuhr zurück nach Kapstadt. Vielleicht hatte Gott sein Gebet gehört. Er hoffte es aus tiefstem Herzen.

»Wir haben alles Menschenmögliche versucht«, sagte der Chefarzt, als er aus dem Operationssaal in den Korridor der Klinik trat. Er sah erschöpft aus, hatte dunkle Ringe unter den Augen und Blutflecken auf seinem Operationskittel. »Auch die zweite Operation ist gut verlaufen. Aber die Kugel hat sein Rückenmark zerstört.«

Bernhard sprang von seinem Stuhl hoch. »Und was heißt das?!«

Jo und Miriam standen ebenfalls auf, wechselten einen Blick und sahen, dass sie beide wussten, was das bedeutete.

»Er wird leider von der Hüfte abwärts gelähmt bleiben«, sagte der Chefarzt zu Bernhard von Braun. »Es grenzt an ein Wunder, dass wir bei der Schwere der Verletzung überhaupt sein Leben retten konnten.«

»Es geht nicht um Wunder!«, rief Miriam, bevor Bernhard etwas sagen konnte. »Es geht darum, das medizinisch Machbare zu tun! Und zwar gleich! Ich werde Stefan sofort nach Deutschland fliegen lassen!«

»Ich kann Sie nicht davon abhalten, Frau Steiner«, erwiderte der Arzt reserviert. »Aber es ist ein unvertretbares Risiko für den Patienten, und ich…«

»Moment mal!«, unterbrach Bernhard erbost. »Es geht hier nicht darum, was Frau Steiner meint, es geht…«

»Ich werde alles für Stefan tun!«, fuhr ihm Miriam dazwischen. »Und ich werde dafür sorgen, dass er in Deutschland behandelt wird!«

»Ich werde das mit Frau Steiner unter vier Augen besprechen«, sagte Bernhard zu dem Arzt, fasste sie hart am Oberarm und führte sie den Korridor hinunter, ohne sie loszulassen.

»Ich verlange von dir, dass du diese Entscheidung den Ärzten überlässt. Und mir«, knurrte er, als er neben der Braut seines Sohnes vor der Klinik auf und ab ging.

»Aber ich könnte doch Dr. Jacobs bitten, Stefans Krankentransport nach München zu begleiten«, beharrte Miriam.

»Das ist doch Wahnsinn!«, fauchte er. »Das hast du doch selbst gehört! Ich verbiete dir, …«

»Ich lass' mir von dir nichts verbieten!« Miriam blieb stehen und sah ihn böse an.

Sie fixierten sich einige heftige Atemzüge lang.

»Stefan bleibt hier!«, stellte Bernhard von Braun dann von oben herab fest. »Hier! Verstehst du?! Wir bringen ihn nach Hause, wenn er wieder…«

Er brach ab. Wenn er wieder laufen kann, hätte er beinahe gesagt. »Da kannst du ihn dann gemeinsam mit Denise und mir Tag und Nacht pflegen. Und wenn es irgendwo auf der Welt einen Arzt gibt, der ihn heilen kann, dann sorge ich dafür, dass dieser Arzt nach Kapstadt kommt. Ich werde keine Kosten und …«

Er hielt erneut inne, als er sah, dass ihr zwei Tränen über die Wangen liefen, schwieg einen Moment, dann räusperte er sich, und seine zornige Stimme nahm einen versöhnlichen Ton an. »Miriam. Du hast nicht geschlafen. Ein Wunder, dass du noch nicht zusammengeklappt bist. Du musst dich jetzt ausruhen. Denise wird sich um dich kümmern. Ich werde Jo bitten, dass er dich auf die Farm fährt.«

»Ist gut«, antwortete sie leise und wischte sich mit den Fingern die Tränen aus den Augen. »Aber ich will vorher noch zur Polizei. Ich will, dass diese verfluchten Typen zur Rechenschaft gezogen werden. Sie dürfen nicht einfach so davonkommen.«

# 5

Henry Appeldoorn, der burische Chef der Polizeistation, seufzte. Was für ein Tag! Acht Anzeigen wegen Diebstahls, fünf Schlägereien zwischen betrunkenen Schwarzen mit Verletzten, drei Raubüberfälle ohne Verletzte, seine Gastritis machte ihm zu schaffen, heute früh hatte er sich mit seiner Frau gestritten – und jetzt ging ihm auch noch diese Fremde hier auf die Nerven, die ganz offensichtlich nicht zu verstehen schien, dass Südafrika nicht Deutschland war, dass die Dinge hier einfach anders liefen. Verschwinden Sie, hätte er am liebsten geschrien, hauen Sie ab nach Deutschland, und kommen Sie nie wieder her! Vielleicht hätte er das sogar getan, aber immerhin stand Bischof Mallinger neben ihr, und es sah so aus, als seien sie irgendwie gut miteinander bekannt. Also machte Henry Appeldoorn ein halbwegs freundliches Gesicht.

»Tja«, sagte er, nachdem er sich die Schilderung dieser Frau Steiner nun schon zum zweiten Mal angehört hatte, »das war wohl der Auslöser.«

»Was war der Auslöser?«, fragte Miriam irritiert.

Appeldoorn übte sich weiter in Geduld. »Wenn er sich nicht gewehrt hätte, wäre er nicht angeschossen worden.«

Miriam konnte kaum fassen, was dieser südafrikanische Polizist in seiner blauen Uniform da sagte. »Was?! Sie meinen, das dämliche Opfer ist auch noch selbst schuld? Das ist doch …«

»Ich habe nur zur Kenntnis genommen, was Sie berichtet haben. Und ich spreche aus Erfahrung«, gab Appeldoorn zurück, während er verstohlen die Augen verdrehte. »Und jeder in dieser Gegend hier weiß, dass man sich in solchen Situationen nicht wehrt. Wenn man mit dem Leben davonkommen will. – Bitte unterschreiben Sie das hier.«

Er nahm seiner schwarzen Sekretärin das Protokoll aus der Hand, das sie inzwischen fertig geschrieben hatte, und reichte es der Deutschen.

Miriam unterschrieb das Blatt, ohne es auch nur zu überfliegen. »Und jetzt? Was passiert jetzt?«, wollte sie wissen.

»Ich kann Ihnen auf jeden Fall versprechen, dass wir alles tun werden, was wir können«, antwortete er und entschied, die Polizeistation zu verlassen, denn er hatte den Eindruck, dass diese Frau ihn sonst noch stundenlang quälen würde. Er setzte seine Mütze auf und reichte ihr die Hand. »Verlassen Sie sich darauf. Aber es wird schwer. Sehr schwer. Und jetzt muss ich leider weg. – Jo.« Er nickte dem Bischof zu, rang sich ein säuerliches Lächeln für die schreckliche Frau neben ihm ab und ging.

Miriam blickte fassungslos auf die Schwingtür, durch die der uniformierte Mann verschwunden war. »Was soll das heißen?«, fragte sie Jo, der das Ganze bisher schweigend verfolgt hatte. »Was heißt denn da ›sehr schwer‹? Ich will, dass er die Täter fängt! Wozu sind denn die Polizisten in diesem Land da?!«

»Kommen Sie«, sagte Jo, »gehen wir. Die Polizei wird sich darum kümmern. Wir können da gar nichts tun.«

Aber Miriam reichte diese Auskunft nicht. »Wofür werden die eigentlich bezahlt?!«, schimpfte sie, als sie die Polizeistation verließen. »Was taugt eigentlich ein Staat, der noch nicht mal in der Lage ist, ein Minimum an Sicherheit zu garantieren?! Scheißland! Hier knallt man die Menschen wohl einfach nieder, wenn man etwas von ihnen haben will!«

»Ganz so einfach ist das nicht«, widersprach Jo, als sie zu seinem Jeep gingen.

»So?!«, fauchte sie. »Dann erklären Sie's mir! Ich versteh's nämlich nicht.«

Jo nickte. »Gut. Steigen Sie ein. Ich muss noch nach Makomba. Vielleicht verstehen Sie ja dort, was es mit diesem Land und seinen Menschen auf sich hat.«

Miriam warf noch einen bösen Blick auf die Polizeistation, als sie abfuhren. Rings um das schäbige Gebäude zog sich ein eiserner Zaun, der oben von einer Stacheldrahtrolle abgeschlossen wurde. Für sie sah das so aus, als hätte die Polizei in diesem Staat selbst Angst davor, überfallen zu werden. Unglaublich! Was für ein Land! Wirklich nur vom Flugzeug aus zu ertragen!

Während der Fahrt zur Township wechselten sie kaum ein Wort. Miriam schwieg vor lauter Wut, und Jo wollte nicht mehr von ihr angefaucht werden. Auch der Anblick der schäbigen Hütten von Makomba, die nach einer Weile vor ihnen auftauchten, war nicht geeignet, Miriam Steiners Stimmung aufzuhellen. Was, zum Teufel, soll ich eigentlich hier?, dachte sie.

Jo hielt den Wagen in der Nähe einer Gruppe von

Schwarzen an, mindestens fünfzig Frauen und Männer, die auf hintereinander gereihten Bänken unter einem Sonnenschutz aus bunten Tüchern saßen und ein wehmütig klingendes Lied in ihrer Sprache sangen, zu dem sie Trommeln schlugen und rhythmisch in die Hände klatschten. Manche trugen traditionelle afrikanische Kleidung, manche europäische. Vor den Leuten stand der schwarze Pater O'Yaba in seiner Soutane und sang mit. In der ersten Reihe saßen einige Kinder. Sie sangen nicht. Sie weinten.

»Was machen die Leute da?«, fragte Miriam, als sie ausstiegen.

»Das ist die Totenfeier für Petronella Mbonga, die neulich an Aids gestorben ist. Sie lebte auf Rose Bud. Das eigentliche Problem in diesem Land, Miriam, ist nämlich nicht die Gewalt, auch wenn es davon mehr als genug gibt. Es ist die Armut. Die Armut – und vor allem Aids. Sehen Sie sich diese Leute hier an. Fühlen Sie sich vielleicht von denen bedroht?«

Miriam Steiner antwortete nicht, doch der Gesang und die Trommeln beeindruckten sie trotz ihrer schlechten Laune.

Der Witwer Steve Mbonga kam zu ihnen herüber, tauschte den typisch südafrikanischen Handschlag mit dem Bischof und bat beide, in die Hütte zu kommen. Steve trug seine beste Kleidung, dazu ein weißes Hemd und eine Krawatte.

Die Behausung bestand aus einem winzigen Vorraum, von dem ein Durchgang in den Hauptraum führte, der auch nicht sonderlich groß war. Einige schwarze Frauen und Kinder saßen um einen niedrigen Tisch. Steve blieb neben dem Tisch stehen und sagte ein paar Sätze auf Xhosa, wobei er zwischen den Schwarzen und den weißen Gästen hin und her blickte.

Jo nickte, als der Witwer wieder schwieg. »Das ist Miriam«, sagte er dann und trat mit ihr an den Tisch heran. »Das ist Maria, die Schwägerin der Verstorbenen. Sophia ist die Schwester von Petronella. Die vier Kinder von Petronella werden jetzt im Haus von Sophia und ihrem Mann Singi wohnen. Und das hier ist Oma, die Großmutter von Petronella.«

Miriam fühlte den Schmerz, der den ganzen Raum erfüllte, doch sie wusste nicht, wie sie sich verhalten sollte. Nach kurzem Zögern reichte sie der alten Frau die Hand. Oma ergriff die Hand der Weißen, drückte sie kurz, nickte und flüsterte etwas Unhörbares. So traurige Augen, dachte Miriam, so traurige Augen habe ich noch nie gesehen.

Ein junger Mann mit rot geschminktem Gesicht betrat die Hütte und nahm seine Mütze ab. Miriam erinnerte sich an ihn: Es war der, der ihre Handtasche gefunden hatte, die sie nach dem Brand auf Rose Bud verloren hatte. Der, den sie so dumm angeredet hatte, als er ihr die Tasche brachte.

»Hallo, Mango«, sagte Jo, und der Junge erwiderte seinen Gruß mit einer respektvollen Verbeugung.

Draußen brachen der Gesang und die Trommeln ab. Kurz darauf erschien ein Schwarzer im Anzug und mit Krawatte in der Hütte, flüsterte kurz mit Steve, und der Witwer bat den Bischof mit einer Geste, ihm zu folgen. Jo nickte, und die drei Männer verließen schweigend den Raum. Miriam ging ihnen nach, blieb aber im Vorraum der Hütte, trat ans Fenster und blickte durch die schmutzige Scheibe auf die Schwarzen, die schweigend und erwartungsvoll auf ihren Bänken saßen.

Bischof Johannes Mallinger trat in seiner Straßenkleidung vor die Versammlung, ließ den Blick über die Gesichter der Anwesenden wandern, räusperte sich und begann.

»Ich bin hier, um dir, Steve, und deiner Familie zu sagen, dass wir in dieser schweren Zeit des Schmerzes bei euch sind. Und ich bin hier, um euch zu sagen, dass die Gemeinde euch finanziell unterstützen wird, den Leichnam von Petronella in die Transkei zu überführen, damit sie an der Seite ihrer Vorfahren die letzte Ruhe findet. Als Uzimvubu segne ich diese von Gott mit so vielen Prüfungen heimgesuchte Familie. Er wird sich nicht von euch abkehren, denn er hat mich zu euch geschickt. Damit Steve und Singi und Sophia die Kraft haben, den zurückgebliebenen Kindern einen Weg zu weisen in eine Zukunft, die hoffentlich besser aussehen und anders sein wird als heute.«

Er machte eine kurze Pause, ließ den Blick über seine Schützlinge wandern und faltete die Hände. »Die Gnade unseres Herrn Jesus Christus, die Liebe Gottes und die Gemeinsamkeit des Heiligen Geistes sei mit euch. Heute und in alle Ewigkeit. Amen.«

Die Schwarzen begannen wieder zu singen und zu trommeln. Miriam stand hinter der schmutzigen Scheibe, beobachtete die Leute – und plötzlich berührte etwas ihr Herz, fast so etwas wie eine kurz aufflackernde Zuneigung für diese Menschen da draußen, die das letzte Lied für eine junge Mutter sangen, die an Aids gestorben war. Doch es war nur ein kurzer Moment der Wehmut, der sich schnell verflüchtigte, denn sie musste auf einmal wieder an Stefan denken, den irgendwelche gottverdammten Schwarzen wegen eines Autos zum Krüppel geschossen hatten.

Jo gab ihr durch eine Geste zu verstehen, dass sie jetzt gehen würden, und sie verließ den Vorraum der Hütte. Steve und sein Schwager Singi begleiteten sie zum Auto. Die Männer umarmten sich zum Abschied. Der Bischof zog einen verschlossenen Umschlag aus seiner Windjacke und reichte ihn dem Witwer, der sich mit einem Kopfnicken bedankte. Bevor sie ins Auto steigen konnten, lief ein kleiner schwarzer Junge auf sie zu, blieb bei ihnen stehen und lächelte zu der weißen Frau hoch. Miriam strich ihm spontan über das Kraushaar und sah, dass es den Kleinen freute.

Steve rief dem Kind etwas auf Xhosa zu. Der Junge lächelte die Weißen noch einmal an und lief dann hinter den Schwarzen her.

»Das ist der Kleinste von Petronella«, erläuterte Jo.

»Weiß er, dass er keine Mutter mehr hat?«

»Nein, noch nicht.«

Ein hellblauer Pick-up fuhr langsam an ihnen vorbei.

Miriams Gesicht wurde hart. Sie blickte dem Wagen hinterher, die Hand am Griff der halb geöffneten Autotür.

Jo sah, was sie dachte. »Solche Pick-ups gibt's hier viele«, sagte er. »Sehr viele.«

»Warum wird diese Frau nicht hier beerdigt?«, fragte Miriam, als sie die Township verließen. »Warum treiben die so einen Aufwand? Warum ein Transport bis in die Transkei?«

»Wo würden Sie Ihre Liebsten beerdigen? In der Fremde oder zu Hause? In Ihrer Heimat?«

»Was für eine Frage?«, murmelte sie und schämte sich für ihre eigenen, doch ziemlich dummen Fragen.

»Na, sehen Sie. Petronellas Familie stammt nicht von hier. Sie wollen sie zur letzten Ruhe nach Hause bringen, zu ihren Ahnen. Dafür sind sie bereit, sich auf Jahre hin zu verschulden.«

Sein Handy klingelte. Er fischte es aus der Tasche und nahm das Gespräch an. »Okay«, sagte er, nachdem er zugehört hatte. »Ich bin in einer halben Stunde da.«

Sie fuhren eine Weile schweigend in Richtung Rose Bud und hingen beide ihren Gedanken nach.

»Ich hab' mir's anders überlegt«, sagte Miriam schließlich. »Ich will nicht zurück zur Farm. Lieber schlaf' ich auf dem Krankenhausflur.«

Jo zögerte einen Moment, bevor er antwortete, weil er nicht wusste, ob es richtig war, was er ihr anbieten wollte. Aber dann sagte er es doch. »Wenn Sie wollen, können Sie bei uns übernachten.«

»Bei *uns*?« Sie wunderte sich selbst darüber, wie überrascht sie war. »Ich wusste gar nicht, dass Sie Familie haben.«

»Wenn Sie eine deutsche Kleinfamilie meinen...«, er lächelte amüsiert, »... Ehefrau, zwei Kinder – damit kann ich leider nicht dienen. Aber meine Mutter würde sich sicher freuen.«

Miriam warf dem Bischof einen zweifelnden Seitenblick zu. Ein Mann in seinem Alter, der bei seiner Mutter lebte, das kam ihr einigermaßen merkwürdig vor. »Sie leben mit Ihrer Mutter?«, fragte sie.

Jo Mallinger seufzte, denn er konnte den Tonfall ihrer Frage gut interpretieren. Wahrscheinlich dachte sie, dass er eher mit Männern verkehren würde. »Nein. Natürlich lebe ich nicht mit meiner Mutter. Aber sie ist vorübergehend bei mir.«

»Und warum haben Sie keine Frau? Ich meine, als anglikanischer Bischof... Zölibat und so, das gibt's bei Ihnen doch nicht...«

»Ich habe Angst vor Frauen«, erwiderte er ernst. Dann schmunzelte er sofort, obwohl ihm bei dieser Bemerkung nicht wirklich nach Schmunzeln zumute war, denn er hatte eigentlich nur Jane zitiert. Sie hatte mal zu ihm gesagt, dass er im Grunde seines Wesens Angst vor Frauen hätte. Und er war sich nicht klar darüber, ob sie damit nicht doch richtig lag. »Warum fragen Sie eigentlich so penetrant?«

»Sie haben Recht. Es war eine blöde Frage. Es interessiert mich ja auch überhaupt nicht.« Das war gelogen, wie sie vor sich selbst zugeben musste, denn irgendwie interessierte es sie doch, wer und wie dieser Mann da neben ihr war.

»Da bin ich ja beruhigt«, sagte er leichthin, doch irgendwie gefiel ihm nicht, dass es sie überhaupt nicht interessierte.

Sie fuhren wieder eine Weile schweigend. Miriam blickte durchs Fenster auf das Land, und nichts, was sie sah, gefiel ihr. Sie sah nicht die eindrucksvolle Kulisse der Hottentots Holland Mountains am Horizont, nicht die fruchtbaren Felder, nicht die blaue Weite des afrikanischen Himmels. Sie sah nur die grässliche flimmernde Hitze über einer staubigen Landstraße mit zu vielen

Schlaglöchern, einen zerbeulten roten Pick-up, der in Deutschland schon lange aus dem Verkehr gezogen worden wäre, und ein paar zerlumpte Schwarze am Straßenrand.

»Ich will wirklich nicht hier leben«, sagte sie irgendwann nachdenklich. »Ich würde mich immer von ihnen bedroht fühlen. So nett und freundlich diese ...«

»... diese *Neger* auch sind«, vollendete er ihren Satz und warf ihr einen skeptischen Seitenblick zu. »Sprechen Sie's nur aus. Sie passen wirklich nicht hierher. Sie sind genauso festgefahren und verbohrt wie diese Buren, von denen es immer noch viel zu viele gibt.«

Damit war ihr Gespräch beendet, und sie schwiegen wieder, hingen wieder ihren Gedanken nach, bis Jo vor seinem Haus hielt.

Susan Mallinger saß wie üblich auf der Veranda. Sie stand mühsam und vor allem stirnrunzelnd auf, als diese Miriam, die er ihr neulich in der Schwarzenschule vorgestellt hatte, aus dem Auto ihres Sohns stieg. Und was machte *er*? Er hob grüßend die Hand und fuhr gleich weiter. Ohne auch nur ein Wort zu ihr zu sagen.

»Ihr Sohn hat mir erlaubt, in seinem Haus zu übernachten«, erklärte Miriam, als Susan sie fragend fixierte. »Ich will auch gar keine Umstände machen. Ich brauche nur ein Bett. Sonst gar nichts.«

Susan verzog erst mürrisch das Gesicht, doch dann sah sie, dass diese junge Frau wohl am Ende ihrer Kräfte war. »Mein Gott, Kindchen. So wie Sie aussehen – da hätt' ich Sie auch mit nach Hause genommen. Na, dann kommen Sie mal rein. Nana kann wunderbar kochen.«

Als Johannes Mallinger die Mülldeponie erreichte, auf der Carl Houwer eine Siedlung für Schwarze bauen wollte, glaubte er, in einen schrecklichen Albtraum geraten zu sein: Drei lange Reihen von Blechhütten standen in schnurgeraden Linien nebeneinander, und die Arbeiter bauten fleißig neue Hütten auf.

»Was läuft denn hier für ein Wahnsinn?«, fragte er Harry, der ihn telefonisch über den Fortgang der Bauarbeiten unterrichtet hatte.

»Gestern Abend standen hier genau acht Hütten«, erwiderte der Schwarze. »Wie vorgestern Abend auch. Und über Nacht: Bumm! Wie Pilze aus dem Boden.«

Der Bauleiter Goren kam gemütlich heran und wedelte lässig mit einer blauen Mappe, die er in der Hand trug.

»Goren, was ist hier los?!«, raunzte Jo den Mann an.

Der Bure gestattete sich ein breites Grinsen. »Ich hab' mich schwer ins Zeug gelegt und alle Papiere besorgt, die Hochwürden sehen wollten.« Er öffnete die Mappe, nahm einige Zettel heraus, reichte sie dem Bischof, und sein Grinsen wurde noch breiter.

Jo nahm die Papiere und las.

»Die Bodenwerte sind so weit in Ordnung«, fügte der Bauleiter ruhig hinzu. »Keine Kontamination. Also für niemanden eine Gefahr. Das Zertifikat ist unterschrieben vom Chef der Behörde. Ich hab' Ihnen gleich die Telefonnummer dazugeschrieben. Damit Sie das selbst überprüfen können.«

»Das haben wir bereits gecheckt«, sagte Harry und maß den Buren mit einem verächtlichen Blick.

Am liebsten hätte Jo dem Bauleiter die Papiere um die

Ohren gehauen, doch das stand einem Bischof schlecht an. »Diese Papiere sind doch alle gefälscht!«, zischte er stattdessen. »Das ist doch alles Bullshit! – Aber noch seid ihr nicht am Ziel!«

»Nein«, antwortete Goren sachlich, »noch nicht. Aber bis Ende nächster Woche können wir's schaffen. Wenn wir so weiterbauen wie bisher.«

Jo antwortete ihm nicht. Er nickte Harry zu und ging zu seinem Jeep.

»Übrigens, Hochwürden: Schöne Grüße von Carl Houwer!«, rief ihm der Bure hinterher.

Der Bischof antwortete ihm nicht, stieg ins Auto und fuhr so rasant los, dass die Reifen des Fahrzeugs Dreckklumpen in die Luft schleuderten.

Eigentlich glaubte er nicht, dass die Papiere gefälscht waren. Sie waren echte Formulare der Baubehörde, und auch die Unterschrift unter ihnen war echt. Aber ihr Inhalt stimmte nicht. Der war gefälscht. Houwer hatte die entsprechenden Leute geschmiert. Und jetzt besaß er ein Gutachten, in dem stand, dass die verseuchte Deponie ein korrektes Baugelände ist.

Was konnte er also tun? Gegen den Bauunternehmer und seine geschmierten Politiker und Beamten gleichzeitig kämpfen? Ihm fiel wieder Sisyphos mit seinem Felsbrocken ein. Und dann noch Don Quijote. Der gegen Windmühlenflügel kämpfte.

Er musste sich also etwas Sinnvolleres einfallen lassen, mit dem er einen Baustopp durchsetzen konnte, denn es hatte keinen Zweck, gegen eine bestochene Bürokratie anzurennen.

Johannes Mallinger grübelte noch darüber nach, was

er gegen Carl Houwer unternehmen konnte, als er Rose Bud erreichte. Er hatte sich unterwegs spontan entschlossen, den alten Bernhard zu besuchen. Vielleicht könnte er die Sache mit ihm besprechen, und vielleicht wusste er ja einen Rat.

Als er die Veranda des Haupthauses betrat, lehnte Carl Houwer lässig an der Balustrade und unterhielt sich mit Bernhard. Für eine Sekunde schlug eine heiße rote Wut in Jo hoch – und genau in diesem Moment fiel ihm ein, wie er dem miesen Typen beikommen konnte. Das war's! Doch jetzt, im Augenblick, würde er das Thema Mülldeponie nicht ansprechen. Der Kerl sollte ruhig glauben, er hätte klein beigegeben. Aber bald würde er ihm zeigen, mit welchen Mitteln ein anglikanischer Bischof auch agieren konnte.

»... dieses Annäherungs- und Versöhnungsgeschwafel von deinem Vorzeigepriester ist das Allerschlimmste«, sagte der Baulöwe gerade zu Bernhard. Houwer stand mit dem Rücken zu ihm und konnte auch seine Schritte auf dem Rasen nicht hören.

»Zurück zur alten Rassentrennung, was, Carl?«, warf Jo ein. »Das ist es doch, was Sie wollen? Oder?«

Houwer drehte sich langsam um und warf ihm einen mitleidigen Blick zu. »Was heißt hier Rassentrennung? Wer außer mir lässt sich eigentlich das Wohl der Kaffern so viel kosten? Ich habe denen bisher sechshundert Hütten hingestellt. Sechshundert! Und alle aus der eigenen Tasche bezahlt.«

Jo antwortete nicht gleich, sondern ging zum Tisch und goss sich in aller Ruhe ein Glas Wasser ein. Es war ein heißer Tag. Und der morgige würde noch heißer. Für

Houwer, jedenfalls. Denn noch heute Nachmittag würde er die Vorbereitungen dafür treffen, ihm das Handwerk zu legen.

Er trank einen großen Schluck, erst dann antwortete er dem Bauunternehmer, der ihn ebenso erwartungsvoll wie überlegen musterte. »Diese Hütten zahlen Sie doch aus der Kaffeekasse. Und dafür kriegen Sie umsonst Grundstücke vom Staat, auf denen Sie schöne Golfplätze bauen, mit denen Sie dann einen großen Haufen Geld verdienen.«

»Sagt mal, könnt ihr beiden euch vielleicht mal zu mir an den Tisch setzen?«, fragte Bernhard.

Doch weder der Bauunternehmer noch der Bischof schienen sich an einen Tisch setzen zu wollen. Stattdessen lehnten sie sich in ein paar Schritten Abstand gegen das Geländer der Veranda.

»Er versteht einfach nicht, dass ich damit verhindern helfe, dass irgendwann zwei Millionen Schwarze in den Townships aufstehen, nach Kapstadt marschieren und alles kurz und klein schlagen«, sagte Houwer zu Bernhard.

»Er hat humanitäre Motive«, witzelte Jo voller Hohn. »Kaum zu glauben. Carl Houwer, der gute Mensch von Kapstadt. Der Bewahrer unseres schönen neuen Staatswesens.«

Der Bauunternehmer steckte die Hände in die Taschen seiner teuren blauen Leinenhose, ging langsam zu Jo hinüber und blieb vor ihm stehen. »Also, wenn wir nicht etwas unternehmen, dann geht es uns bald so wie den Weißen in Zimbabwe. Dann werden wir entweder verjagt oder ermordet. Schau den armen Stefan an.

Niedergeknallt, nur weil die Ratten sich sicher fühlen. Weil keiner hart durchgreift. Und weil hier jeder bei Mord und Vergewaltigung davonkommt.«

Jo antwortete ihm nicht. Nicht, weil er keine passende Antwort für den Kerl hatte, sondern weil er wusste, dass Diskussionen mit Carl Houwer genauso viel Sinn machten wie Steine den Berg hinaufrollen: gar keinen.

»Was willst du?«, bemerkte Bernhard zu Houwer, als er sah, dass Jo nicht antworten wollte. »Die Todesstrafe? Oder eine Mauer um die Kapprovinz? Das geht nicht. Das weißt du so gut wie ich. Und es würde auch gar nichts lösen.«

»Nein, natürlich nicht. Aber wir brauchen hier bei uns harte Zuzugskontrollen. Drakonische Strafen. Sonst fliegt uns hier bald alles um die Ohren. Es hat doch jeder Angst um sein Leben.«

»Ach, wenn's nach dir ginge, hätte man die Apartheid nie abgeschafft«, knurrte Bernhard.

Der Bauunternehmer ging wieder zu dem Farmer zurück und blieb am Tisch stehen. »So simpel ist das nicht, Bernhard.«

Bernhard von Braun antwortete nicht, doch Houwer focht das nicht an. Er steckte wieder die Hände in die Hosentaschen, wanderte langsam auf der Veranda auf und ab und redete.

»Die sollen erst mal lesen und schreiben und arbeiten lernen, diese Schwarzen. Und was die Gleichheit angeht: Gleichheit kann man nicht per Gesetz verordnen. Es gibt einfach keine Gleichheit unter Ungleichen. Schauen Sie sich das Chaos doch an. Wenn wir heute dieses Land den Schwarzen übergeben, dann würden sie es runterwirtschaften. Die würden dieses reiche Land verarmen lassen. Und am Schluss hätte jeder hier Hunger.«

Houwer blieb vor dem Bischof stehen und deutete mit dem Zeigefinger auf ihn, als wäre es der Lauf einer Pistole. »Und deshalb werde ich Sie und Ihre scheißliberalen Ideen bekämpfen, wo ich kann!«

Jo musterte ihn, ohne mit der Wimper zu zucken. Sieh da, dachte er: eine offene Kriegserklärung. Morgen würde er ihm die passende Antwort darauf geben.

»Spucken Sie mir nicht weiter in die Suppe, Bischof!«, fuhr der Baulöwe grimmig fort. »Das bringt Ihnen nichts! Gar nichts! Ich habe Freunde in der Regierung, und die unterstützen mich.« Er machte eine kleine Pause und fixierte seinen Gegner. »Und *ich* könnte *Sie* unterstützen, lieber Bischof.«

Jo verzog noch immer keine Miene, wandte sich ab und blickte konzentriert auf den Rasen vor der Veranda, auf dem es außer Gras nichts zu sehen gab.

»Von jemandem, der so redet wie du, Carl, kann man sich nicht unterstützen lassen«, sagte Bernhard schließlich, als das Schweigen der beiden Kontrahenten sich dehnte. »Wir können die Entwicklung nicht aufhalten, das müssen wir endlich kapieren. Aber wir können Einfluss nehmen auf diesen Prozess. Dafür sorgen, dass beide Seiten davon profitieren.«

»Du redest bald schon genau wie er, Bernhard«, murrte Houwer.

»Sie werden das nie verstehen«, sagte Jo, ohne sich umzudrehen.

»Ganz genau«, erwiderte der Bauunternehmer, »das werde ich nie verstehen.«

»Politik?«, fragte eine Frauenstimme. »Geht's hier mal wieder um Politik?«

Die drei Herren blickten zur Tür, die von der Veranda ins Haus führte. Anina Thulani stand im Türrahmen, trug eine Aktenmappe in der Hand, eine golden glitzernde Bluse, einen goldfarbenen engen Rock und sah einfach hinreißend aus.

»Hallo Bernhard. Hallo Jo.«

Die beiden Männer grüßten zurück.

Carl Houwer registrierte irritiert, dass sie ihn nicht namentlich begrüßt hatte. Es verwunderte ihn, denn auf Bernhards Geburtstagsparty hatten sie sich bestens unterhalten. Fast schon mehr als das. Er hatte sich vorgenommen, sie zu seiner Geliebten zu machen. Und wenn er etwas haben wollte, dann bekam er es auch. Carl Houwer bekommt immer, was er will, dachte er.

»Ach«, sagte er deshalb leichthin, »es geht darum, dass ich mal wieder ein unverbesserlicher Realist bin, was manche Leute gerne mit Rassist verwechseln.«

Bernhard von Braun erhob sich aus seinem Korbsessel und zog sein Jackett an. »Komm, Anina, lassen wir diese zwei Streithähne allein. Sonst wird das nie was mit meinem Testament.« Er ging zu der Frau hinüber, fasste sie freundschaftlich am Arm und wollte mit ihr ins Haus gehen.

»Testament?! Du machst dein Testament?!«, rief Houwer. »Lass uns lieber mit Anina auf das Leben anstoßen!«

Die schwarze Schönheit drehte sich um und drohte ihm neckisch mit dem Zeigefinger. »Carl, ich bin hier, um zu arbeiten.«

Damit verschwanden Bernhard und Anina im Haus.

Na also, dachte Houwer, sie steht doch auf mich. Sie ist eben auch eine Realistin und weiß, was gut für sie ist. »Ist sie nicht großartig?«, sagte er laut zu Jo. »Also, ich finde sie einfach großartig.«

Jo Mallinger antwortete nicht. Er fragte sich, warum die Schwarze sich mit Houwer einließ. Und er fand das alles andere als großartig. Als Anwältin musste Anina Thulani ja schließlich wissen, wer Houwer ist.

»Neeeiiin!!!« Miriam schreckte mit einem Schrei aus dem Schlaf. Ihr Herz klopfte wie rasend, und für einige Sekunden wusste sie nicht, wo sie sich befand. Dann fiel es ihr wieder ein: Sie lag im Bett des Gästezimmers im Haus von Bischof Mallinger. Was für ein Traum! Sie hatte alles noch einmal erlebt, und im Traum sah sie das, was sie in Wirklichkeit gar nicht gesehen hatte: wie die schwarzen Räuber Stefan aus dem Wagen zerrten, ihn schlugen und dann brutal in den Bauch schossen. Zuletzt sah sie sich selbst, sah sich weinend neben seinem reglosen Körper im Staub knien, und der Schmerz, den sie in diesem Albtraum empfand, war mindestens ebenso grausam wie der, den sie in der Wirklichkeit empfunden hatte.

Sie knipste die Nachttischlampe an, und das Licht tat ihr gut, vertrieb die schrecklichen Bilder aus ihrem Kopf. Sie stand auf, zog Susan Mallingers Morgenmantel über und ging auf die Terrasse hinaus. Eine ganze Weile lang blickte sie reglos in die Nacht, lauschte auf das Zirpen der Zikaden, hörte den Schrei eines Nachtvogels, irgendwo bellte ein Hund. Sie fror, obwohl es eine warme Nacht war.

Schließlich ging sie zurück, wollte wieder ins Gästezimmer, doch dann ging sie weiter zur nächsten offenen Tür, zögerte einen Moment, betrat das Zimmer schließlich doch.

Jo schien nicht geschlafen zu haben, denn er knipste augenblicklich das Licht an, als sie in sein Schlafzimmer kam, und richtete sich im Bett auf. Er schlief mit nacktem Oberkörper, und sie registrierte abwesend, dass der Bischof einen wohl proportionierten, braun gebrannten Körper besaß.

»Haben Sie schlecht geträumt?«, fragte er leise.

»Ich hab' von dem hellblauen Pick-up geträumt. Ich hab' gesehen, wie sie Stefan…« Sie brach ab und blieb stehen. »Ich hab' Angst. Und mir ist saukalt.«

»Ich bring' Sie wieder rüber«, sagte Jo, stand auf und ging zu ihr hinüber. »Brauchen Sie noch etwas?«

»Darf ich hier schlafen?« Miriam erschrak beinahe selbst über diese Frage.

Jo zögerte einen Moment. »Sicher«, sagte er dann. »Ich schlafe im Sessel.«

Miriam legte sich in das Bett des Bischofs und zog die Decke über sich. »Wenn er rauskommt… Ob er jemals wieder…«

Jo setzte sich zu ihr auf die Bettkante. Aber er antwortete ihr nicht. Was hätte er darauf sagen sollen?

»Und Sie helfen mir, die Männer zu finden? Bitte.«

Er nickte beruhigend, obwohl er wusste, dass er gar nichts dazu tun konnte, diese brutalen Räuber dingfest zu machen. Miriam schloss die Augen, und er betrachtete einige Sekunden ihr schönes Gesicht. Dann wollte er aufstehen, um den Rest der Nacht in seinem Sessel zu verbringen, doch sie ergriff seinen Arm und hielt ihn fest.

»Geh jetzt nicht weg, bitte«, flehte sie.

Jo zögerte einen Moment, dann beugte er sich über sie – und plötzlich fanden sich ihre Lippen zu einem Kuss. Und es war kein Kuss unter Freunden. Es war ein leidenschaftlicher Kuss, wie ihn sich Liebende geben …

Als Miriam am Morgen erwachte, lag sie wieder allein im Bett des Bischofs. Sie stand auf und ging auf die Veranda hinaus. Susan Mallinger saß in ihrem Korbsessel beim Frühstück, doch Miriam bemerkte sie nicht, denn sie war völlig in Gedanken versunken. Was, um Himmels willen, hatte sie nur getan? Stefan lag schwer verletzt in der Klinik, und sie …

»Du musst was frühstücken, Kindchen. Ich bin morgens auch immer unterzuckert.«

Die Stimme unterbrach ihre Gedanken, und Miriam war froh darüber. Jos Mutter stand plötzlich neben ihr und blickte sie prüfend an. Dann hinkte sie zu ihrem Frühstückstisch zurück.

»Sie laufen schon viel besser«, sagte Miriam und setzte sich zu ihr. »Aber Sie müssen was tun, sonst wird ihr Knie steif.«

Susan ging nicht darauf ein, sondern schenkte ihr eine Tasse Kaffee ein. »Johannes braucht eine Frau«, bemerkte sie dann, nachdem sie sich eine Weile schweigend gegenüber saßen. »Jane hat ja leider einen anderen geheiratet.«

Miriam fühlte sich ertappt. »Es ist nicht so, wie Sie denken«, sagte sie leise und umklammerte ihre Tasse mit beiden Händen.

»Ach, es ist immer ganz anders. Vor allem, als man selber denkt«, erwiderte Susan mitfühlend. »Aber – wenn Sie schon nichts essen, dann müssen Sie jetzt was arbeiten. Das ist immer noch die beste Ablenkung. Glaub mir, Kindchen, ich weiß das. Hier, mein Bein. Sie können das doch, oder?« Sie rückte mühsam den Sessel ein Stück vom Tisch weg und präsentierte Miriam ihr bandagiertes Bein. »Ich trau' dieser ganzen Ärztebagage nicht. Aber bevor es wirklich steif wird… Also, machen Sie was.«

»Na, gut. Dann müssen wir das Bein erst mal da rausholen.« Nun war Miriam Steiner ganz Physiotherapeutin. Sie stand auf und begann, die Bandagen an Susans Bein zu lösen.

Jo hatte sein Haus so früh verlassen, weil es noch einiges zu tun gab, damit die Aktion gegen Houwer auch genauso ablaufen konnte, wie er sie gestern vorbereitet hatte. Aber das war nicht der einzige Grund. Es gab auch noch einen anderen, einen, der ihn nicht als Bischof und Kämpfer für die Schwarzen so früh aus dem Haus getrieben hatte. Der zweite Grund hatte den Menschen Johannes Mallinger, den besten Freund von Stefan von Braun, aus dem Haus getrieben, und der Grund war: Er konnte Miriam nach dieser Nacht nicht gleich morgens in die Augen sehen. Es war schon schlimm genug gewesen, neben ihr aufzuwachen. Wie hatte das nur passieren können? Sie war die Braut seines Freundes, der in dieser Nacht querschnittsgelähmt in einer Klinik lag! Was war er nur für ein schäbiger Freund! Bischof Johannes Mallinger – Kämpfer für die Gerechtigkeit auf Erden, Rächer der Enterbten, Held ohne Furcht und Tadel! Und was für eine jämmerliche Figur war er in Wirklichkeit? Die Braut seines besten Freundes! Es war widerwärtig! Einfach nur widerwärtig!

Er stand auf der Veranda des Hauses von Jane van der Moolen und blickte auf die Brandung des Ozeans, ohne sie zu sehen. »Welchen Sinn macht das eigentlich alles?«, murmelte er bitter zu sich selbst. »Welchen Sinn macht das?«

»Ach, Blödsinn«, sagte Jane hinter ihm.

Sie war unbemerkt von ihm auf die Veranda getreten und hatte wohl seine Worte gehört. »Jeder Tag bringt dich ein kleines Stück weiter auf deinem Weg, Jo. Du sagst doch sonst immer, dass man an jedem Tag das Mögliche versuchen soll, anstatt am Unmöglichen zu scheitern. Und heute – gerade heute – wirst du Houwer zeigen, was eine Harke ist.«

Jo drehte sich um. Sie hatte seine Worte auf den Kampf gegen Houwer bezogen, und das war ihm nur recht. Er wischte die Gedanken an die vergangene Nacht beiseite und konzentrierte sich auf den Tag, der vor ihm lag. Doch auch was den betraf, war er sich nicht mehr sicher, ob die geplante Aktion, die in einer Stunde anlaufen sollte, auf längere Sicht Sinn machte. Wie lange konnte er Houwer wirklich davon abhalten, Hütten auf verseuchtem, vergiftetem Gelände zu bauen?

»Zwei Schritte vor, einen zurück – das kenn' ich schon seit Jahren. Aber zurzeit habe ich das Gefühl, überhaupt nur rückwärts zu gehen.« Er seufzte und zuckte, fast schon resigniert, mit den Achseln.

Jane van der Moolen blickte ihren Ex-Geliebten und

unwissenden Vater ihrer Tochter zweifelnd an. »Was ist denn nur los mit dir? Gestern Nachmittag warst du noch begeistert von deiner Idee, Houwer fertig zu machen.«

Er antwortete nicht, sondern starrte abwesend auf den Tisch, an dem sie eben gefrühstückt hatten.

Die Kampfgefährtin des Bischofs konnte nicht verstehen, was auf einmal mit ihrem Helden los war – die Frau in ihr jedoch spürte etwas. Und es tat ihr weh, was sie da spürte. So etwas tat ihr immer noch weh, selbst nach so vielen Jahren. Sie begann schweigend, das Frühstücksgeschirr abzuräumen. Was hätte sie nicht alles dafür gegeben, wenn sie dieses Frühstück nach einer gemeinsamen Nacht zu sich genommen hätten? Einer Nacht, in der er ihr gesagt hätte, dass er jetzt wisse, wo er hingehöre: zu ihr, zu Jane van der Moolen, und zu Emily, ihrer Tochter.

»Wann fliegt Miriam nach Deutschland zurück?«, fragte sie, während sie mit dem Geschirr herumkramte, und ihre Stimme klang etwas spitz. Sie wollte es eigentlich nicht fragen, doch sie konnte nicht anders. »Kommt sie denn wieder?«

»Das hat doch mit all dem hier nichts zu tun.«

»Bist du da sicher?«, fragte sie süffisant. »Vielleicht bräuchtest du doch eine Familie.«

»Ach, Jane«, seufzte er. »Bei meinem Leben. Ich würde doch alle nur unglücklich machen. – Du solltest zu Ben nach Kapstadt ziehen.«

»Damit Emily bei ihrem Vater ist? – Nein. Da bin ich wie du: keine Kompromisse.«

»Du hast Recht. Keine Kompromisse«, erwiderte er und blickte auf seine Armbanduhr. »Wir müssen los.«

Sie fuhren im Konvoi zu der verseuchten Mülldeponie: zwei große, klapprige Reisebusse voller Schwarzer, etliche Pick-ups, auf deren Ladeflächen sich ebenfalls schwarze Südafrikaner drängten, sowie Jo und Jane im Jeep, die den Konvoi anführten. Als sie Houwers Baustelle erreichten, sprangen die Leute aus den Fahrzeugen und begannen sofort unter wildem Geschrei selbst gemachte Plakate zu entrollen, selbst gebastelte Schilder hochzuhalten. Dann formierten sie sich zu einer Kolonne und begannen erst einmal, tanzend und singend eine Runde auf der Baustelle zu drehen. Ihre schwarzen Gesichter glänzten vor Freude und Begeisterung.

Als die von den Fahrzeugen aufgewirbelte Staubwolke sich gelegt hatte, ging Jo zu den beiden TV-Teams hinüber, die sie schon erwartet hatten, und regelte mit ihnen die letzten Modalitäten vor der Aufnahme der Veranstaltung.

Der Bauleiter Goren und seine Arbeiter staunten fassungslos. »Sollen wir die Kaffern von der Baustelle prügeln?«, fragte sein Stellvertreter.

»Bist du wahnsinnig?!«, fauchte der Bure ihn an. »Damit das dann live im Fernsehen gesendet wird?! Idiot!« Er nahm sein Handy und rief Houwer an. »Carl! Carl! Du musst sofort kommen! Sofort! Die machen hier einen Riesenaufstand! – Ja! – Okay! Wir unternehmen gar nichts!«

Es dauerte eine ganze Weile, bis die Schwarzen aufhörten, ein Tanzfest zu feiern, stehen blieben und sich allmählich zu einer geballten Menschenmasse formierten, die schreiend, johlend und singend ihre Plakate und Bretterschilder für die Kameras hochhielt.

»Wie Sie sehen«, begann eine schwarze Reporterin in ihr Mikrofon zu sprechen, »berichten wir live von der toxischen Mülldeponie. Der Protest dieser Menschen richtet sich gegen die unverantwortlich gefährlichen Lebensbedingungen, unter denen Menschen in diesen Hütten wohnen sollen.«

In diesem Moment hielt Carl Houwers Limousine in einer Staubwolke zehn Meter hinter den TV-Teams.

»Wir interviewen gleich den Geistlichen, der diese Demonstration organisiert hat«, fuhr die Reporterin fort. »Ich stehe hier mit Bischof Johannes Mallinger und all den Familien, die man auf diesem verseuchten Gelände ansiedeln will…« Sie wollte noch etwas sagen, doch Houwer war schon heran, nahm der Reporterin mit sanfter Gewalt das Mikrofon aus der Hand und blickte in die laufenden Kameras.

»So ein Skandal!«, rief Houwer und machte eine zutiefst betroffene Miene. »So ein Skandal! Für Sie, Herr Bischof – und für mich!« Er machte eine Kunstpause und blickte Jo an, als seien sie Verbündete, die von irgendwelchen Gaunern betrogen worden sind. »Wir beide, die wir die Kinder Afrikas lieben – wir sind hintergangen worden. Von Menschen, die unsere Hilfsbereitschaft ausgenutzt haben. Aber glauben Sie mir…«, er legte vertraulich einen Arm um Jos Schulter, »…wir beide werden die Gesellschaft in Zukunft vor solchen Menschen schützen. Vor Menschen, die Unschuldige skrupellos in Krankheit und Elend treiben. Ich, Carl Houwer, ich verspreche Ihnen, ich werde in Zukunft weiter Häuser bauen. Häuser mit Wasser, Häuser mit Elektrizität. Ich werde das Aufbauprogramm der Regierung weiter unterstützen. Denn eines ist klar: Jeder in diesem Land hat das Recht auf eine menschenwürdige Behausung.«

Damit gab der Bauunternehmer das Mikrofon an die Reporterin zurück und zog den Bischof, um den er noch immer den Arm gelegt hatte, wie einen Freund zur Seite.

Die Menge johlte Beifall. Doch nicht alle waren begeistert. Manche Schwarze, deren Gesichter von Ekzemen entstellt waren, die sie den vergifteten Böden verdankten, auf denen die Hütten standen, die Houwer für sie gebaut hatte, applaudierten nicht.

Jo hatte während Houwers Auftritt kein Wort gesagt, nicht einmal die Hände aus der Hosentaschen genommen. Er hatte damit gerechnet, dass der Bauunternehmer auftauchen und genau diese Nummer abziehen würde. Es war Teil seines Plans. Der Mistkerl hatte nun live im Fernsehen feststellen müssen, dass der Baugrund verseucht ist. Und das bedeutete: Baustopp.

Als Houwer sicher war, dass keine Kamera mehr auf sie gerichtet war, ließ er seinen Freund, den Bischof, wieder los. »Die erste Runde haben Sie gewonnen, Bischof«, knurrte er böse. »Aber freuen Sie sich nicht zu früh.«

Statt zu antworten, schwieg Jo Mallinger viel sagend, und der Baulöwe stieg in seine Limousine und brauste davon, wutentbrannt.

»Du hast es geschafft!«, rief Jane und fiel Jo freudestrahlend um den Hals.

Er drückte sie an sich, und als sie sich wieder voneinander lösten, sah er in ihren Augen wieder diesen Blick, der sagte: Ich liebe dich, immer noch. Aber *er* liebte sie nicht. Er hatte sie einmal geliebt, ja. Sehr sogar. Aber das war lange her. Jetzt war sie seine beste Freundin. Und eine engagierte Lehrerin.

»Die erste Runde habe ich jedenfalls gewonnen«, sagte er. »Aber es war nicht die letzte.«

Sein Handy klingelte.

»So plötzlich?«, fragte er, nachdem er dem Anrufer kurz zugehört hatte. »Okay. Ich komme.« Er steckte das Telefon wieder in die Hosentasche und wandte sich erneut Jane zu. »Ich muss jetzt zum Flughafen. Kümmerst du dich mit Pater O'Yaba bitte darum, dass hier nichts Unangenehmes passiert?«

»Fliegt sie zurück nach Deutschland?«

»Ja. Sie fliegt zurück nach Deutschland.«

»Sag ihr einen schönen Gruß von mir.«

Jo war die Erleichterung in Janes Stimme nicht entgangen. Er nickte kurz und sagte: »Mach ich.«

Auf der Fahrt zum Flughafen nach Kapstadt überlegte er sich, wie er Miriam gegenübertreten sollte. Was sollte er zu ihr sagen? Und was würde sie zu ihm sagen? Nach der vergangenen Nacht war nichts mehr wie vorher. Selbst der gelungene Coup gegen Houwer erschien ihm im Moment nebensächlich. Aber vielleicht betrachtete er die ganze Sache auch völlig falsch. Er hatte wirklich nicht allzu große Erfahrungen mit der Liebe. Die Sache mit Jane war schon lange her. Und seitdem hatte er tatsächlich wie ein Mönch gelebt, was Frauen betraf.

Der Bischof stellte seinen Jeep ein Stück weit vom Haupteingang des Flughafens ab, stieg aus und ging hinter den parkenden Autos langsam auf die Abflughalle zu, schlich sich gewissermaßen an, denn er wollte sich nicht in Gegenwart von Denise oder Bernhard von Miriam Steiner verabschieden.

Bernhard war offensichtlich nicht mitgekommen. Hinter dem Kleinlaster einer Elektrofirma blieb Jo stehen und beobachtete, wie Denise und Miriam sich mit einigem Gerede und Wangenküssen verabschiedeten, Denise in ihren Wagen stieg und davonfuhr.

Dann wagte er sich aus seinem Versteck hervor und trat an Miriam heran. »Du verpasst noch deinen Flug«, sagte er.

Sie drehte sich um. Sah ihn und schwieg.

»Wieso fliegst du überhaupt so plötzlich ab?«

»Ich habe in München ein paar Dinge zu erledigen. Außerdem hat Stefan mich darum gebeten«, antwortete sie ruhig. »Ich soll den Leuten in seiner Klinik sagen, dass sie ihn vergessen können. Total vergessen können. Ein Chirurg im Rollstuhl…«

Sie wandte den Blick ab, nahm ihre Umhängetasche vom Boden auf, und sie gingen in Richtung Abflughalle weiter.

»Er wird lernen, damit zu leben. Und ich werde ihm helfen, so gut ich kann. Ich bin sein bester Freund.«

Nach ein paar Schritten blieb Miriam stehen und blickte ihn an. »Das gestern Nacht… das hatte nichts zu bedeuten.«

»Ich weiß«, antwortete er ruhig. »Obwohl es mir etwas bedeutet hat. Aber das spielt keine Rolle.«

»Ich will ihn nicht verletzen.«

»Du hast ihn nicht verletzt. Es ist einfach passiert und ohne Belang. Gehen wir. Sonst verpasst du deinen Flug wirklich noch.«

»Ja.« Sie nickte. »Sonst verpasse ich ihn wirklich noch.«

»Und? Kommst du wieder?«, fragte er nach ein paar Schritten.

Miriam blieb erneut stehen und sah ihm in die Augen. »Soll ich denn wiederkommen? – Hochwürden?«

»Für ihn.« Er erwiderte ihren Blick ohne sichtbare Gefühlsregungen. »Du musst wiederkommen. Für Stefan.«

Nach langen Sekunden wandte sie sich ab, und er sah ihr hinterher, wie sie über den Zebrastreifen zum Eingang lief und schließlich in der Abflughalle verschwand.

## 6

Stefan von Braun sah vom Frühstückstisch auf, lehnte sich in seinem Rollstuhl zurück und blickte zu den entfernten Hottentots Holland Mountains hinüber, deren schroff aufragendes Gestein schwarzgrün im Morgenlicht schimmerte. Miriam schlief noch, und irgendwie war er froh darüber, dass er an diesem wunderbaren südafrikanischen Morgen allein an diesem Tisch im Garten saß und die Landschaft betrachten konnte, die Wiesen und Felder, grün und gelb, die dunklen Baumgruppen und die vereinzelten, großen, hoch aufragenden Palmen mit ihren prächtigen dunklen Kronen.

Miriam würde sicher bald auftauchen. Dann würde sie sich wieder um ihn kümmern. Sie kümmerte sich wirklich rührend um ihn. Von morgens bis abends. Schon seit über zwei Wochen – seit sie aus Deutschland zurück war.

Er sollte mit ihr nach München zurückkehren, meinte sie. In den paar Tagen, die sie in Deutschland war, hatte sie alles geregelt für ihr gemeinsames Leben in München: Sie hatte für die nächsten Wochen, die sie in Afrika bleiben wollte, bis Stefan so weit war, mit ihr zurückzukehren, eine Praxisvertretung gefunden; ihr physiotherapeutisches Fortbildungsseminar, bei dem sie zum ersten Mal als Dozentin auftreten sollte, hatte sie neu angesetzt; für ihre gemeinsame Wohnung hatte sie jemanden gefunden, der sich darum kümmern konnte; und nicht zuletzt hatte sie die dringendsten Versicherungsfragen und Angelegenheiten mit der Krankenkasse für ihn geregelt. Eine Unfallversicherung hatte er irgendwann auch mal abgeschlossen. Von der würde er eine hübsche Summe überwiesen bekommen. Und eine Berufsunfähigkeitsrente stand ihm wohl auch zu. Seinen Beruf konnte er schließlich vergessen. Welche Klinik konnte sich schon einen Chirurgen im Rollstuhl leisten? Aber das war ihm alles egal, vollkommen egal. Was sollte er in München? Zu Hause im Rollstuhl sitzen und aus dem Fenster auf die Straße starren? Auf Häuserfronten, Straßenlaternen und Autos? Und *sie*? *Miriam*? Sie wusste nicht, ob sie hier leben konnte.

»Es ist Post gekommen!«, rief Miriam, kam lächelnd heran, legte zwei Briefumschläge auf den Tisch und gab ihm einen kleinen Kuss auf den Mund. »Guten Morgen, mein Schatz.«

»Guten Morgen.«

Sie setzte sich, goss sich eine Tasse Kaffee ein und öffnete die Briefe. Dann las sie ihm vor, was die Kollegen so geschrieben hatten. Wie sehr sie ihn vermissten, ihn und seine ganze Art. Aber der Laden funktioniere inzwischen wieder ganz gut, weil Stefans Chef sich Oberarzt Schmidt aus der Inneren in seine Abteilung geholt hat.

»Na, mit dem werden sie ihr blaues Wunder erleben«, bemerkte Stefan bitter.

Miriam las weiter vor. Schöne Grüße und Durchhalteparolen von Leuten, die weit entfernt von hier ihren Dingen nachgingen und dem bedauernswerten Krüppel mitteilen wollten, dass das Leben auch für ihn weitergeht und trotz allem doch schön ist. Viele Grüße und Kopf hoch, Stefan!

»Herzliche Grüße auch von den Schwestern Katja, Natascha und Elvira«, sagte Miriam, blickte auf und sah ihm zärtlich in die Augen. »Das ist doch wirklich lieb von denen allen. Was sie sich für eine Mühe geben.«

»Was sie sich für eine Mühe geben«, äffte er sie wütend nach. »Ist ja wirklich rührend. – Und du? – Du übertriffst sie alle noch!«

»Schatz, jetzt reg dich doch nicht wieder auf.«

»Jetzt reg dich doch nicht wieder auf!«, äffte er sie erneut nach. »Das sagst du mir?! Ernsthaft? Nach all diesen Rührstücken da?« Er deutete geringschätzig auf die Briefe.

»Wäre es dir lieber, wenn dir keiner schreiben würde? Wenn alle froh wären, dass du endlich weg bist?«

Stefan von Braun antwortete eine Weile nicht und blickte wieder zu den schwarzgrünen Hängen der Hottentots Holland Mountains hinüber. Afrika. Mein Afrika. »Ich *bin* weg«, sagte er dann leise. »Ich bin endgültig weg. Begreif das endlich. Oder glaubst du, irgendeiner wird sich von einem Krüppel im Rollstuhl operieren lassen?«

Er schwieg wieder, und da auch sie nichts sagte, war für eine Weile nur das Zwitschern der Vögel zu hören.

»Und weißt du, was mich wirklich wahnsinnig macht?! Du! Du machst mich wahnsinnig! Du hängst hier herum und *kümmerst* dich um mich – anstatt was Vernünftiges zu machen, statt Jo bei seinen Problemen mit den Schulen zu helfen. Oder Jane bei ihren Ausbildungskursen.

Aber du verplemperst deine Zeit mit mir.« Er hatte das eigentlich nicht sagen wollen, und er wusste auch, dass er ihr damit unrecht tat, aber das, was er wirklich sagen wollte, konnte er nicht sagen.

»Ich verplempere keine Zeit«, erwiderte sie verärgert und sah ihm direkt in die Augen. Er wich ihrem Blick aus.

»Ich liebe dich, Stefan. Verstehst du? Und ich will, dass es dir besser geht. Dafür tue ich alles. – Aber ich lass' mich nicht jeden Tag fertig machen, weil du es nicht mehr aushältst, dass ich dich liebe.«

Er schwieg und starrte grimmig auf die Tischplatte. »Geh bitte«, sagte er dann, ohne sie anzusehen, »geh jetzt bitte, und lass mich allein.«

Miriam griff zögernd nach ihrer Sonnenbrille.

»Gehst du jetzt bitte?!«, zischte er aggressiv.

Das reichte! Sie sprang wütend auf und rannte davon.

»Ja, Miriam, was ist…«, sagte Denise, die gerade über den Kiesweg herankam, doch Stefans Braut lief wortlos an ihr vorbei aus dem Garten.

Denise von Braun blieb mit fragender Miene bei ihrem Stiefsohn am Tisch stehen.

»Warum? Warum muss ich ausgerechnet *ihr* so wehtun?« Stefan hielt sich die Hand vor die Augen, und für einen Moment bebten seine Schultern, ein kaum hörbares Krächzen kam aus seinem Mund.

»Weil es dir so schrecklich wehtut, und sie es so genau weiß.« Denise legte ihm sanft die Hände auf die Schultern, drückte ihn einen Moment und setzte sich dann zu ihm. »Wie kann ich euch helfen, Stefan?«

Er schwieg mit zusammengepressten Lippen. »Ich

kann nicht mehr mit ihr schlafen«, sagte er dann leise. »Verstehst du, ich kann sie nicht mehr …«

»… Frauen können auch mal 'ne Zeit lang ohne Sex auskommen«, erwiderte sie.

Stefan schüttelte den Kopf. »Du verstehst nicht. Denise! Ich werde nie wieder mit ihr schlafen können. Und ich weiß, dass sie Kinder will.«

»Ich hab' mich auch für Bernhard und gegen Kinder entschieden. Das musst du ihr überlassen. Sie liebt dich. Und *das*, Stefan, *das* ist das Allerwichtigste.«

Er schwieg wieder, aber nicht so verbissen wie zuvor.

»Und, Stefan? Was ist?«, fragte sie nach einer Weile.

Er seufzte. »Ach, Denise. Ich will, dass sie lebt. Dass sie auch mal mit einem Mann schläft.«

»Was?!« Denise von Braun stand auf, ging zu ihm und blieb vor ihm stehen. »Was verlangst du da von ihr? Sie soll mit jemandem schlafen, damit du kein schlechtes Gewissen hast? Das kannst du nicht von ihr verlangen. – Und außerdem: Wenn sie das braucht, wird sie es sich holen.«

»Wird sie nicht. Sie ist viel zu moralisch. Sie wird mir die Treue halten. Und irgendwann wird sie mich hassen. Denn wie soll sie das denn aushalten?«

Denise von Braun ging vor seinem Rollstuhl in die Hocke. »Frauen halten ganz schön viel aus. Schau mich an. Ich habe Jahre auf deinen Vater gewartet. Und als deine Mutter gestorben ist, hat er sich vor lauter Schuldgefühlen nicht für mich entscheiden können.«

»Aber er hat dich doch sofort nach dem Tod von Mutter geheiratet.«

»Er hat sechs Monate mit sich gerungen, Stefan. Und

als du dann einfach abgehauen bist, ist er für zwei weitere Jahre in die innere Emigration gegangen. Und es brauchte sehr viel Liebe, sehr viel Geduld, ihn da wieder rauszuholen. – So viel zum Thema Innere Emigration. Denk darüber nach, Stefan.«

Sie setzte sich wieder an den Tisch. »Und jetzt werde ich frühstücken. Und du?«

Er antwortete nicht, sondern starrte auf die wunderschöne Kulisse der Hottentots und wusste nicht, was er denken sollte.

Miriam war wütend. Sie rannte aus dem Garten, schnappte sich ein herumstehendes Fahrrad und radelte los. Bewegung! Bewegung war gut, um Dampf abzulassen. Physiopsychotherapie. Sie trat so kräftig in die Pedale, wie sie nur konnte, und allmählich ließ ihre Wut nach. Nach ein paar Kilometern auf dem Schotterweg traf sie auf Mango, der ihr rotgesichtig, mit Golfmütze und einfachem Leinenanzug entgegenkam. Er riet ihr, nicht allein in der Gegend herumzufahren, aber sie erklärte ihm, dass sie schon auf sich aufpassen könne.

Er lachte, zuckte fatalistisch mit den Schultern, und dann erzählte er ihr fröhlich, dass es nur noch ein paar Tage dauere, bis er ein richtiger Mann sei. Dann könne er sich eine Frau suchen, dann könne er nach Haus kommen, wann immer er wolle, ohne seinen Vater um Erlaubnis bitten zu müssen.

Irgendwie war sie froh, ihn zu sehen. Die Offenheit und Freundlichkeit, die er ihr immer entgegenbrachte, ihr, der Fremden, die ihn damals so dumm angeredet hatte, weil er, der Schwarze, sie leicht mit dem Finger berührt hatte, als er ihr die verlorene Handtasche brachte – diese Offenheit und Freundlichkeit taten ihr gut, streichelten ihre Seele.

Sie radelte wieder weiter, ohne zu wissen, wohin dieser Weg führte. Sie war sicher, dass sie hier im letzten Monat schon mal entlanggefahren war, aber im Moment kam ihr der Weg fremd vor. Nach einer Weile tauchte ein Haus unter Bäumen auf, vor dem zwei Autos standen. Sie kannte das Haus. Es war die kleine Schule, die Bernhard für die Kinder seiner Farmarbeiter gebaut hatte. Als sie näher kam, sah sie, dass eines der Fahrzeuge Jos Jeep war. Sie hörte einen Moment auf, in die Pedale zu treten, überlegte, ob sie wieder umdrehen sollte, doch dann entschied sie sich dafür weiterzufahren.

Bernhard war auch da. Er verschloss gerade die Tür der Schule und unterhielt sich dann mit Eric, dem Farmverwalter, als sie neben den Autos anhielt. Jo bemerkte sie und kam zu ihr herüber.

»Guten Tag«, sagte er förmlich und neigte den Kopf.

»Guten Tag«, erwiderte sie ebenso förmlich. »Ist hier was Besonderes los?«

»Nein. Wir haben die Schule schließen müssen. Wir haben keine Lehrkräfte mehr. Der letzte Lehrer ist an Aids gestorben. Das ist hier zu Lande nichts Besonderes, wie Sie wissen. Auf der Vandermeer-Farm haben wir die Schule kürzlich auch geschlossen. Das verdammte Aids.«

»Ah, ja«, antwortete sie und betrachtete das kleine Schulgebäude, als gäbe es da irgendetwas Interessantes zu sehen. Sie hätte lieber etwas anders gesagt, irgendetwas zu dem Problem, das er angesprochen hatte, doch als sie in seine Augen sah, musste sie plötzlich wieder an die Nacht denken, an die Nacht, die sie miteinander verbracht hatten. Und das wollte sie nicht. Das war auch der Grund, warum sie ihm, seit sie wieder in Afrika war, aus dem Weg ging. Wenn Jo auf Rose Bud auftauchte, um mit seinem besten Freund Stefan zu reden, zog sie sich immer schnell zurück und ließ die beiden allein.

»Warum gehst du mir aus dem Weg?«, fragte er.

Als hätte er meine Gedanken erraten, dachte sie und hoffte, dass er nicht noch mehr sagen würde. Aber er schwieg und wartete auf eine Antwort.

»Stefan erstickt, und ich kann ihm nicht helfen«, wechselte sie abrupt das Thema.

Jo nickte ernst. »Er erstickt vielleicht auch, weil Sie ihm zu sehr helfen wollen.«

»Hat *er* Ihnen das gesagt?«

»Er will, dass ich dir helfe.«

»Also – was ist nun?«, fragte sie und lächelte, zum ersten Mal seit sie Jo an diesem Tag gesehen hatte. »Duzen oder Siezen wir uns nun?«

»Mal so, mal so«, erwiderte der Bischof. »Mal sind wir uns nah, mal sind wir uns fremd.«

Das war etwas sehr bemüht philosophisch, fand sie, und in seinen Augen sah sie, dass er genau wusste, was sie in diesem Moment dachte. Irgendwie verstand sie sich mit Johannes Mallinger doch sehr gut.

»Okay«, sagte Jo lächelnd, »der Spruch musste jetzt nicht sein. Aber ich will ehrlich sein: Du verwirrst mich.«

»Warum unterrichtet *sie* eigentlich nicht hier?«, fragte Bernhard und trat an sie heran. »Wir können wirklich

Leute brauchen, die Unterricht geben. Was denkst du, Jo?«

»Vielleicht fragst du mich mal, was ich will. – Hallo, Bernhard.« Miriam blickte den alten von Braun kritisch an. Das war wieder typisch für ihn. Fragt mich nicht mal.

»Hallo, Miriam«, antwortete er und ignorierte ihre Kritik schulterzuckend.

»Außerdem hab' ich das nie gelernt«, fügte sie hinzu.

»Warum so starr, Frau Steiner? Seien Sie doch mal fortschrittlich«, bemerkte Jo provozierend. »Es wäre eigentlich der ideale Job für Sie: Sie lernen mit denen, die Sie unterrichten.«

»Ich dachte, ihr duzt euch?«, warf Bernhard erstaunt ein.

»Mal so, mal so«, sagte Miriam. »Mal sind wir uns nah, mal sind wir uns fremd…«

»Was redest du da für einen Quatsch?«, fragte Bernhard irritiert. »Du bist doch sonst so vernünftig. Und was das Unterrichten angeht – das haben schon viel weniger begabte Menschen als du hingekriegt.«

Miriam zog die Augenbrauen nach oben. Was war *das* denn? Bernhard von Braun macht mir ein Kompliment!? Ein verqueres zwar, aber immerhin. »Dein Glaube an meine Fähigkeiten ehrt mich«, gab sie neutral zurück.

Der alte von Braun nickte nur gnädig. »Er ist ein wenig gewachsen. Kommst du mit nach Hause?«

»Nein«, sagte Jo, bevor Miriam antworten konnte. »Sie kommt jetzt nicht mit nach Hause. Sie kommt jetzt mit mir nach Philadelphia. So wie ich das mit Stefan ausgemacht habe.«

»Gut.« Bernhard nickte. »Ich nehme ihr Fahrrad mit.«

»Und wer fragt mich?« Miriam blickte konsterniert von einem zum anderen.

»Niemand.« Jo grinste und hielt ihr die Autotür auf.

Keiner von beiden sprach ein Wort.

Miriam wartete darauf, dass Jo etwas sagte, doch der tat so, als sei er vollauf mit der schwierigen Steuerung eines Automobils beschäftigt.

Sie selbst wusste nicht, was sie sagen sollte. Sie wollte nicht über Stefan und sich sprechen. Und über ihn, Jo, und sich wollte sie auch nicht sprechen. Blieb das Wetter. Oder Aids. Oder die nächste Ernte auf Rose Bud. Oder sollte sie mit dem Herrn Bischof über den lieben Gott reden, der zugelassen hatte, dass ihr Bräutigam, dessen Berufung es war, anderen Leuten im Operationssaal das Leben zu retten, jetzt im Rollstuhl saß?

Also schwieg sie, blickte geradeaus durch die Frontscheibe und betrachtete die Landschaft, die ihr inzwischen fast schon vertraut geworden war. Ohne es erst zu bemerken, atmete sie nach einer Weile tiefer als sonst, sie spürte, wie allmählich eine Spannung von ihr abfiel, und sie wunderte sich darüber. Nicht eigentlich darüber, *dass* eine Spannung, ein Druck, von ihr wich, hier neben Jo, denn sie war immer gern in seiner Nähe gewesen. Sie wunderte sich eher darüber, wie intensiv sie es körperlich fühlte. Sie fühlte sich auf einmal leicht, zum ersten Mal seit Tagen.

»Du hast mir gefehlt«, unterbrach er ihre Gedanken.

Du hast mir auch gefehlt, dachte sie, jetzt spüre ich es, jetzt in diesem Moment. Doch das verschwieg sie Jo. Stattdessen sagte sie: »Warum will Stefan, dass du dich um mich kümmerst? Sollst du vielleicht darauf achten, dass ich ihm treu bin?«

»Nein. So etwas hat er nicht gesagt. Und auch nicht unterschwellig angedeutet. Er will, dass …«

»Zum Teufel! Ich liebe ihn – und er würde mich am liebsten wegjagen! Er tut mir so weh! Er tut mir so verdammt weh!« Sie schluchzte kurz auf, biss aber sogleich die Zähne zusammen, und es gelang ihr, den nächsten Schluchzer zu unterdrücken. Aber auch das Schluchzen hatte ihr gut getan, und am liebsten hätte sie geweint, aber das ging natürlich nicht. Nicht hier, vor allem nicht vor Jo.

Jo atmete tief durch. Er hatte ein paarmal das Vergnügen gehabt, dabei sein zu dürfen, wenn Stefan seine Braut mit einem subtilen, aber geradezu ätzenden Sarkasmus bedachte. Wahrscheinlich schrie er sie auch an, wenn niemand dabei war. Stefans Leben war schwer. Und ihres auch.

»Also, was will er? Ich hab' dich unterbrochen«, sagte Miriam, nun wieder ruhig.

»Er will, dass ich dir dieses Land näher bringe. Denn er will nicht zurück nach Deutschland. Und das weißt du. Deswegen fahren wir jetzt zu Janes Schule.«

»Und sonst will er nichts?«

Er sah sie irritiert an. »Wie meinst du das?«

»Pass auf«, sagte sie. »Da gehen Leute.«

Jo blickte wieder auf die Straße. Da war niemand in Gefahr. Ein paar Leute gingen am Straßenrand, und in ein paar hundert Metern Entfernung kam ihnen ein Fahrzeug entgegen. Wahrscheinlich wollte sie einfach nur nicht antworten.

»Da! Das ist es!«, schrie Miriam plötzlich. »Das ist das verdammte Mörderauto!«

Der Wagen, der ihnen entgegenkam, war ein hellblauer Pick-up. Als er an ihnen vorbeifuhr, sahen sie, dass zwei Schwarze darin saßen.

»Ich bitte dich, Miriam. Du weißt doch, wie viele hellblaue Pick-ups hier herumfahren.«

»Nein! Fahr ihm hinterher! Er ist es!«

»Bitte.« Jo stieg auf die Bremse, wendete den Jeep und fuhr dem Pick-up hinterher.

Nach ein paar Kilometern hielt der Pick-up vor einer Hütte in einer kleinen Schwarzensiedlung. Ein junges Paar stieg aus, zwei kleine Kinder liefen voller Freude aus der Hütte auf sie zu, die offensichtlichen Eltern hoben ihre Kinder hoch, umarmten und küssten sie.

»Und nun?«, fragte Jo.

Miriam antwortete nicht.

Er wendete den Wagen wieder und fuhr zurück in Richtung Philadelphia.

»Entschuldige. Aber ich kriege diese Bilder nicht aus dem Kopf«, sagte Miriam nach einer Weile. »Stefan liegt mit einem Bauchschuss im Dreck. Und die verfluchten Räuber fahren mit so einem Pick-up davon. – Und außerdem: Dieser Mann eben hätte es trotzdem sein können. Warum soll ein Mörder eigentlich keine Familie haben? Nette Kinder, denen er Spielsachen kauft, die er mit blutigem Geld bezahlt?«

»Das ist natürlich möglich«, antwortete er. »Möglich ist vieles. Womöglich alles. Und außerdem: Wieso *Mörder*? Stefan lebt noch. – Aber es geht eigentlich um etwas anderes, Miriam.«

»Aha. Irgendwie, scheint mir, geht es bei dir immer um etwas anderes.«

»Aha«, sagte er nur, denn die Bemerkung machte ihn nachdenklich. Irgendwie erinnerte sie ihn an das, was Jane ihm schon seit Jahren sagte. Sie *erinnerte* ihn nicht nur daran, es waren fast die gleichen Worte. Jane meinte zwar etwas anderes, aber trotzdem. Nach Janes Ansicht war er mit seinem Beruf verheiratet und versteckte sich in ihm vor ihrer Liebe; nach Ansicht seiner Mutter war er so etwas wie ein später Junggeselle, der zu dumm ist, Jane van der Moolen zu heiraten. Er sollte seinem Gott sehr dankbar sein, hatte sie ihm gesagt. Nämlich dafür, dass der ihm eine zu seinem Samariterwahn passende Frau geschickt hat, eine, die diesen Wahn aushalten und mit ihm leben kann: Jane van der Moolen. Und was machte er?

Irgendwie, dachte Bischof Mallinger, irgendwie behauptet jede dieser drei Frauen auf ihre Weise, dass etwas falsch sei an meinem Leben. Und Susan hatte ihn mal einen *Sozialegomanen* genannt. Er fragte sich heute noch, wo sie dieses aufgeblasene Wort her hatte. Es passte eigentlich nicht zu ihrer sonstigen Ausdrucksweise.

»Also, was ist nun?«, fragte Miriam. »Sie wollten doch verkünden, dass es um etwas anderes geht, Herr Bischof. Um was also? Ich höre nichts.«

»Ja, genau«, ging er auf ihren Tonfall ein. »So höre nun denn meine Verkündigung, Schwester Miriam Steiner.«

Ihrer ernsten Miene nach zu urteilen, war ihr aber nicht nach Späßen dieser Art, und er ließ das Getue wieder sein.

»Es geht darum, Miriam: Erst einmal musst du dir klar

machen, dass nicht jeder Schwarze mit einem blauen Pick-up ein Verbrecher ist. Zweitens: Du musst akzeptieren, dass die Chance, die Verbrecher zu kriegen, minimal ist. Und vor allem: Du musst lernen, ohne Rachegefühle zu leben.«

Miriam schwieg, und auch er sagte nichts mehr, bis er den Jeep auf dem Hof von Janes Schule hielt. Sie stiegen aus und blieben neben dem Auto stehen.

»Und was soll ich hier tun?«, fragte sie und deutete kopfschüttelnd auf das Getümmel auf dem Schulhof.

Ein weißer Arzt sowie eine schwarze und eine weiße Krankenschwester waren dabei, die Kinder einer eher provisorischen Vorsorgeuntersuchung zu unterziehen. Die Kleinen standen in einem unruhig quirlenden, wild durcheinander schreienden Haufen vor dem Doktor und dachten nicht im Geringsten daran, eine geduldige Warteschlange zu bilden.

»Ich will, dass du Jane bei ihrem Job mit den Kindern hilfst. Sie kann Hilfe brauchen«, sagte Jo.

Miriam machte ein skeptisches Gesicht.

»Wenn einem von euch etwas wehtut, dann müsst ihr das sagen! Verstanden?!«, rief Jane ihren Schülern zu, aber die Reaktion darauf war gering. Sie lachte, ging kopfschüttelnd zu den beiden hinüber und begrüßte sie. »Schlimmer, als einen Sack Flöhe hüten«, meinte sie.

»Machen die hier alle einen Aids-Test?«, fragte Miriam.

»Nein, das ist nur eine normale Vorsorgeuntersuchung«, erwiderte Jane.

»Aber Aids-Tests wären doch viel wichtiger«, beharrte Miriam.

»Das geht nicht so einfach«, erklärte Jo. »Man kann niemanden dazu zwingen. Das ist verfassungswidrig. Man muss sie überzeugen. Oder überreden. Egal. Aber man kann sie nicht zwingen.«

»Vielleicht sollte man es aber«, sagte Miriam spontan. »Scheiß auf die Verfassung. In einem solchen Fall darf man das. Es rettet Leben. Man muss diese Kinder unbedingt auf Aids testen.«

Der Bischof und die Lehrerin sahen sie erstaunt an.

Gerade eben noch, dachte Jo, hat sie gefragt, was sie hier überhaupt soll. Und auf einmal will sie gegen die Gesetze des Landes verstoßen, um den Kindern zu helfen. Irgendwie war diese Frau für ihn in vieler Hinsicht ein Rätsel.

»Du hast Recht«, sagte Jane zu Miriam. »Scheiß auf die Verfassung, wenn man die Kinder dadurch vor einem viel zu frühen und schrecklichen Tod bewahren kann.«

»Wollt ihr die Leute von der Polizei oder vom Militär mit Maschinenpistolen zusammentreiben lassen?«, fragte Jo süffisant. »Oder wie wollt ihr sie sonst zwingen? Wollt ihr zwei sie vielleicht höchstpersönlich mit Knüppeln zusammentreiben, falls die Armee oder die Polizei gerade keine Lust oder keine Zeit dazu haben sollten? – Man muss die Eltern überzeugen! Und das ist *mein* Job. Jeden Tag.«

»Jawohl, Herr Bischof.« Jane grinste ironisch. »Sie haben ja Recht. – Aber bevor sein riesiges Samariter-Ego uns beide noch erschlägt, lassen Sie uns lieber gehen und ein bisschen praktische Arbeit leisten, Miriam. Sie helfen mir doch, oder?«

»Ich werde es auf jeden Fall versuchen. Fangen wir an.«

»Ich muss auch los«, sagte Jo und nickte ihnen zu.

»Ach, Jo!«, rief Jane ihm nach, als er zum Auto zurückging. »Wie hieß das komische Fremdwort noch mal, mit dem Susan dich bezeichnet hat?!«

»Keine Ahnung! Ich weiß überhaupt nicht, wovon du redest!« Er stieg ein und fuhr vom Schulhof. *Sozialegomane*. Das war hundertprozentig das Wort, das sie meinte. Susan hatte ihr zweifellos schon öfter ihre Ansichten über sein Leben mitgeteilt. Aber er würde Jane das Wort nicht verraten.

Stefan blickte aus dem Hubschrauber auf Kapstadt, aber diesmal war das Panorama nicht so wunderbar wie bei dem Flug mit der Cessna, den er mit Miriam gemacht hatte, als er ihr sein Südafrika gezeigt hatte. Der Helikopter näherte sich der Stadt vom Land her, über den Tafelberg, und kam gar nicht in die Nähe des Atlantiks vor dem Kap. Er flog an hochragenden gläsernen Bürotürmen vorbei zum Helikopterlandeplatz vor dem Houwer-Building direkt in der City. Ebenfalls Stahl, Beton und Glas, im Sonnenlicht funkelnd und hoch aufragend. Carl Houwer Inc. Der Baulöwe musste in den letzten zehn Jahren eine Unmenge Geld verdient haben. Hatte sich einen verspiegelten Wolkenkratzer gebaut. Mitten in Kapstadt.

»Sein wann hat er diesen Turm?«, fragte Stefan seinen Vater?

»Seit ein paar Jahren«, antwortete Bernhard. »Er ist eben ungemein geschäftstüchtig.«

Alles nur vom Feinsten, dachte Stefan, als Denise ihn durch das weite Foyer schob: spiegelnder Marmorboden, ein paar lederne Sitzgruppen in der Weite des Raums verteilt, eine große, antik wirkende Marmorstatue, die wohl einen altgriechischen Gott darstellte, ein überlanger Empfangstresen aus Mahagoni, hinter dem zwei uniformierte Weiße über den Frieden der Halle wachten, an einer Wand eine Unzahl silberner und goldener Namensschilder der Firmen, die ihre Büros im Houwer-Building hatten.

Houwer selbst residierte in der obersten Etage und kam ihnen lächelnd entgegen, als sie aus dem Lift traten. »Willkommen allerseits! Denise! Bernhard! – Stefan! Du siehst gut aus! Freut mich, dass es dir so gut geht.«

»Danke, Carl«, antwortete Stefan launig. »Schön hast du's hier. Jetzt sehe ich mal, wo du dir deine großen und kleinen Schweinereien so ausdenkst.«

»Na, das kann ja heiter werden.« Houwer lächelte gut gelaunt und warf Bernhard einen bedauernden Blick zu. Dann schüttelte er allen die Hände, und Denise schob den Rollstuhl weiter.

»Wo ist eigentlich Miriam?«, fragte Houwer.

»Die ist mit Jo unterwegs. Oder sie hilft Jane in der Schule«, antwortete Denise.

»Und das ist gut so«, sagte Stefan.

Houwer runzelte irritiert die Stirn, sagte aber nichts dazu.

Als sie die Kanzlei von Anina Thulani erreichten, trat die Anwältin lächelnd aus der Tür. »Ich habe Sie erwartet. Bitte, kommen Sie herein.« Sie trug einen feinen schwarzen Anzug, eine weiße Bluse und hatte ihr Haar straff zurückgekämmt.

Bernhard begrüßte sie mit einem Wangenkuss. »Na,

wie geht's, Anina?« Er mochte sie. Und es war ihm im Gegensatz zu Denise egal, ob sie ein Verhältnis mit Houwer hatte. Es war zwar merkwürdig, aber ihre Privatangelegenheit.

»Es geht mir gut, Bernhard. Und dir?«

Bernhard nickte nur, und die Anwältin begrüßte Denise und Stefan, dann bat sie ihre Klienten in die Kanzlei.

Carl Houwer gab ihr einen Kuss auf die Wange. »Wir sehen uns später.« Er lächelte der Familie von Braun jovial zu und eilte davon.

»Seit wann haben Sie denn Ihre Kanzlei hier?«, fragte Denise, als sie sich an den Konferenztisch aus Teakholz setzte, an dem mindestens dreißig Leute Platz hatten. Durch die riesige Glasfront hatte man einen prächtigen Ausblick über die Stadt auf den Ozean hinaus. »Sehr schicke Adresse.«

»Erst seit kurzem«, antwortete Anina Thulani sachlich und ordnete einige Papiere vor sich. »Also, fangen wir an.«

Denise lehnte sich in ihrem Sessel zurück und hörte zu. Das Gespräch lief so schlecht, wie sie es erwartet hatte. Bernhard wollte, dass Stefan seine Nachfolge auf Rose Bud antrat, und Stefan wollte nicht. Die beiden redeten eine Weile hin und her, aber es brachte nicht viel. Die Anwältin übte sich in Geduld. Es war Denise immer noch ein Rätsel, was diese Frau an Carl Houwer fand.

»Nein! Verdammt noch mal!«, schrie Stefan plötzlich. »Ich will nicht! Du kannst nicht einfach hergehen und bestimmen, was ich zu tun habe!«

»Bitte, nicht in diesem Ton!«, zischte Bernhard, sprang erstaunlich behende aus seinem Sessel und blickte ostentativ durch die Glasfront über die Stadt.

Stefan starrte verkniffen auf die im Sonnenlicht blitzende Tischplatte.

Für einen Moment herrschte Stille.

»Sie sollten das nicht jetzt entscheiden, Herr von Braun«, sagte die Anwältin dann ruhig zu Stefan. »Sie sollten sich das in aller Ruhe überlegen.«

»Da gibt es nichts zu überlegen. Ich will die Farm nicht.«

Bernhard drehte sich wieder um, kam an den Tisch zurück und stützte sich auf die Sessellehne. »Du könntest sie auch vom Rollstuhl aus leiten«, sagte er ebenso eindringlich wie versöhnlich.

»Vielleicht hab' ich aber keine Lust dazu!«

Bernhard versuchte, den aggressiven Tonfall zu ignorieren. »Es geht um Rose Bud, Stefan. Es geht darum, wie ich mir die Zukunft von Rose Bud vorstelle.«

»Es interessiert mich einen Scheißdreck, Vater, wie *du* dir die Zukunft der Farm vorstellst!« Stefan von Braun schob ruckartig seinen Stuhl vom Tisch, machte eine elegante Wende und rollte zur Tür. »Öffnest du mir bitte die Tür, Denise?«

Sie ging hinüber und half ihm. Er bedankte sich mit einem freundlichen Nicken und rollte auf den Korridor hinaus. Denise blickte ihm traurig hinterher, dann schloss sie die Tür wieder. Für einen Moment versuchte sie, sich vorzustellen, wie es wäre, wenn sie an seiner Stelle im Rollstuhl säße, verzichtete aber schnell wieder darauf. Mit Stefan war schwer umzugehen. Man musste ihm Zeit geben. Bernhard würde es irgendwann später noch einmal probieren müssen.

»Verdammt!«, fluchte Bernhard. »Das muss er doch einsehen!«

»Er muss gar nichts«, sagte Denise bestimmt. »Denk nach, Bernhard.«

Der alte von Braun nickte. »Ich werd's noch mal versuchen.«

Er verließ die Kanzlei und eilte dem Rollstuhl hinterher. »Stefan! Warte!«

Carl Houwer kam neugierig aus seinem Büro. »Was ist denn hier los?«

Stefan hielt neben dem Bauunternehmer an. »Vielleicht kannst du meinem Vater klar machen, dass ich Rose Bud nicht übernehmen will.«

Bernhard und Denise blieben bei ihnen stehen.

»Warum lasst ihr das eigentlich nicht Miriam machen? Ihr werdet doch heiraten. Da bietet sich das doch an«, schlug Houwer vor.

»Was?!«, schnaubte Bernhard. »So ein Unfug. Sie versteht nichts von der Farm. Und vielleicht verkauft sie Rose Bud auch, wenn ich sie ihr vermache. Nein, nein.«

»Doch!«, sagte Stefan. »Sie soll das ruhig machen. Schüttet sie zu mit Arbeit. Vierundzwanzig Stunden am Tag. Dann kann sie mich vergessen. – Siehst du, Carl«, fügte er mit einem grimmigen Lächeln hinzu, »manchmal hast selbst du eine gute Idee.«

Auf dem Rückflug nach Rose Bud versuchte Bernhard noch einmal, seinen Sohn davon zu überzeugen, dass Miriam bestimmt eine gute Lehrerin sei, aber doch nichts von Landwirtschaft verstehe, von Weinbau, Oliven und so weiter. Aber Stefan blieb stur.

Bischof Johannes Mallinger ließ sich in diesen Tagen nicht mehr so oft wie früher auf Rose Bud sehen, und er erklärte es mit seinem Job. Er habe eben so viel zu tun. Das stimmte ja, wenn es auch nicht der einzige Grund war. Die Situation zwischen Miriam und Stefan war ziemlich schwierig, und er wollte sich diese Szenen einer Ehe in spe nicht gern ansehen. Und was sein Gefühl für Miriam betraf, das drängte er zur Seite, betäubte die Sehnsucht, die da irgendwo in ihm hauste, mit Arbeit. Sie war die zukünftige Frau seines besten Freundes, und dabei spielte es nicht einmal eine Rolle, ob Stefan gelähmt war oder nicht.

Bischof Mallinger macht seinen Job, sagte er sich. Jeden Tag das Mögliche versuchen. Aufklärung betreiben. Den Leuten beibringen, dass sie sich vor Aids schützen konnten.

An diesem Tag stand er wieder einmal in der Versammlungshütte von Makomba und hielt einen Vortrag. Die Hütte war voll, doch es waren fast nur Frauen da. Die Männer, das hatte er schon lange festgestellt, waren in Sachen Aids entschieden uneinsichtiger als die Frauen.

Er ging im Mittelgang der Hütte auf und ab und erklärte, dass die Menschen nicht sterben, weil ein Fluch über sie gekommen ist, sondern weil sie sich beim Geschlechtsverkehr infizieren. Weil sie nicht darüber Bescheid wissen. Er sagte ihnen wieder, dass die Medizin der Weißen keine Schwarzen umbringt. Und er bot ihnen einen kostenlosen Aids-Test an, den er organisiert hatte. Er wiederholte alles noch einmal, eindringlich und drängend, und als er seinen Vortrag beendete, applaudierten die Frauen.

Er bedankte sich, Pater O'Yaba stand auf, und die Frauen stimmten ein Lied an.

»Gut, dass ich dich treffe. Komm mit«, sagte Jo dann zu Harari, dem ehemaligen Vorarbeiter auf Rose Bud, der am Eingang der Versammlungshütte stand und zugehört hatte.

»Bernhard kann nun nicht mehr lange warten«, erklärte Jo ihm, als sie die staubige Straße zu seiner Hütte gingen. »Sonst geht ihm die Ernte wirklich kaputt. Hast du deine Leute davon überzeugen können, dass es für sie entschieden besser ist, auf Rose Bud zu leben?«

Sie setzten sich auf eine Bank vor Hararis Hütte und führten ein kurzes, aber ernstes Gespräch. Dem Vorarbeiter war klar, dass Bernhard jetzt bald andere Leute einstellen musste.

»Du hast mein Wort«, sagte Harari schließlich. »Gib mir noch ein paar Tage, dann kehren wir alle zurück und bringen die Ernte ein. Versprochen. – Komm mit, Uzimvubu. Da sind ein paar, die du gleich selbst davon überzeugen kannst.«

»Alles okay, Uzimvubu?!«, rief Maria lachend, als sie an ihr vorbeigingen. »Und danke für das Fahrrad!« Hararis fünfzehnjährige Tochter hängte vor der Hütte, in der sie seit dem Auszug von Rose Bud wohnen musste, Wäsche auf.

Jo winkte ihr zu.

Harari ging mit ihm zu einer anderen Hütte, die gut fünfzig Meter von seiner eigenen entfernt war. Ein paar

Männer lungerten davor herum und begrüßten den Bischof respektvoll. Es seien alles Männer von Rose Bud, erläuterte Harari.

Sie palaverten eine Weile miteinander, und schließlich gelang es Jo und dem Vorarbeiter, sie davon zu überzeugen, nach Rose Bud zurückzukehren. Und die Männer mussten jetzt ihre Frauen überzeugen, die noch mehr Angst vor dem Fluch hatten als sie. Und Mthobeli. Und überhaupt. Jo versprach, mit dem Sangoma zu reden und für ein Opferlamm zu sorgen, damit die Stätte gereinigt werden kann.

Dann ging er mit dem Vorarbeiter, der unter seinen Leuten eine gewichtige Stimme hatte, zu seinem Jeep zurück, der vor dessen Haus stand. »Ich hab' meinen Hut bei dir vergessen, Harari.« Ihm fiel ein, dass Hararis Jüngster damit gespielt hatte.

»Ich hol' ihn dir.«

Der Vorarbeiter ging in seine Hütte, und nach ein paar Sekunden hörte Jo einen markerschütternden Schrei. Er rannte hinein. Mit ihm liefen ein paar Leute, die in der Nähe herumgelungert hatten. Einer von ihnen betrat hinter ihm die Hütte, sah, was geschehen war, und lief gleich wieder hinaus.

Maria lag halb nackt mit zerrissenem Kleid auf dem Bett und schluchzte. Sie hatte ein paar Kratzwunden am Körper und die Spuren von Schlägen im Gesicht. Harari und Jo wussten beide augenblicklich, was passiert war. Was schon wieder passiert war: Irgendwelche verantwortungslosen, viehischen Kerle hatten eine Jungfrau vergewaltigt, weil sie glaubten, dadurch wären sie vor Aids geschützt.

Harari sagte nichts. Er blickte mit leerem Gesicht auf seine Tochter.

Jo nahm eine Decke und hüllte Maria ein. Das Mädchen stand offensichtlich unter Schock, und er redete eine Weile sanft und behutsam auf sie ein. Dann versuchte er sie vom Bett hochzuheben, doch es war schwierig, weil sie nicht mitmachte.

»Komm, hilf mir, Harari.«

Ihr Vater erwachte aus seiner Erstarrung und half Jo, sie vom Bett zu heben, zog die Decke über ihr zurecht, als Jo sie auf beiden Armen trug, und ging dann schweigend hinter dem Bischof her, der die vergewaltigte junge Frau aus seiner Hütte trug.

Die Nachricht hatte sich schon wie ein Lauffeuer verbreitet. Frauen aus den umliegenden Hütten rotteten sich auf der Straße zusammen, und die Menge wurde schnell größer. Sie trugen Knüppel und Stöcke in den Händen, manche Küchenmesser oder Hämmer und sonstiges Hausgerät, das geeignet war, einen Menschen umzubringen.

Jo legte das Mädchen vorsichtig in den Stauraum seines Jeeps, deckte sie sorgfältig zu und schloss die Autotür.

»Ich fahre mit ihr in die Klinik nach Stellenbosch. Und du passt auf, dass hier nichts Schlimmes passiert. Ich werde mich gut um sie kümmern.«

Der Schwarze nickte mit steinerner Miene.

Jo stieg ins Auto, fuhr los, fischte sein Handy aus der Tasche, rief die Polizeistation an und machte Henry Apeldoorn klar, dass er sofort ein paar Männer schicken musste, sonst würden hier Leute umgebracht, wenn die aufgebrachte Menge die Täter oder die vermeintlichen Täter fände. Appeldoorn sagte zu.

Jo legte das Telefon weg und warf einen Blick über die Schulter. Die Kleine lag eingehüllt in ihre Decke und starrte aus blicklosen Augen auf die Innenwand des Stauraums.

»Es wird alles wieder gut, Maria. Es wird alles wieder gut«, flüsterte Jo beruhigend.

Das Mädchen antwortete nicht.

Bischof Johannes Mallinger wandte den Blick wieder der Straße zu und trat aufs Gaspedal. Scheiß Südafrika!, dachte er in diesem quälenden Augenblick.

# 7

Am frühen Abend desselben Tages ging Miriam Steiner in den Weinbergen von Rose Bud spazieren. Es war ein schöner Tag, nicht zu heiß, vom Atlantik her wehte eine leichte Brise, und die tief über den Hottentots Holland Mountains hängende Sonne tauchte das Land in goldenes Licht. Am Himmel, der sich hoch oben über dem sinkenden Glutball sanft von Rosa in Türkis färbte, schwebten Vögel, winzige schwarze Silhouetten, die in die Unendlichkeit einzutauchen schienen.

Fliegen. Sie war immer gern mit Stefan geflogen. Über die Alpen, nach Italien. Sie teilte zwar nicht seine Fliegerleidenschaft, aber es machte ihr Spaß. Nur das Brummen des Motors hatte sie immer gestört. Segelfliegen wäre vielleicht noch schöner gewesen. Aber jetzt würden sie wohl überhaupt nicht mehr fliegen können. Nie wieder.

Stefan wurde immer schwieriger. Und sie wusste auch nicht so recht, was sie von dem halten sollte, was er gerade veranstaltete. Irgendwie war sein Beharren darauf, dass *sie* die Farm einmal leiten sollte, sehr merkwürdig. Wollte er einfach nur seinen Vater ärgern? Stefan wusste doch auch, dass sie keinen blassen Schimmer von Ackerbau und Viehzucht hatte. Sollte sie vielleicht eine Bewegungstherapie mit den Olivenbäumen auf Rose Bud machen?

Und Bernhard? Wie es ihr schien, hatte sich seine Abneigung gegen sie in ein reserviertes Wohlwollen verwandelt. Der alte Braun war zwar dagegen, dass sie die Farm leiten sollte, schließlich war Rose Bud sein Lebenswerk, aber er akzeptierte, ja respektierte sie jetzt. Er hatte gesehen, was sie als Lehrerin leistete. Er hatte gesehen, wie sie sich um seinen Sohn kümmerte. Und was die Farm anging, konnte sie ihm nur zustimmen: Sie war Physiotherapeutin und jetzt wohl auch, für eine Weile zumindest, Lehrerin in Philadelphia, brachte kleinen schwarzen Kindern das Lesen und Schreiben bei – aber sie war keine Farmerin, und aus ihr würde auch keine werden.

Sie war sich immer noch nicht ganz sicher, ob sie in diesem Land leben konnte, doch ihr Verhältnis zu Südafrika hatte sich verändert. Und dafür gab es verschiedene Gründe.

Da war natürlich Stefan, der lieber hier als in München im Rollstuhl sitzen wollte. Sie schämte sich nicht für diese Formulierung, die der Gedanke in ihrem Kopf angenommen hatte. So war es nun mal, und Stefan hatte völlig Recht: Sein Leben als Chirurg war vorbei. Sie liebte ihn, und deswegen war Stefan ein Grund, in Afrika zu bleiben. Der Hauptgrund, natürlich.

Dann waren da die kleinen schwarzen Kinder. Die Arbeit als Lehrerin brachte einen Ton in ihr zum Schwingen, den sie bisher im Konzert ihrer Gefühle noch nicht gehört hatte. Einmal hatte sie mit Pater O'Yaba ein Kind besucht, das langsam an Aids starb. Ein Kind. Ein Mädchen. Sieben Jahre alt. Am liebsten wäre sie davongelaufen und in den nächsten Flieger nach München gestiegen.

Aber sie war nicht weggelaufen. Sie war geblieben und hatte sich dem Elend und der Trauer ausgesetzt. Und sie hatte in diesem Moment mehr von Südafrika und den Problemen dieses Landes verstanden als all die Wochen zuvor.

Mit Denise verstand sie sich bestens. Und Jane van der Moolen war fast schon eine Freundin. Jane war eine starke Frau und ein guter Mensch. Aber irgendwie führte sie ein tragisches Leben. Sie liebte Jo. Und er sie nicht. Die Frau tat ihr Leid, aber sie konnte ihr in dieser Sache nicht helfen. Wie denn auch? Doch Jane besaß einen Schatz: Emily. Der Vater war ein gewisser Ben, der in Kapstadt lebte. Das Mädchen war das strahlende Licht in Janes Leben.

Und Jo? Der Bischof? Johannes Mallinger? Bester Freund ihres zukünftigen Mannes – wenn der verbitterte Stefan sie überhaupt noch heiraten wollte. Was wäre mit Jo und ihr, wenn sie hier in Afrika bliebe?

»Hallo, Miss Miriam!«

Der rotgesichtige junge Mann hielt mit seinem alten Damenfahrrad an, stieg ab und ging neben ihr her. In der untergehenden Sonne leuchtete sein Gesicht noch röter als sonst, und seine makellosen Zähne schimmerten noch weißer.

»Hallo, Mango.«

»Sie sollten hier nicht immer alleine durch die Gegend spazieren. Sie wissen doch, dass es gefährlich ist. Gehen Sie nach Hause, bevor es dunkel wird.«

»Noch ist es hell, Mango. Und zu Hause ist sowieso niemand. Sie sind alle in Kapstadt. Kommen erst später zurück.«

»Aha. Darf ich ein Stück mit Ihnen gehen?«

»Gern, Mango.«

Sie waren inzwischen irgendwie befreundet, schien es Miriam, auf eine sonderbare Art, die sie gar nicht richtig verstand. Aber auf eine seltsame, unerklärliche Weise war ein Band zwischen ihnen entstanden. Er war für sie so etwas wie das freundliche, lachende Afrika. Wenn sie sein rotes Gesicht sah, dann hörte sie Trommeln und Gesänge, sah fröhliche, tanzende schwarze Menschen, die ein Fest feierten.

»Sag mal, Mango«, fragte Miriam, nachdem sie eine Weile schweigend in merkwürdiger Vertrautheit nebeneinander gegangen waren, »glaubst du auch, dass über Rose Bud ein Fluch liegt?«

»Eigentlich glaube ich nicht an so etwas.«

»Wenn du nicht an solche Dinge glaubst – wieso läufst du dann schon seit einem halben Jahr oder so mit diesem roten Gesicht herum? Und trägst selbst bei dieser Hitze einen Anzug?«

»Ich trage meine beste Kleidung. Das gehört zu unserer Tradition, Miss Miriam. Das verstehen Sie nicht.« Er lachte, und sein rotes Gesicht leuchtete wie eine Tomate mit Zähnen. »*Noch* nicht, Miss Miriam. Irgendwann werden Sie es verstehen.«

»Aber du bist doch ein Christ. Oder irre ich mich da?«

Mango lachte wieder. »Ja. Ich bin auch ein Christ. Aber unsere Tradition ist wichtig. Tradition gibt Identität. Und wir brauchen unsere Identität. Verstehen Sie *das*, Miss Miriam?«

Miriam überlegte einen Moment, einen irritierten Moment. Sie hatte nicht erwartet, dass Mango sich auch so ausdrücken konnte. »Wo bist du zur Schule gegangen, Mango?«

»Warum?«

»Weil du das Wort ›Identität‹ benutzt hast.«

»Dürfen *Neger* solche Wörter nicht benutzen, Miss Miriam?«

»Hör auf mit dem Quatsch! – Also, sag schon, wer hat dir das beigebracht.«

»Ich bin in Philadelphia bei Miss Jane in die Schule gegangen.«

Sie gingen in der hereinfallenden Dämmerung nebeneinander her, und Mango erzählte der weißen Frau etwas von seiner schwarzen Religion, von den Ahnengeistern, die aus dem Reich der Toten in die Welt der Lebenden hineinwirken konnten, und dies alles, erklärte er, stehe in keinerlei Widerspruch zur Existenz des Christengottes, der die Welt geschaffen hat. Alles sei in der Welt des weißen Gottes enthalten. Auch die schwarzen Ahnengeister.

»Woher weißt du von all solchen Dingen, Mango?«, fragte sie beeindruckt, als sie sich vor dem Haupthaus von Rose Bud trennten. »Das lernt man doch nicht in der kleinen Schule in Philadelphia.«

»Nein. Dort habe ich lesen und schreiben und rechnen gelernt. Später hat mir Uzimvubu manche Bücher gegeben. Und er hat mit mir gesprochen über das, was in diesen Büchern steht. Uzimvubu ist ein großer Lehrer. Er hat mir eine Menge beigebracht. Auch das mit der Identität.« Er verbeugte sich vor ihr und stieg auf sein Fahrrad. »Guten Abend, Miss Miriam«, sagte er dann lachend und fuhr davon.

Sie ging ins Haus und ließ sich von Betty ein Bad einlassen. Bernhard, Denise und Stefan waren noch in Kapstadt. Mussten aber bald wiederkommen.

Miriam zog sich aus, glitt in das aromatische Schaumbad und betrachtete nachdenklich die prächtige Palme, die schräg gegenüber auf einem Podest in einer Ecke des großen, mit Marmorfliesen ausgekleideten Badezimmers wie ein Symbol Afrikas stand. Eigentlich ist es schon verdammt schön hier, dachte sie. Der Gedanke, in Südafrika zu leben, war ihr nicht mehr ganz so unvorstellbar wie noch vor ein paar Wochen. Aber erneut tauchte die Frage in ihr auf, was mit Stefan und ihr wäre, wenn sie hier in Afrika bliebe. Und was mit Jo? Sie hatte die Nacht im Haus des Bischofs nicht vergessen. Kein Wort hatten Jo und sie seit ihrer Rückkehr nach Afrika darüber gewechselt, kein einziges Wort darüber, was in dieser Nacht geschehen war. Sie beide taten so, als hätte es diese Nacht nie gegeben. Aber es hatte sie gegeben. Und Miriam konnte sie nicht vergessen. Wollte sie auch nicht vergessen.

Es klopfte an der Tür.

»Ja, bitte?«

Betty steckte den Kopf durch den Türspalt herein. »Der Uzimvubu wartet draußen, Miss Miriam.«

»Was?! Wieso …«

»Das weiß ich nicht, Miss Miriam.«

»Sag ihm, ich komme gleich.«

»Mach' ich, Miss Miriam.« Bettys freundliches Gesicht verschwand wieder, und die Tür schloss sich.

Jo. Er hatte sich schon seit einer ganzen Weile nicht mehr auf Rose Bud sehen lassen.

Sie stieg aus dem Bad, trocknete sich hastig ab und zog ihren gelbseidenen Hausmantel an. Ihr Herz klopfte plötzlich schneller. Sie trat vor den Spiegel, steckte ihr langes dunkles Haar im Nacken zusammen, zog ihre Lippen mit einem leuchtenden Rot nach und legte etwas Parfüm auf. Dann betrachtete sie einen Moment ihr Spiegelbild, dachte gar nichts und hörte nur das Pochen ihres Herzens. Schließlich wandte sie sich vom Spiegel ab, ging zur Tür des Badezimmers, ergriff die Türklinke – und ließ sie wieder los. Sie ging zurück, setzte sich auf einen Korbstuhl und blickte eine Weile nachdenklich ins Leere. Endlich stand sie entschlossen auf und verließ das Badezimmer.

Jo Mallinger lehnte am Geländer der Veranda und blickte über das Land. Dort, wo man sonst das Licht von den Häusern der Farmarbeiter sehen konnte, war es dunkel.

Er wartete eine ganze Weile auf Miriam Steiner, beobachtete die ersten Sterne am Himmel und versuchte, die hellsten unter ihnen zu den Sternbildern des afrikanischen Himmels zu sortieren.

»Hier bin ich.«

Jo drehte sich um. Ihr Anblick löste eine Hitzewelle in ihm aus, die vom Hals aufwärts bis zu seinen Haarspitzen drang. Ihre Augen. Ihr Blick. Ihr schönes Gesicht. Und der halb offene Mantel ließ einen schmalen Streifen ihres nackten, gebräunten Körpers sehen.

»Was ist mit dir, Jo? Du siehst angestrengt aus«, sagte sie leise und trat dicht an ihn heran.

»Ja. Es war ein harter Tag. In Makomba …«

»Sei still.« Sie schlang die Arme um ihn, und ihre Lippen trafen sich in einem tiefen, langen Kuss. Jos Hände glitten zärtlich über ihre nackte Haut unter der Seide, und Miriam presste sich fordernd an ihn.

Plötzlich riss sie sich los, lief ins Haus zurück, blieb schwer atmend vor dem Kamin stehen und starrte in das flackernde Feuer. Dann schloss sie ihren Mantel.

Jo betrat den Salon, kam langsam auf sie zu und blieb zwei Schritte hinter ihr stehen.

Miriam drehte sich um und musterte ihn schweigend.

»Stefan hat mir auf die Mailbox gesprochen«, sagte Jo sachlich. »Er wollte mich unbedingt sehen.«

»Ich habe Angst um ihn«, erwiderte sie nach einem Moment und blickte ihn hilflos an. »Er benimmt sich immer merkwürdiger. Ich habe Angst um Stefan – und um mich …«

Jo antwortete eine ganze Weile nicht, sah sie stattdessen mit zusammengepressten Lippen und einem fast gehetzten Ausdruck in den Augen an. Miriam erwiderte seinen Blick in stummer Zwiesprache.

»Nein. Ich kann nicht«, stieß er schließlich hervor.

»Ich weiß«, sagte sie ruhig, ohne den Blick abzuwenden.

»Also, ich bin eigentlich gekommen, weil ich … also, nachdem ich Stefan auf dem Band gehört habe, wollte ich mal vorbeischauen und …«

»Warum bist du hergekommen?«, unterbrach sie, jedes einzelne Wort betonend.

Jo antwortete nicht, ihre Blicke verloren sich ineinander, und für lange Sekunden war nur das Prasseln des Feuers im Kamin zu hören.

»… weil ich dich sehen musste.«

Er ging auf sie zu, sie fielen sich erneut in die Arme, umschlangen sich, pressten sich sehnsüchtig aneinander, und ihre Lippen fanden sich zu einem Kuss, der noch intensiver war als der erste, denn in ihm lag das Eingeständnis einer Leidenschaft, die nicht sein durfte.

»Hallo! Wir sind wieder da!«, rief Denise und trat in den Salon.

Miriam und Jo fuhren auseinander.

Denise von Braun blieb wie angenagelt stehen und starrte sie an.

Niemand sprach ein Wort.

Stefan rollte in den Salon, hielt seinen Rollstuhl abrupt an und fixierte seine Braut und seinen besten Freund.

Bernhard blieb mit versteinertem Gesicht hinter dem Rollstuhl stehen.

»Hallo, Stefan, du wolltest mich sprechen …«, sagte Jo hilflos und ging auf Stefan zu.

Stefan fixierte immer noch Miriam, antwortete aber Jo. »Ach, weißt du, im Moment bin ich zu müde. Sei mir bitte nicht böse«, sagte er ruhig, wirkte dabei aber angespannt wie ein Tiger vor dem Sprung.

Jo stand reglos vor seinem Rollstuhl, Bernhard stand reglos dahinter, Denise hatte sich noch nicht vom Fleck gerührt, und Miriam erwiderte Stefans Blick, während sie verkrampft den Ausschnitt ihres Seidenmantels zuhielt.

Niemand sagte etwas, und die Spannung, die in der Luft lag, war beinahe mit Händen zu greifen.

»Ich bin müde«, wiederholte Stefan schließlich dumpf, wandte den Blick von seiner Braut und rollte aus dem Salon.

Jo verließ wortlos das Haus der Familie von Braun, setzte sich in seinen Jeep und fuhr davon.

Miriam ging langsam und in Gedanken versunken in ihr Schlafzimmer.

Bernhard setzte sich an den glänzenden braunen Flügel, den er schon lange nicht mehr benutzt hatte, und begann zu spielen. Weiche, elegische Läufe, deren Töne schwebend und klar den Raum erfüllten.

»Du spielst *jetzt* Klavier?«, fragte Denise und lehnte sich an seinen Rücken. »Gerade jetzt spielst du Klavier? Du bist wirklich ein seltsamer Mensch, Bernhard.«

»Ach, Denise«, erwiderte er nachdenklich, ohne mit seiner Elegie aufzuhören, »ich bin überhaupt kein seltsamer Mensch. Die *Welt* ist seltsam. Ich – ich bin nur ein wohlhabender Farmer, dem seine Arbeitskräfte weggelaufen sind, weil ein Fluch auf seiner Farm liegen soll. Dann bin ich noch ein Vater, dessen Sohn in einem Rollstuhl sitzt und sich nicht für die Farm seines Vaters interessiert, sondern seinen Vater hasst. Und dann bin ich auch noch ein Schwiegervater in spe, dessen zukünftige Schwiegertochter seinen Sohn mit dessen bestem Freund betrügt. – *So* ein Mensch bin ich. – Nicht *ich* bin seltsam, Denise. Die Welt ist es. Ich bin nur ein Mensch, der seine Gefühle schwer ausdrücken kann. Und deswegen spiele ich jetzt Klavier. – Verstehst du das, meine Liebe?«

»Ja«, antwortete sie und drückte ihn an sich. »Das verstehe ich, meine Liebe.«

Miriam stand am Fenster mit dem Rücken zum Zimmer und sah hinaus. Irgendwo im Haus spielte jemand Klavier. Eine schöne Musik. Wahrscheinlich war es Denise.

Bernhard konnte garantiert nicht Klavier spielen. Sie hörte eine Weile zu, und plötzlich stieg eine verzweifelte Wut in ihr hoch, würgte sie im Hals und brach sich schließlich ihre Bahn. Sie fuhr herum.

»Warum hast du nicht mit ihm gesprochen! Er ist gekommen, um mit dir zu reden! Er ist dein Freund! Warum redest du nicht mit ihm?!« Ihr Tonfall war entschieden zu scharf, und ihr war klar, dass im Moment ihr schlechtes Gewissen den Ton vorgab. In ihrem Kopf, in ihrem Herzen, in ihrer Seele herrschte ein unentwirrbares Chaos, und sie wusste, dass sie Unsinn redete. Denn *jetzt* ging es wirklich nicht darum, ob Stefan irgendwas mit Jo besprochen hatte oder nicht. Jetzt ging es um ihre Liebe. Ihre Liebe zu Stefan.

»Er war ja wohl nicht recht aufnahmefähig«, gab Stefan nach einer langen Pause trocken zurück. »Es hätte wenig Zweck gehabt, mit ihm zu reden.« Er saß in seinem Rollstuhl neben dem Bett und starrte in die Flammen des Feuers in dem kleinen Kamin.

»Wegen mir, meinst du?! – O nein, Stefan! – Jo muss kein schlechtes Gewissen haben wegen mir! *Du* musst ein schlechtes Gewissen haben, so von ihm zu denken!«

»Ach ja? Was denke ich denn?« Er starrte weiter in die Flammen, registrierte abwesend, wie ein Holzscheit knackend verrutschte und eine kleine Funkenfontäne aufstob.

Miriam spürte, wie ihr schlechtes Gewissen und ihre Wut sie spalteten, sie aufspalteten in eine Miriam, die Recht hatte, in eine Miriam, die im Unrecht war, und in eine dritte Miriam, die hier stand und den Mann im Rollstuhl anschrie, den Krüppel, den sie liebte.

»Es ist mir scheißegal, was du denkst! Ich wollte ihn anfassen! Jawohl! Ich wollte ihn küssen! Ja! – Weil ich *einmal* wieder mich selbst spüren wollte!«

Sie hörte wieder, wie sie schrie, und es tat ihr Leid, aber es brach einfach aus ihr heraus. Als sie verstummte, hätte sie am liebsten zurückgenommen, was sie gesagt hatte, aber das war zu spät. Sie hatte es gesagt. Und er hatte es gehört.

»Ich weiß«, antwortete Stefan ruhig, ohne sie anzusehen. »Ich verstehe das.«

Sie sah, dass er nicht ruhig war. Dass er ihr etwas vormachte. Er war zutiefst getroffen. Stefan war schon immer ein miserabler Schauspieler gewesen.

»Du weißt überhaupt nichts mehr von mir!! Gar nichts!!«

Jetzt hatte sie wieder geschrien, und offensichtlich so laut, dass das Klavierspiel im Haus abrupt abbrach.

»Bitte. – Es tut mir Leid, Stefan«, sagte sie nach einem Moment in die Stille hinein, so ruhig sie konnte. »Ich wollte dich nicht anschreien. Wirklich nicht. – Und mit Jo hat das alles nichts zu tun. Ich mag ihn. Er mag mich. Sonst ist da nichts.«

Ja, glaubt sie denn, ich bin blind, dachte Stefan. Glaubt sie denn, ich habe nicht gesehen, was da war? »Da ist nichts, weil ihr euch nicht traut!« Nun schrie er.

»Bitte, Stefan. Es ist nichts zwischen Jo und mir.« Sie hörte sich sprechen und war traurig über das, was sie sagte. Denn es war eine Lüge. Einfach eine Lüge.

»Ich erlaube mir, dir nicht zu glauben«, erwiderte er sarkastisch. »Und, Miriam, wenn das nun mal so ist, wie es aussieht, dann will ich, dass ihr anders damit umgeht!«

»Was soll denn das heißen: *Wenn das nun mal so ist!* Was ist denn nun mal so?!« Miriam atmete tief durch, wollte irgendetwas in die Hand nehmen, nur um etwas anzufassen, aber da war nichts Greifbares in ihrer Nähe, sie stand einfach am Fenster, blickte auf ihren Bräutigam, und ihre Hände zerrten nervös am Ausschnitt ihres Seidenmantels.

Stefan von Braun sagte nichts. Er starrte immer noch in die Flammen des Kaminfeuers.

Es war wieder still in ihrem Schlafzimmer. Bis auf das Knacken der Holzscheite im Kamin.

»Und selbst wenn es so wäre, wie du denkst: Dann wäre das immer noch kein Grund, so mit mir – und mit dir – umzugehen. Außer deinem verdammten Selbstmitleid, Stefan.«

Miriam ging zu ihrem Bräutigam hinüber, ließ sich vor seinem Rollstuhl in die Hocke und blickte zu ihm auf. Sie sprach nun ruhiger, doch ihre Stimme vibrierte immer noch.

»Stefan, du behandelst mich, als sei ich gar nicht da, als sei ich Luft. Ich bin nach Deutschland gefahren, hab' dort alles auf Eis gelegt, weil ich hier sein will bei dir. Bei dir! Aber ich kann tun, was ich will, ich kann schreien, toben, heulen, schweigen – ich erreiche dich nicht mehr.«

Sie richtete sich wieder auf, nahm sein Gesicht zwischen ihre Hände, hob seinen Kopf und sah ihm in die Augen. »Stefan, Schatz, warum stößt du mich weg? Was habe ich getan? – Und was kann ich überhaupt noch tun? Ich bin hilflos, Stefan. Ich weiß nicht mehr, was ich tun kann.«

Er löste ihre Hände sanft von seinem Gesicht, hielt sie aber fest und zog Miriam an sich heran. »Je mehr du tust, desto schlimmer, desto unerträglicher ist es für mich«, sagte er mit zitternder, erstickter Stimme.

»Das hat Jo auch gesagt«, erwiderte sie sanft.

Es war wohl die falsche Antwort, denn Stefan drehte sich so ruckartig von ihr weg, als hätte er eine Giftschlange angefasst. Er griff wütend in die Räder seines Stuhls und rollte ein Stück von ihr weg.

»Ja, was soll ich denn tun?«, rief sie. »Dich verlassen?!«

Stefan antwortete nicht, saß einfach nur reglos da und starrte vor sich hin. Dann atmete er tief durch und rollte langsam zur Tür hinüber.

»Nein! Ich werde dich nicht verlassen. Nicht jetzt, wo alles so schwer ist.«

Er hielt seinen Rollstuhl vor der Tür und wendete den Kopf zu ihr. »Es wird nicht leichter. Glaub mir, es wird nicht leichter.« Seine Stimme war nun leise, klang fast schon resigniert.

»Es geht nicht darum, dass es leichter wird, Stefan. Es geht darum, dass du endlich anerkennst, was ist. Etwas, das ich schon längst getan habe.«

»Hast du nicht!«, zischte er bitter, öffnete die Tür so heftig, dass sie gegen die Wand schlug, und rollte aus dem Schlafzimmer.

»Wo willst du hin?!«, rief sie ihm nach, doch er antwortete nicht mehr.

Miriam warf sich aufs Bett, schlug die Hände vors Gesicht, und ihre Schultern zuckten, doch es war kein Ton zu hören.

Denise von Braun blieb im Türrahmen des Schlafzimmers stehen und klopfte leise an das Holz. »Miriam? – Miriam, kann ich dir helfen?«

Miriam Steiner antwortete nicht, sie hob nicht einmal den Kopf. Erst als Denise zu ihr hinüberging und sie sanft an der Schulter berührte, drehte sie sich um und richtete sich auf. Ihr Gesicht war tränenüberströmt.

Denise legte den Arm um sie und drückte sie an sich. »Er liebt dich, Miriam. Er liebt dich mehr als sein Leben.«

Bischof Johannes Mallinger vergrub sich in seine Arbeit. Und er machte einen großen Bogen um Rose Bud. Er telefonierte auch nicht mit Stefan. Denn was hätte er ihm sagen sollen? Dass sein bester Freund schon vor Wochen mit seiner Braut geschlafen hatte? Dass dieser beste Freund seine Braut Miriam liebte? Und dass er nicht wusste, wie er damit umgehen sollte? Dass er nachts nicht mehr schlafen konnte, weil sein Gewissen ihn nicht zur Ruhe kommen ließ?

Nichts von all dem konnte er Stefan sagen. Er konnte es einfach nicht. Also vergrub er sich noch tiefer in seine Arbeit, als er es ohnehin schon immer tat. Es gab viel zu tun für ihn, und er war froh darüber.

Die Polizei hatte die Vergewaltiger von Maria Mbula gefasst. Oder genauer: Sie hatte sie gerettet. Vor den Frauen von Makomba. Kinder hatten die beiden jungen Männer gesehen, als sie sich in Hararis Hütte schlichen. Daraufhin zogen die Frauen zu der Hütte, in der sie die Vergewaltiger vermuteten. Sie schlugen die Tür ein, und die Polizei, die Jo sofort vom Auto aus angerufen hatte, als er Maria ins Krankenhaus fuhr – die Polizei war gerade noch rechtzeitig gekommen, um zu verhindern, dass die aufgebrachten Frauen die beiden Halbwüchsigen mit Knüppeln totschlugen.

Seit dieser letzten Vergewaltigung einer Jungfrau war es unruhiger geworden in Makomba, und es waren die Frauen, von denen die Unruhe ausging.

Jo hielt seinen Jeep vor der Hütte von Mthobeli, stieg aus und ging auf die Eingangstür zu.

»Uzimvubu! Warte! Uzimvubu!«

Jo drehte sich um.

Mango lief auf ihn zu, blieb vor ihm stehen und verbeugte sich. »Guten Tag, Uzimvubu.«

»Guten Tag, Mango. Was gibt's denn?« Der Junge hatte immer noch seine Initiationszeit, denn er trug seinen Leinenanzug und seine Golfmütze.

»Ich möchte dir danken, Uzimvubu.«

Jo runzelte fragend die Stirn. »Das ist nett von dir. Aber wofür willst du mir denn danken?«

»Ich danke dir dafür, dass du dich um Maria gekümmert hast.«

»Dafür musst du dich nicht bedanken, Mango. Es ist mein Beruf, Menschen zu helfen.«

Das rote Gesicht des jungen Mannes, das eben noch lächelte, verzog sich zu einer hasserfüllten Miene. »Wenn ich da gewesen wäre, ich hätte sie mit meinen eigenen Händen umgebracht. Auch wenn ich erst in ein paar Tagen ein richtiger Mann bin.«

»Ein richtiger Mann«, erwiderte Jo ernst und legte dem Jungen die Hand auf die Schulter, »ein richtiger Mann, Mango, der überlässt solche Dinge der Justiz.«

Ein kleines spöttisches Lächeln erschien auf Mangos Lippen. »Die Justiz, Uzimvubu? Wer garantiert, dass man die beiden nicht einfach laufen lässt? Weil die Gerichte überlastet sind. Und die Gefängnisse voll bis an den Rand sind. Ich lese Zeitung, Uzimvubu. Und daher weiß ich, dass die Justiz, von der du sprichst, ihre Arbeit oft nicht tut. Wer garantiert also, dass die beiden Verbrecher bestraft werden?«

Jo seufzte. Der Junge hatte nicht ganz Unrecht mit dem, was er da sagte. Wer konnte in dieser Welt schon für etwas garantieren? Ganz besonders in Südafrika. »Man muss so etwas trotzdem der Polizei und den Gerichten überlassen, Mango. Niemand hat das Recht zur Selbstjustiz. Niemand.«

Mango blickte den Bischof prüfend an. »Dann versprich mir, dass sie bestraft werden, Uzimvubu. Versprich es mir.«

Jo zögerte einen Moment. »Ich verspreche es«, sagte er dann ruhig und bestimmt. Doch er wusste nicht, ob er dieses Versprechen auch halten konnte.

»Dann ist es gut.« Der Junge verbeugte sich abermals vor ihm und ging mit ernster Miene weiter.

Jo klopfte an die Hüttentür des Sangoma. Der Alte erschien und bat ihn herein. Er bot ihm den schiefen Stuhl an, den er ihm immer anbot. Und wie immer brannte auf dem kleinen Tisch das Räucherwerk und erfüllte die Hütte mit einem aromatischen Duft.

Mthobeli trug ein afrikanisch gemustertes Hemd, dazu seinen europäischen Hut und eine europäische Hose. Er setzte sich seinem Gast gegenüber in einen hochlehnigen Korbstuhl und sah ihn fragend an. »Was führt dich zu mir? Wenn du mich besuchst, dann brauchst du immer meine Hilfe. Habe ich Recht?«

Jo nickte. »Ja, Mthobeli, du hast Recht.«

Mthobeli lächelte dünn. »Du willst, dass ich dir bei deinem Kampf gegen die weiße Krankheit helfe. Ich kann dir dabei helfen. Und das tue ich ja auch, wie du wissen solltest.«

»Das weiß ich, Mthobeli. Und ich danke dir dafür, dass du deine Leute zu mir schickst.« Jo wand sich ein wenig unbehaglich, denn um was er den Medizinmann jetzt bitten wollte, war heikel, weil er Mthobelis Einstellung dazu nicht kannte. »Heute möchte ich dich um etwas anderes bitten: Du musst mir auch dabei helfen, diesen wahnsinnigen, völlig verrückten Irrglauben aus den Köpfen der Männer zu vertreiben. Oder glaubst du etwa selbst, dass Sex mit einer Jungfrau …«

Der Sangoma unterbrach ihn mit einer knappen Handbewegung. »Ich habe nie behauptet, dass Sex mit einer Jungfrau die Männer vor Aids beschützt. Im Gegenteil, Bischof. Ich glaube dir, dass die weiße Krankheit eine Infektionskrankheit ist, die beim Sex übertragen wird. Sie ist kein Fluch, den die Weißen über uns gebracht haben. Und ich sage das meinen Leuten auch.«

»Wir müssen das stoppen, Mthobeli! Wir beide! Wir müssen diesen Teufelskreis irgendwie unterbrechen!«

»Das ist eine Frage des Vertrauens.«

»Wie meinst du das?«, fragte Jo stirnrunzelnd, weil er vermutete, dass der Alte jetzt Probleme machen würde. »Ich vertraue dir, Mthobeli.«

»Es geht um ein anderes Vertrauen. Um *unser* Vertrauen zu *euch*. Wie kann ich meinen Leuten Vertrauen vermitteln, wenn euer weißes System dauernd versagt?«

Da hatte er zweifellos Recht. »Ich weiß, wie schwer das ist«, erwiderte Jo. »Aber jeder von uns beiden muss mit seinen Mitteln alles versuchen. Jeden Tag. Immer wieder.«

Der Alte antwortete eine Weile nicht und betrachtete die Rauchfahnen, die von seinem Tisch aufstiegen. »Die Menschen rauben und morden, weil sie haltlos geworden sind. Manche meiner Leute haben ihre Wurzeln verloren. Es sind verlorene, verdammte Seelen. Diese Menschen gehören nicht mehr zu uns. Sie gehören nicht mehr hierher. – Aber wo gehören sie dann hin, weißer Bischof?«

Johannes Mallinger wusste keine Antwort darauf. Vielleicht gab es eine Antwort auf die Frage des Sangomas. Er jedenfalls kannte sie nicht. »Der Staat versucht, uns alle vor Verbrechern zu schützen«, erwiderte er lahm, denn er wusste, dass diese Behauptung keine Antwort auf Mthobelis Frage war.

»Der Staat«, sagte der Medizinmann, »der Staat ist machtlos dagegen.«

Jo seufzte. »Es ist wahr, dass der Staat nicht jeden von uns schützen kann, Mthobeli. Aber das hat nichts mit dem Kampf gegen Aids zu tun. Wir beide müssen gegen die weiße Krankheit kämpfen. Wir beide. Jeder auf seine Weise. Jeden Tag.«

»Das werden wir«, gab Mthobeli zurück und fuhr sich mit der Hand übers Gesicht. »Jeder auf seine Weise. Jeden Tag. So soll es sein, Bischof.«

Dann erhob er sich, und auch Jo stand auf. Mthobeli

reichte ihm die Hand, und dann segnete der Sangoma Jo auf Xhosa und wünschte dem Bischof, dass die Geister seiner weißen Ahnen ihm helfen mögen, seine Aufgabe zu erfüllen.

Jo bedankte sich, verneigte sich vor ihm und verließ die Hütte des Medizinmanns.

Als er in seinen Jeep stieg, dachte er, dass es doch eigentlich merkwürdig ist, dass in all den Jahren noch kein Schwarzer versucht hat, sein Auto zu klauen. Er hatte es schon an den finstersten Ecken von Makomba abgestellt, niemals abgeschlossen, und nicht ein einziges Mal hatte jemand versucht, den Jeep zu stehlen. Wahrscheinlich lag es daran, dass er der Uzimvubu war. Dessen Auto klaute man wohl einfach nicht.

Er fuhr langsam über den Hauptweg der Township, als er Steve und Singi in einer dieser merkwürdigen Straßenkneipen entdeckte, von denen es einige in Makomba gab: zwei, drei Plastiktische, einige Plastikstühle, einen Sonnenschutz aus einer auf Pfosten genagelten Plane – und Flaschenbier.

Er hielt den Jeep an und rief: »Hey, Steve! Singi!«

Die Männer drehten sich um und kamen zu ihm herüber, als sie den Uzimvubu erkannten.

»Steve. Singi. – Wie geht es Harari?«

»Wie soll es ihm schon gehen, Uzimvubu? Seine Tochter ist vergewaltigt worden.«

»Und wie ist die Stimmung unter den Leuten? Besonders unter den Frauen?«

»Sie ist schlecht«, antwortete Steve düster. »Sie haben Angst um ihre jungfräulichen Töchter. Und sie sind sehr wütend. Wenn jetzt auch nur eine Kleinigkeit passiert, dann …« Er vollendete den Satz nicht, sondern kniff die Lippen zusammen und machte ein bedenkliches Gesicht.

Jo überlegte. Normalerweise wäre er zu Harari gegangen und hätte ihn darum gebeten, darauf zu achten, dass es nicht zu irgendwelchen Ausschreitungen kommt. Aber in diesem Fall war Harari der falsche Mann, denn es war *seine* Tochter, die vergewaltigt worden war. Also musste er diese beiden hier in die Pflicht nehmen.

»Steve. Singi. Ihr beide seid jetzt verantwortlich dafür, dass hier weiterhin Ruhe herrscht.«

Steve schüttelte den Kopf. »Nein, Uzimvubu. Oma hat jetzt die Verantwortung übernommen.«

»Und solange Oma ruhig ist«, fügte Singi hinzu, »solange sind alle anderen auch ruhig.«

»Okay«, sagte Jo. »Und wo ist Oma?«

»Sie ist gerade bei mir«, antwortete Singi. »In unserer Hütte. Vielleicht solltest du mit ihr sprechen.«

Jo sah auf seine Armbanduhr. Er war mit Jane verabredet. Aber dann musste sie eben ein wenig warten, denn er hielt es für wichtig, mit der alten Frau zu reden. Oma hatte großen Einfluss in Makomba. Und wenn sie den Leuten sagte, dass sie sich selbst gegen solche Verbrecher wehren müssten, dann würden die Leute das auch tun. In der ganzen Township, so schien es ihm, lag der Geruch von Selbstjustiz in der Luft, der entsetzliche Gestank von Mord und Totschlag.

»Macht's gut«, sagte er zu den beiden Schwarzen. »Und haltet trotzdem die Augen auf. Auch wenn Oma die Verantwortung übernommen hat.«

Die Männer nickten ihm zu, und er fuhr langsam weiter, bog am dritten Querweg ab, hielt vor Singis Hütte und ging hinein.

Oma stand im einzigen Raum der Hütte an einer kleinen elektrischen Kochplatte und rührte in einem Topf. Sie begrüßten sich höflich, und die Alte bot ihm einen Stuhl an.

»Danke, Oma. Aber ich bin in Eile.«

»In Eile? Und warum kommst du dann zu mir, Bischof Mallinger? Was willst du von mir, du eiliger weißer Mann?« Sie wandte den Blick wieder ab und rührte in ihrem Kochtopf, dem ein Duft entstieg, der Jo daran erinnerte, dass er heute noch kaum etwas gegessen hatte. Aber er hatte nicht viel Zeit zum Essen. Er musste seine Arbeit tun.

»Oma, du musst dafür sorgen, dass die Frauen sich beruhigen. Ich bitte dich darum. Ich weiß, dass die Frauen von Makomba auf dich hören.«

Die Alte wandte sich wieder zu ihm um, hielt ihren Kochlöffel in der Hand und schwenkte ihn wie ein Zepter. »Beruhigen?! Wir Frauen sollen uns beruhigen?! So etwas kann nur ein Mann sagen! Und du – du bist auch noch ein weißer Mann!«

Jo antwortete nicht auf die Provokation, denn er wusste, dass er auf diese Frau angewiesen war. Und er wusste auch, dass Oma nichts gegen ihn hatte. Ganz im Gegenteil. Oma hatte ihm immer geholfen, ihn immer unterstützt. Weil sie eine kluge Frau war, weise und erfahren in all den Dingen, die das schwarzweiße Leben in Südafrika tagtäglich mit sich brachte. Aber jetzt war sie zornig, und sie war mit Recht zornig. Den Sangoma hatte er für sich gewonnen im Kampf gegen Aids. Aber jetzt, hier in dieser Hütte, ging es nicht um den Kampf gegen Aids. Hier ging es darum, eine Bombe zu entschärfen. Jede Mutter in Makomba hatte Angst um ihre jüngsten Töchter. Und jede Mutter in Makomba hörte auf das, was Oma sagte.

Das Schweigen lastete schwer im Raum. Oma hielt immer noch den Kochlöffel erhoben und wartete auf eine Antwort.

»Was wirst du tun, Oma? Ich bitte dich – du musst dafür sorgen, dass hier nichts passiert. Wenn erst die Hysterie ausbricht, dann werden hier noch unschuldige Menschen totgeschlagen.«

Die Alte ließ den Kochlöffel sinken, warf einen Blick in ihren duftenden Topf und sah ihn wieder an. »Hysterie? Das Wort verstehe ich nicht. Aber ich verstehe alles andere. Und ich sage dir, Uzimvubu: Es wird erst wieder Frieden unter den Frauen von Makomba sein, wenn die Vergewaltiger verurteilt sind!«

»Ich werde alles dafür tun, dass sie verurteilt werden.«

»Ich glaube dir. Du bist ein guter Mann, Uzimvubu. Aber du bist nicht der Staat. Und erst dann, weißer Bischof, wenn dein Staat uns schwarze Frauen beschützen kann, erst dann werden wir wieder ruhig schlafen können. Und ich sage dir: Wenn diese Männer nicht verurteilt werden, dann werden die Frauen von Makomba dafür sorgen, dass sie ihre gerechte Strafe finden. – Geh jetzt, Bischof, und sorge *du* dafür, dass hier nichts passiert.« Sie wandte sich wieder ab und rührte grimmig in ihrem Topf.

Jo betrachtete einen Moment ihren gebeugten Rücken, dann verließ er wortlos die Hütte.

Emily van der Moolen spielte am Strand vor dem Haus ihrer Mutter mit Senta, ihrer Hündin. Es war das erste Mal seit ein paar Wochen, dass Senta wieder so ausgelassen mit ihr herumtollte. Die vier Jungen, die Senta bekommen hatte, hatten die Hündin in letzter Zeit doch ganz schön vereinnahmt. Aber jetzt, so schien es, war wieder alles so wie vorher.

»Hallo Jo!«, rief Emily so laut sie konnte, als sie ihren Freund entdeckte, der mit ihrer Mutter am Strand spazieren ging. Aber die beiden waren zu weit weg, um sie zu hören, also spielte sie weiter mit Senta und bezog deren Welpen jetzt in ihr Spiel mit ein. Emily hatte sich immer noch keine Namen für die vier Kleinen ausgedacht, und allmählich wurde es wirklich Zeit dafür, denn sonst würden sie noch große Hunde werden, ohne richtige Namen zu haben. Einen Hund werde ich Jo nennen – und einen Jane, dachte sie und sah erneut zu den beiden Erwachsenen hinüber, die in ein ernstes Gespräch vertieft schienen.

»Ich denke, du hast gute Chancen, den Job an der High School in Stellenbosch zu bekommen«, sagte Jo zu seiner besten Mitarbeiterin. »Ich habe mich neulich mit dem Direktor getroffen. Er ist ja richtig begeistert von dir.«

»Scheint so, dass du Recht hast«, erwiderte Jane gelassen. »Er hat mich schon angerufen.«

»Und?«

Sie lachte. »Ich werde es mir überlegen. Ich habe noch Zeit bis Ende nächster Woche.«

»Was gibt's da zu überlegen? Ich finde, du solltest es unbedingt machen. Unbedingt.«

Jane van der Moolen schwieg eine Weile, ging neben ihrer großen Liebe her und beobachtete ihre Tochter, die hinten in der Bucht mit den Hunden spielte. »Für Emily wäre es sehr gut, wenn wir nach Stellenbosch gingen«, sagte sie dann. »Es ist hier zu einsam für sie. Unser Haus am Meer ist zwar schön, aber es ist nicht gut für Emily. – Da, sieh sie dir an: Sie spielt mit den Hunden, weil es hier keine kleinen Mädchen gibt, mit denen sie spielen könnte.«

Jo blickte zu der Kleinen hinüber. Er mochte Emily. Irgendwie freute er sich immer, sie zu sehen.

»Was ist eigentlich mit Ben?«, fragte er Jane unvermittelt. »Kümmert er sich um sie? Ihr seid zwar geschieden, aber er ist immerhin ihr Vater.«

»Ihr Vater? Ihr Vater kümmert sich nicht um sie.«

Er schüttelte tadelnd den Kopf. »Das ist nicht gut. Vielleicht sollte ich mal nach Kapstadt fahren und mit ihm reden. Ein Vater hat sich um sein Kind zu kümmern.«

»Da hast du allerdings Recht«, antwortete sie. »Was hältst du eigentlich davon, wenn Emily und ich nach Philadelphia ziehen? Obwohl ich dieses schöne Haus am Meer ungern aufgeben würde. Aber dann wären wir ganz in deiner Nähe. Meine Tochter und ich. Wär' das nicht toll?«

Jo legte beim Gehen den Arm um sie und drückte sie kurz an sich. »Jane, ich bin dein bester Freund. Aber was du von mir willst, das ist etwas ganz anderes. Und ich kann es dir nicht geben. Nicht mal in hundert Jahren.«

»Nicht mal in hundert Jahren«, wiederholte sie sarkastisch. »Ach, Jo. Das geht jetzt schon seit Jahren so mit uns beiden. Ich erwarte wirklich nicht, dass du dich auf einmal änderst. Du bist mit deinem Beruf verheiratet. Das habe ich über all die Jahre nun wirklich kapiert.«

»Tja, vielleicht ist das der Fehler.«

»Fehler? Was meinst du mit ›Fehler‹? Deinen Beruf? Deine Arbeitswut? Oder ist der Fehler, dass ich immer so nett zu dir bin und dir helfe, wo ich nur kann?«

Er schüttelte den Kopf. »Weder noch. Meine Egomanie. Vielleicht ist das der Fehler. Vielleicht...«

Jane lachte auf. »Was ist *das* denn auf einmal? Du – und Selbstkritik? Das habe ich noch nie erlebt. Der große Johannes Mallinger, Bischof der anglikanischen Kirche von Südafrika, der Held ohne Furcht und Tadel, hat Selbstzweifel?! – Was ist passiert, Jo?«

Er antwortete nicht, und sie gingen einige Schritte nebeneinander her. »Ich bin müde«, sagte er dann. »Ich bin ausgelaugt und müde, Jane.«

»So ein Unsinn. Ich kenne dich sehr lange, Jo, und ich spüre, dass du noch nie so viel Energie hattest wie jetzt in diesen Tagen. Du bist...« Jane van der Moolen verstummte plötzlich, denn sie spürte mit einem Mal noch etwas anderes. Sie fühlte, woher diese Ausstrahlung von Energie kam, so, wie es nur eine Frau fühlen kann. Und es tat ihr weh, so weh, dass sie am liebsten gestorben wäre. Jetzt, in diesem Moment, hätte sich die Erde auftun und sie verschlingen sollen, das wäre besser gewesen als der Schmerz, den sie empfand. Aber die Erde tat sich nicht auf. Und dort drüben am Strand spielte ihre Tochter mit den Hunden. Und Emily brauchte sie.

»Was ist?«, fragte Jo. »Du bist auf einmal so anders.«

Jane blieb stehen und sah dem Mann, den sie seit vielen Jahren mit jeder Faser ihres Herzens liebte, in die Augen. »Du bist verliebt, Jo«, sagte sie schließlich.

Er antwortete nicht, wandte sich ab und blickte auf den Ozean hinaus.

Jane ging um ihn herum, stellte sich vor ihm auf und sah ihm wieder in die Augen. »Du ... du liebst sie.« Sie biss sich auf die Lippen, nahm all ihre Kraft zusammen, um die Tränen zurückzuhalten, die in ihr aufstiegen.

Jo antwortete immer noch nicht. Er wich ihrem Blick aus und starrte wieder aufs Meer hinaus, auf dem es nichts zu sehen gab außer ein paar Möwen, die sich gemächlich auf den Wellen treiben ließen.

Jane van der Moolen atmete tief durch und nahm sich dann abermals ein Herz. »Du liebst sie, Jo. Eine Frau spürt so etwas. Du liebst sie so, wie ich dich seit Jahren liebe. Und ich habe mich nie getraut, deine Liebe einzufordern.«

Eine Weile herrschte Schweigen zwischen ihnen. Jo blickte starr auf den Ozean, und Jane betrachtete den Rücken des Mannes, den sie liebte, so sehr liebte, dass es sie fast in Stücke riss.

»Dreh dich um, Jo«, sagte sie dann fordernd und mit einer Stimme, die keinen Widerspruch duldete.

Er gehorchte und sah sie fragend an.

»Bei dieser Gelegenheit, jetzt und hier, sollst du etwas erfahren«, sagte sie bitter und machte eine kurze Pause.

»Was ist?«, fragte er. »Was soll ich erfahren?«

»Emily«, sagte sie, »Emily ist deine Tochter.«

Johannes Mallinger wusste nichts darauf zu sagen. Er blickte hinüber zu dem kleinen Mädchen, das glücklich mit den Hunden spielte und sich manchmal bei ihm darüber beschwert hatte, dass ihr Vater viel zu selten aus Kapstadt kam, um sie zu besuchen.

In dieser Nacht hörte Emily van der Moolen ihre Mutter weinen. Sie weinte so lange, dass sie aufstand, in das Schlafzimmer ihrer Mama ging, in ihr Bett kroch und sie in ihre kleinen, weichen Arme nahm, bis das Schluchzen nachließ und sie beide wieder einschlafen konnten.

## 8

Denise von Braun ging nachdenklich im Salon ihres Hauses auf und ab und blickte auf die Uhr. Sie erwartete Besuch. Überraschenden Besuch. Carl Houwer hatte angerufen. Er wollte mit ihr reden. Gleich, wenn möglich. Als sie vor der Villa ein knirschendes Geräusch hörte, trat Denise ans Fenster und sah Houwers dunkelblaue Limousine vorfahren. Der weiße Chauffeur stieg aus und hielt seinem Arbeitgeber die Wagentür auf.

Denise und der Bauunternehmer begrüßten sich mit Wangenküssen, obwohl sie das bei Carl Houwer immer eine gewisse Überwindung kostete.

Die Dame des Hauses bat ihn auf die Veranda. »Was kann ich dir anbieten, Carl? Und was führt dich her? Das klang ja am Telefon fast so, als hätten wir beide etwas Wichtiges zu besprechen.«

»Zur ersten Frage: einen Cognac, bitte. Und zur zweiten: Ja, ich möchte etwas mit dir besprechen.«

Er setzte sich in einen der Sessel, blickte versonnen über die Felder, die sich bis zu den Bergen hin erstreckten, und wartete schweigend, bis Denise mit einem Cognac und einem Campari für sich zurückkam und sich setzte.

»Wirklich ein gesegnetes Fleckchen Erde, die Rose-Bud-Farm«, sagte Houwer. »Wo ist eigentlich Betty?

Sind euch nun auch noch die Hausangestellten abgehauen?«

»Ich weiß nicht, wo Betty ist. Und für einen Cognac und einen Campari brauche ich keine Hausangestellten. – Also, Carl: Was kann ich für dich tun? Und wie geht's eigentlich deiner Freundin Anina?«

Der Bauunternehmer druckste ein wenig herum, was sonst gar nicht seine Art war. »Deswegen bin ich ja hier!«, platzte er schließlich heraus. »Sie hat mir den Laufpass gegeben! Sie – mir!« Er starrte grimmig zu den Hottentots Holland Mountains hinüber, trank einen Schluck Cognac und sagte nichts mehr.

Na, also!, dachte Denise und hätte am liebsten laut gelacht. Sie hatte sich schon die ganze Zeit darüber gewundert, warum eine Schwarze sich gerade mit Houwer einließ. Sie hatte diese Anina Thulani sogar dafür verachtet, weil sie ihr wie eine Verräterin vorkam, eine Verräterin an den Schwarzen, für die Houwer Blechhütten auf verseuchtem Gelände baute.

Doch sie beherrschte sich, unterdrückte ihre Freude und versuchte, ein betroffenes Gesicht zu machen. Aber es gelang ihr wohl nicht gut genug.

»Man könnte fast den Eindruck haben, dass du dich darüber freust, Denise«, knurrte Houwer misstrauisch.

»Ich bitte dich, Carl. Wie kannst du nur so etwas denken. Du hast mein tiefstes Mitgefühl. – Warum hat sie dich denn verlassen?«

»Ich bin nun mal Geschäftsmann und kein Heiliger«, erklärte Houwer an Stelle einer Antwort. »Es ist so, Denise: Ich baue Hütten für die Schwarzen, die ich aus eigener Tasche bezahle. Dafür bekomme ich von der Regierung kostenlos Grundstücke, auf denen ich dann Golfplätze…«

»Ich weiß, was du tust, Carl«, unterbrach Denise. »Jeder weiß das. Aber du hast meine Frage nicht beantwortet: Warum hat sie dich verlassen?«

Der Baulöwe antwortete nicht gleich, sondern trank erst einen Schluck Cognac. »Anina hat von mir verlangt, dass ich mit dem Hüttenbau aufhöre«, sagte er dann. »Entweder ich höre damit auf, oder sie verlässt mich. Kannst du dir das vorstellen? – So etwas Dämliches! Ich bin nun mal Geschäftsmann und kein Hei…«

»Das sagtest du bereits, Carl. – Und ich finde, Anina hat dich mit Recht verlassen.«

»Mit Recht! Mit Recht!«, fauchte er. »Das ist doch Quatsch! Womit hält man eine Frau, Denise? Mit Besitz. Mit Geld. Mit Macht. So ist es doch.«

Denise von Braun lehnte sich wohlig in ihrem Sessel zurück und trank genüsslich einen Schluck Campari. »Ach ja?«, sagte sie dann. »Ist das so? Aber dann hätte sie dich ja gar nicht verlassen dürfen. Oder? Hat sie aber. Also scheint irgendetwas an deiner Sicht der Dinge nicht zu stimmen. Vielleicht schließt du zu sehr von dir auf andere, mein lieber Carl.«

Houwer blickte mit finsterer Miene über die Felder und Bäume, bis sich sein Blick in den Schatten der Berge verlor.

Denise wartete seelenruhig, trank einen weiteren Schluck Campari. Sie hatte Recht behalten: Anina Thulani hatte den Paulus nicht in Saulus verwandeln können. Carl Houwer liebte das Geld einfach zu sehr. Vielleicht hatte die Frau daran geglaubt, dass ihre Liebe ihn ändern würde, aber sie hatte ganz offensichtlich mit Zitronen gehandelt. Houwer war ein menschenverachtender Zyniker und ein übler Rassist obendrein. Auch wenn er das nie zugab.

»Ich werde dem Bischof bei seinem Aids-Projekt helfen«, sagte der Bauunternehmer plötzlich unvermittelt und wandte sich wieder der Hausherrin von Rose Bud zu.

»Was? – Warum?«, fragte Denise verblüfft. »Du baust Hütten auf verseuchte Mülldeponien – und jetzt willst du Jos Kampf gegen Aids unterstützen? Wie passt denn das zusammen?«

»Na ja. Ich bin negativ in die Schlagzeilen geraten. Deswegen brauche ich eine gute Presse.«

»Ist das der einzige Grund?«

Houwer schwieg verkniffen.

»Wieso bist du eigentlich gerade zu mir gekommen, Carl?«

Der Baulöwe fixierte sie mit einem schiefen Blick, und Denise hatte den Eindruck, ihm die falsche, also genau die richtige Frage gestellt zu haben.

»Weil ... weil mir sonst niemand eingefallen ist, mit dem ich über so etwas sprechen könnte.«

»Dann bist du ein einsamer Mensch, Carl. Vielleicht ist dir diese Geschichte mit Anina geschehen, damit du mal nachdenkst. Dein ganzes Leben überdenkst.«

Denise machte ein Pause, trank einen Schluck und sagte das Nächste in der Gewissheit, dass es dem geldgierigen Bauunternehmer nicht gefallen würde.

»Die Houwer Incorporated, das ist nur irgendeine Baufirma auf der Welt, Carl. Und es gibt jede Menge

Menschen, die viel mehr Geld haben als du, Carl, die so reich sind, dass du in ihren Augen nur irgendein provinzieller Möchtegern bist. – Aber unabhängig davon: Die Houwer Incorporated ist kein Ersatz für das Leben, Carl. Ein Leben ohne Liebe, Carl, das ist ein missratenes Leben. – Ganz abgesehen davon, dass du, genau betrachtet, ein Schwein bist. Du weißt doch, dass die Menschen, die auf den kontaminierten Mülldeponien leben, krank werden. Oder weißt du das nicht?«

Houwer zuckte mit den Schultern. Denise von Braun war nicht der erste Mensch, der ihn als Schwein bezeichnete. Er hatte gelernt, damit zu leben. Trotzdem hatte er von Denise so etwas nicht erwartet. In ihren Kreisen sagte man so etwas nicht. Auch wenn sie ihm das korrekterweise unter vier Augen gesagt hatte. Er hatte also Recht gehabt: Denise von Braun mochte ihn nicht. Hatte ihn wahrscheinlich nie gemocht.

»Bist du mir jetzt böse, Carl?«

»Aber nein, Denise. Wenn du Mutter Theresa sein willst, dann wünsche ich dir viel Glück dabei. Mag sein, dass du mit deinem Sozialquatsch Recht hast. Aber…« Er blickte auf seine Armbanduhr. »Ich muss mich um meine Geschäfte kümmern, Denise. Die Carl Houwer Incorporated ist ein großes Unternehmen. – Das Gespräch bleibt doch unter uns?«

»Selbstverständlich, Carl. – Du darfst aber trotzdem darüber nachdenken.«

Miriam hätte beinahe einen Unfall verursacht, als die Limousine von Carl Houwer mit überhöhter Geschwindigkeit aus dem Tor zur Rose-Bud-Farm schoss. Sie war so in Gedanken versunken, dass sie den Wagen erst bemerkte, als der Fahrer auf die Hupe drückte.

Sie wollte mit Stefan reden. Wieder mit Stefan reden. Sie hatte es in den letzten Tagen schon oft versucht. Aber irgendwie war dies schwer möglich, wurde immer schwerer. Er hatte sich abgekapselt. An irgendeinen Ort in sich selbst zurückgezogen. Und sie kannte diesen Ort nicht. Wie sollte sie einen solchen Ort auch kennen? Sie saß nicht im Rollstuhl. Aber sie liebte den Mann im Rollstuhl.

»Wo ist Stefan?«, fragte sie Denise, als sie ihr Auto vor der Veranda des Haupthauses von Rose Bud hielt.

»Er ist am Fischweiher, soweit ich weiß«, antwortete Denise und kam die Stufen von der Veranda herunter, auf der sie sich nach Carl Houwers Abgang noch einen Campari gegönnt hatte. »Vielleicht solltest du mit ihm reden. Er war den ganzen Vormittag sehr seltsam. Finde ich, zumindest.«

»Wie? Seltsam?«

»Rede mit ihm. Dir wird er sicher mehr sagen als mir.«

»Bist du sicher?«

Die beiden Frauen sahen sich einen Moment schweigend an.

»Du bist seine Frau«, sagte Denise. »Wenn er mit dir nicht redet – mit wem dann?«

»Ja, mit wem dann«, erwiderte Miriam, lächelte Denise mühsam zu und ging dann, völlig in Gedanken verloren, durch den Garten zum Fischweiher, um mit ihrem Bräutigam zu reden.

Stefan saß mit dem Rücken zu ihr und blickte auf das Wasser, doch er musste ihre Schritte wohl gehört haben, denn er drehte sich in seinem Rollstuhl um, als sie näher kam.

»Wie war's in der Schule?«, fragte er, ohne sie anderweitig zu begrüßen.

»Die Kinder mögen mich«, antwortete Miriam. »Und ich mag die Kinder.«

Stefan nickte zufrieden. »Das ist gut so. Sehr gut.«

Miriam sagte nichts darauf, sondern lächelte ihn an. Es war das erste Mal seit Tagen, dass er etwas Freundliches zu ihr sagte.

»Als Junge war ich so stolz darauf, dass alles hier uns gehört. Hier bin ich geboren. Hier bin ich aufgewachsen. Und jetzt bin ich wieder hier angekommen«, sagte Stefan nach einer Weile nachdenklich und blickte wieder auf den Weiher. »So schließt sich der Kreis.«

»Was meinst du damit?«, fragte sie. »Was für ein Kreis schließt sich?«

Er sah sie wieder an und streckte plötzlich die Hände nach ihr aus.

Sie trat an seinen Rollstuhl heran, ergriff seine Hände und hielt sie fest.

»Ich will, dass es dir wieder gut geht«, sagte Stefan sanft.

»Mir geht's gut, wenn es dir wieder gut geht«, erwiderte sie ebenso sanft. Sie freute sich darüber, dass man heute wohl vernünftig mit ihm reden konnte.

»Ich habe nachgedacht«, fügte Stefan leise hinzu. »Und weißt du, was ich mir überlegt habe?«

Miriam schüttelte den Kopf und hielt weiter seine Hände fest.

»Ich möchte, dass wir aufhören, uns etwas vorzumachen«, sagte Stefan ruhig. »Wenn ich gesund wäre, dann würdest du mich verlassen, oder?«

»Was? – Hat Denise dir diesen Schwachsinn eingeredet? Ich war nie mit Jo zusammen. Nie im Leben.«

»Ich hab's doch gesehen«, erwiderte er leise. »Ich hab' doch gesehen, was zwischen euch ist.«

Sie entzog ihm ruckartig ihre Hände, trat vom Rollstuhl zurück und fixierte ihn verärgert. »Du kannst ruhig weiterreden. Red so viel du willst. Ich hör' mir diesen Schwachsinn nicht mehr an.« Damit drehte Miriam sich um und ging ohne ein weiteres Wort davon.

»Irgendwann wirst du mich verstehen«, murmelte Stefan und blickte ihr nach, wie sie durch den Garten zum Haus ging.

Das war wohl wieder nichts, dachte Miriam. Dabei hatte das Gespräch so vernünftig angefangen. Aber es war wohl auch heute nicht mit ihm zu reden. Sie würde es morgen wieder versuchen. Vielleicht würde er ja morgen mit ihr reden, ohne so ein dummes Zeug zu erzählen.

Miriam atmete einige Male tief durch, bevor sie sich zu Denise auf die Veranda setzte.

»Und?«, fragte Denise, als Miriam nichts sagte, sondern sie nur skeptisch musterte. »Habt ihr miteinander reden können?«

Miriam beantwortete die Frage nicht. »Sag mal, Denise – hast du mit Stefan über Jo und mich geredet?«

Denise schüttelte den Kopf. »Wie käme ich dazu? Ich werde mich davor hüten, mich in eure Dinge einzumischen. Warum fragst du mich das?«

»Stefan meint, ich würde mich von ihm trennen, wenn

er gesund wäre. Er meint, ich würde ihn dann wegen Jo verlassen.«

Denise schwieg einen Moment und überlegte, ob sie die Frage, die ihr auf der Zunge lag, auch stellen sollte. Schließlich entschied sie sich dafür: »Und? Würdest du?«

»Das ist doch Blödsinn!«, fauchte Miriam. »Absoluter Blödsinn! Ich liebe Stefan doch.«

»Das glaube ich dir«, erwiderte Denise verständnisvoll. »Aber du liebst auch Jo. Und Stefan spürt das.«

»Ich hör' mir das nicht länger an!« Miriam stand abrupt auf.

»Bitte, Miriam. Sprich noch mal mit Stefan«, bat Denise sie. »Irgendetwas geht in ihm vor. Und es ist nichts Gutes.«

»Gut.« Miriam nickte und atmete tief durch. »Ich werde es morgen noch mal versuchen.«

Als Jo Mallinger an diesem Abend nach Hause kam, erwartete ihn sein bester Freund. Stefan saß in seinem Rollstuhl vor dem Haus und blickte ihm ernst entgegen, als er aus dem Auto stieg und zu ihm hinüberging.

»Was machst du denn hier?«, fragte Jo erstaunt.

»Auf dich warten. Was sonst?«

»Warum hier draußen vor dem Haus? Ich meine, warum bist du …«

»Weil ich keine Lust auf einen Small Talk mit deiner Mutter habe«, unterbrach ihn Stefan kühl.

»Verstehe. Small Talk. Meine Mutter weiß gar nicht, was das Wort bedeutet«, versuchte Jo einen Scherz, aber Stefan ging nicht darauf ein.

Jo setzte sich langsam und müde auf die Stufen der Veranda seines Hauses. »Also, Stefan, warum bist du gekommen? Wenn es wegen Miriam …«

»Genau! Es ist wegen Miriam«, unterbrach Stefan ihn, wollte anscheinend noch etwas sagen, schluckte es dann aber hinunter und schwieg wieder.

»Was erwartest du von mir?«, fragte Jo nach einer langen, lastenden Pause, in der keiner von beiden den anderen angesehen hatte. »Ich kann dir das nicht abnehmen. Ich kann dir nur raten, sie nicht so hängen zu lassen. Sie quält sich mit Schuldgefühlen, will alles richtig machen, aber sie weiß nicht wie … Und wie, verdammt noch mal soll sie dir helfen, wenn du alle Hilfe verweigerst?!«

»Sie kann mir nicht helfen«, gab Stefan dumpf zurück.

Während Jo sprach und dabei irgendwohin in die Nacht blickte, hatte Stefan seinen Rollstuhl so gedreht, dass er jetzt mit dem Rücken zu seinem Freund stand.

»Was du machst, Stefan, das ist arrogant und selbstgerecht. Ich bitte dich, Stefan! Du hast deinen Kopf, und der ist vollkommen in Ordnung. Also benutz ihn endlich, um etwas Neues zu beginnen! Schlag nicht alles kaputt! Bring endlich Ordnung in dein Leben! Und Ruhe!«

»Ich bin gerade dabei …«

»Entschuldige«, sagte Jo ruhiger, nahm seine Brille ab, wischte sich müde über die Augen und setzte die Gläser dann wieder auf. »Es war alles ein bisschen viel in den letzten Tagen.«

Susan tauchte auf der Veranda auf. »Soll Nana euch noch was machen?«, fragte sie die beiden.

»Nein, Mutter. Wir reden«, erwiderte Jo gereizt.

»Aber vielleicht einen Toast oder so …«

»Mutter! Wir wollen nichts essen!«

»Ist ja schon gut. Ich geh' ja schon.« Susan Mallinger verschwand wieder im Haus.

Stefan drehte plötzlich seinen Rollstuhl wieder um und fuhr nah an Jo heran. »Ich möchte, dass du dich um sie kümmerst«, sagte er eindringlich und sah seinem besten Freund endlich direkt ins Gesicht.

»Um meine Mutter?« Jo musterte ihn zweifelnd.

»Lass den Quatsch, Jo. Du weißt genau, wen ich meine. Du sollst dich um Miriam kümmern.«

»Stefan, ich kann mich nicht um sie kümmern. Ich weiß vor lauter Arbeit nicht, wo mir der Kopf steht. *Du* solltest dich um sie kümmern.«

Sie schwiegen, und für eine Weile waren nur die Geräusche von Philadelphia zu hören: Irgendwo spielte ein Radio, ein paar späte Kinder krakeelten herum, ein Hund bellte, ein Auto hupte, ein leichter Wind raschelte sanft in den Blättern der Bäume, die neben dem Pfarrhaus standen.

»Sie liebt dich«, sagte Stefan dann leise.

Jo stand abrupt auf. Er ging eine paar Schritte weg, drehte sich um und fixierte Stefan. »Was ist denn das jetzt für ein Unsinn?!« Dann kam er wieder zurück und blieb neben seinem Freund stehen. »Was soll der Blödsinn?«

Stefan schüttelte den Kopf. »Sie liebt dich. Ich weiß es. Aber sie würde das nie zugeben… Und du?«

»Was meinst du damit?«

»Du liebst sie doch auch – oder?«

»Was soll denn die Frage?«, erwiderte Jo unwirsch.

»Sag doch einfach: ›Ja‹! – Mein Gott! Sag doch einmal ›Ja‹ zu einer Frau! Warum kannst du das nicht?!«, rief Stefan zornig. »Ein schlechtes Gewissen wegen mir? – Das brauchst du nicht zu haben«, fügte er dann ruhig hinzu.

Jo antwortete nicht und vermied es, ihn anzusehen.

»Ist es wegen deiner Mutter? Kannst du es deswegen nicht?«

Jo erwiderte noch immer nichts.

»Ah, die berufliche Obsession!« Stefan lachte bitter auf.

»Du tickst doch nicht richtig«, gab Jo gelassen zurück. Aber es war wohl die falsche Antwort.

»Du Heiliger! Du Lichtgestalt!«, fauchte Stefan. »Weißt du was, Jo?! Ich kenne keinen Menschen, der so egomanisch und narzisstisch ist wie du! Jawohl! Du verlangst von den Leuten, dass sie ehrlich und aufrichtig leben – und was machst du selbst?!«

»Moment mal, du kannst mir doch nicht…«

»Doch! Ich kann! – Ich sag' dir was, Jo Mallinger: Du willst von allen geliebt werden! Aber selber lieben – das willst du nicht! Nein! Das könnte ja wehtun!« Stefan schwieg schwer atmend. »Sieh mich an, Jo«, sagte er dann leise.

Jo blickte ihm in die Augen.

»Wenn du jetzt nicht ›Ja‹ sagst, Jo – dann hast du nie gelebt.«

»Bravo, Stefan! Endlich sagt ihm das mal jemand!« Susan war wieder auf die Veranda herausgekommen und hatte den letzten Satz wohl gehört.

»Mutter, bitte!«

»Dann war's ja gut, dass ich hier war«, sagte Stefan abschließend. »Ich bin jetzt müde. Ich will nach Hause.«

»Soll ich dich bringen?«, fragte Jo hilflos.

»Nein. Nicht nötig. Wally fährt mich. – Mach's gut, Jo. Und vergiss nicht, was ich dir gesagt habe.«

Er nickte Susan Mallinger freundlich zu und rollte dann zu seinem Auto hinüber, das am Rand des kleinen Platzes vor dem Pfarrhaus stand.

Jo und Susan beobachteten, wie Wally Stefan in den Wagen hob und mit ihm davonfuhr.

»Stefan ist irgendwie merkwürdig«, bemerkte Susan leise. »Du solltest dich mehr um ihn kümmern.«

»Vielleicht«, antwortete ihr Sohn, »vielleicht sollte ich mich endlich mal um mich selbst kümmern. Aber du hast Recht: Ich werde morgen mit Stefan reden.«

Bernhard von Braun war noch wach, als sein Sohn auf Rose Bud ankam. Er hatte auf ihn gewartet und erhob sich von der Couch, als Stefan mit seinem Rollstuhl in den Salon fuhr.

»Du bist noch wach?«, fragte Stefan erstaunt und hielt an.

»Ja«, antwortete Bernhard betont sanft, »ich habe nachgedacht, Stefan.« Er ging zu seinem Sohn hinüber und legte ihm zärtlich die Hand auf die Schulter. »Vielleicht kann Miriam ja doch die Farm leiten. Wenn sie überhaupt will ... Aber dann musst du auch ...«

»Typisch«, unterbrach ihn Stefan kühl. »Wieder irgendwelche Bedingungen stellen.«

Bernhard ging nicht darauf ein. »Es gibt da einen Arzt bei Durban, der in ...«

»Vater, ich bin selbst Arzt«, unterbrach ihn Stefan erneut. »Und ich weiß, was mit mir ist. Ich kenne die Befunde.« Dann rollte er wortlos davon.

Bernhard ging ihm hinterher, hielt ihn an der Schulter fest und drehte den Rollstuhl vorsichtig herum. »Lass mich doch bitte ausreden, Stefan. Ich bitte dich. Ich habe gehört, dass er in zwei Fällen …« Er brach ab und musterte seinen Sohn zweifelnd. »Er ist ein Sangoma«, sagte er dann.

Stefan lächelte bitter. »Ausgerechnet du willst mich zu einem Sangoma schicken.« Er schüttelte den Kopf und rollte wieder weiter.

Bernhard folgte ihm abermals, und sein Sohn hielt den Rollstuhl an.

»Wenn es dir hilft, Stefan …«

»Würde es dir denn helfen, Vater?«

»Ja«, sagte Bernhard leise und wehmütig. »Es würde mir sehr helfen. Ich glaube, ich habe …«

»… noch immer etwas gutzumachen?«, führte Stefan den Satz zu Ende. »Nein, Vater. Hast du nicht. Akzeptiere doch einfach, was ist. Ich tu's ja auch.«

»Ich bemüh' mich ja …«, murmelte Bernhard.

»Ich weiß«, antwortete Stefan, und zum ersten Mal klang seine Stimme freundlich. »Und das reicht auch schon. Ich weiß deine Bemühung zu schätzen. – Danke, Vater.«

Er schüttelte seinem Vater die Hand, lächelte ihn an und rollte aus dem Salon.

Bernhard von Braun hatte ein schlechtes Gefühl, als er seinem Sohn nachblickte. Irgendetwas stimmt nicht mit ihm, dachte er. Ich werde morgen noch mal mit ihm reden.

Stefan rollte so leise ins Schlafzimmer, dass Miriam davon nicht erwachte. Er fuhr direkt neben das Bett und betrachtete seine schlafende Braut. Dann nahm er zärtlich ihre Hand, führte sie vorsichtig an seine Lippen und küsste sie.

»Endlich bist du da«, murmelte Miriam verschlafen und öffnete die Augen.

»Ja, ich bin da«, erwiderte er sanft und hielt ihre Hand fest.

»Weißt du was, Stefan?«

»Was?«, fragte er leise. »Was soll ich wissen?«

»Andere haben's viel schwerer. Wir haben wenigstens uns.«

»Ja«, flüsterte er. »Wir haben uns. Schlaf jetzt wieder, mein Schatz.«

Miriam schloss die Augen, atmete tief aus, und Stefan betrachtete ihr schönes, ebenmäßiges Gesicht.

# 9

Stefan von Braun ließ sich schon am frühen Morgen von Wally ans Meer fahren, in ein Ausflugslokal namens Bernie's Point, das an der Atlantikküste, hoch oben am Rand einer steil abfallenden Klippe lag und einen prächtigen Ausblick auf den Ozean bot. Um diese Zeit war das Lokal zwar noch geschlossen, doch das war ihm egal. Er ließ sich von Wally an einen Tisch auf der Terrasse schieben, entkorkte die Flasche Wein, die er speziell für diesen Morgen mitgebracht hatte, und schenkte sich ein Glas ein. Dann bat er seinen alten Freund, ihn in einer Stunde wieder abzuholen. Er wollte einfach den Ausblick auf den Ozean genießen, dazu einen Schluck Wein trinken und nachdenken. Der Schwarze zögerte, musterte ihn einen Moment zweifelnd, nickte dann jedoch fatalistisch und ging.

Stefan lauschte dem entfernten Geräusch der Brandung, das vom Fuß der Klippen zu ihm heraufdrang, hing seinen Gedanken nach und fühlte, wie die Anspannung der letzten Tage langsam aus seinem Körper wich, wie sein Blut ruhiger floss und sein Geist allmählich zur Ruhe fand.

Afrika! Er hatte unbedingt hier bleiben wollen. Und jetzt würde er hier bleiben. In Afrika.

Seine Wut auf den Schwarzen, der ihn ohne mit der

Wimper zu zucken in den Bauch geschossen hatte, war im Laufe der Wochen irgendwo in dem Fatalismus untergegangen, mit dem er die Dinge inzwischen betrachtete. Schicksal. Kismet. Der Mann hätte nicht schießen müssen. Und er hätte den Wagen einfach hergeben sollen. Dann wäre nichts passiert, außer dass ein paar Schwarze mal wieder jemanden überfallen hatten.

Er hörte sich immer noch, hörte seine Stimme mit seinem inneren Ohr: »Nicht das Auto, verdammt! Nicht das Auto!!«

Doch, das hatte er wirklich gesagt – und jetzt war ihm völlig schleierhaft, warum er sich so verhalten hatte. Absolut unverständlich. Er hätte den Burschen einfach die Autoschlüssel in die Hand drücken sollen.

Da waren sich wohl zwei Narren unter ungünstigen Umständen über den Weg gelaufen. Es war zwar ein großer Unterschied, ob man einen Menschen kaltblütig niederschoss und seinen Tod zumindest in Kauf nahm – oder einen fahrbaren silbernen Blechkasten verteidigte. Aber auf eine gewisse Weise war beides sehr dumm. Schicksal? Kismet?

Niemand konnte sagen, wie sich sein Leben weiter entwickelt hätte, wenn die Räuber ihn nicht zum Rollstuhlfahrer gemacht hätten. Was wäre aus Miriam geworden? Aus ihr und Jo? Und aus ihm selbst? Miriam liebte ihn, Stefan. Und sie liebte Jo. Sie war innerlich zerrissen. So wie sein Vater damals, als er zwischen seiner Mutter und Denise stand. Es war also eine unlösbare Konfliktsituation zwischen ihnen dreien eingetreten. Eine *fast* unlösbare. Und nur er, Stefan von Braun, kannte die Lösung.

Er trank einen Schluck Wein und kostete genießerisch die Aromen aus, die der edle Tropfen in seinem Mund entwickelte. Es war der beste Wein, den Bernhard im Keller hatte, ein Cabernet Sauvignon, aus Trauben gekeltert, die auf den Weinbergen von Rose Bud gewachsen waren.

Gestern Abend hatte er seinem Vater verziehen, dass er seine Mutter damals betrogen hatte. Zumindest glaubte Bernhard, dass sein Sohn ihm dieses Verhalten verziehen hatte, und das war gut so. Er selbst war sich da nicht so sicher, ob es ihm gelungen war, seinem Vater wirklich zu verzeihen. Verzeihen, dachte Stefan, verzeihen ist eine schwierige Sache, wenn man zu tief verletzt wurde. Manche können es gut. Manche eher nicht. Und manche wohl gar nicht. Am besten konnte das wohl Jesus von Nazareth. Aber der konnte auch übers Wasser gehen.

Der Glutball der Sonne war inzwischen schon ein gutes Stück über den Horizont gestiegen und verwandelte den Atlantik in flüssiges Gold. Vögel zogen ihre Bahnen, und wenn sie durch den gleißenden Widerschein des Sonnenlichts auf der Wasseroberfläche glitten, waren ihre schwarzen Silhouetten scharf umrissen wie Scherenschnitte. Eine leichte Brise wehte ihr Schreien und Kreischen herüber und brachte den Geruch des Ozeans mit. Direkt vor den Klippen schoss ein Vogel in einer steilen Kurve aufs Wasser hinunter, tauchte nur mit den Klauen ein und stieg mit einem zappelnden Fisch wieder auf. Ein Fischadler, da war sich Stefan mittlerweile wieder sicher. In den letzten Wochen war all das, was Wally ihm als Junge über die Pflanzen und Tiere der Kapprovinz beigebracht hatte, wieder in sein Bewusstsein gestiegen und lebendig geworden. Der gute alte Wally. Vor allem hatte er ihm gelehrt, wie er mit einem dreizackigen leichten Wurfspieß mit erstaunlicher Treffsicherheit einen Fisch harpunieren konnte. Der Trick bei diesem Fischspeer war, dass die Spitze aus drei nach außen gebogenen Spießen bestand. Dadurch wurde die Lichtbrechung an der Wasseroberfläche kompensiert, und man erwischte, am Ufer oder im Fischerboot stehend, einen prächtigen Barsch viel leichter als mit einer gewöhnlichen einspitzigen Harpune. Er war zwölf Jahre alt gewesen, als Wally ihm das beigebracht hatte.

Nun sah Stefan den Vögeln zu, die vor ihm ihre eleganten Bahnen durch die Luft zogen und dann und wann einen Schrei ausstießen, einen hohen, schrillen Ton, der vielleicht ihre Freude am Leben ausdrückte, ihr Glücksgefühl über die Leichtigkeit, mit der sie über den Dingen schweben konnten. Ob die Vögel wohl wussten, welch große Gnade der Natur ihnen widerfahren war?

Fliegen! Fliegen! Hoch oben wie ein Adler im unendlichen Himmel Afrikas! Er, Stefan von Braun, konnte auch fliegen. Wally musste ihn nur in die Cessna heben. Der Rest war kein Problem. Sein Körper funktionierte noch gut genug, um den Vogel zu bedienen. Zumindest reichte es noch für einen Flug. Und den würde er jetzt antreten. Er hatte alle Dinge, die er noch zu regeln hatte, bereits erledigt. Nun konnte er gehen.

Er war nie besonders religiös gewesen, auch wenn sein bester Freund ein Bischof war. Aber er glaubte daran, dass der Tod kein Ende, sondern nur eine Tür ist, durch die man in eine andere, unbekannte Welt geht, von der niemand wissen konnte, ob sie besser oder schlechter ist als diese hier. Der Tod ist nur eine Tür. Man geht hindurch, und dann sieht man, wohin die Reise weitergeht.

Hinter sich hörte er Wallys Schritte über die Terrasse auf sich zukommen.

»Ist die Stunde schon vorbei, Wally?«, fragte er, ohne sich umzudrehen.

»Ja, Stefan. Die Stunde ist um. Fahren wir zurück nach Rose Bud?«

»Nein, Wally. Wir fahren jetzt nicht zurück nach Rose Bud. Wir fahren zum Flugfeld. Ich möchte jetzt fliegen.«

Heute war Mangos großer Tag. Der Tag, von dem an er nun erwachsen sein würde, ein richtiger Mann. Er hatte seinen guten Leinenanzug ausgezogen, trug eine ganz gewöhnliche Blue Jeans und ein Unterhemd, stand, über eine Wassertonne gebeugt, im Hof von Rose Bud und wusch sich die rote Farbe aus dem Gesicht, die er schon seit einem halben Jahr trug.

Als er den Lärm von Stimmen und vielen Schritten hörte, blickte er auf – und begann über sein ganzes, endlich wieder braunes Gesicht zu strahlen: Heute war offensichtlich nicht nur sein großer Tag, es war wohl auch ein guter Tag für Rose Bud, denn die Farmarbeiter kehrten zurück. Angeführt von Harari, strömte ein ganzer Treck auf den großen Hof der Farm, lachende Männer, Frauen, Kinder, die ihre gesamten Habseligkeiten auf Karren und in Koffern mitbrachten.

Auch Mthobeli war dabei, der Sangoma. Ohne ihn wären sie vielleicht gar nicht gekommen. Er hatte sein Leopardenfell angelegt, seinen Kopfputz aus Perlenschnüren, und er trug ein weißes Lamm unter dem Arm. Ein Opferlamm, mit dessen Tod er diesen Ort heute vom Fluch der Ahnen reinigen würde.

Miriam erwachte durch den Lärm, den die zurückkehrenden Farmarbeiter machten. Sie hatte heute länger als sonst geschlafen und zog sich eilig an. Irgendwie hatte sie ein ungutes Gefühl, als sie erwachte, doch als sie jetzt aus dem Fenster blickte und die vielen fröhlichen schwarzen Gesichter sah, verflog dieses Gefühl wieder. Bernhard würde sich freuen, denn nun konnte endlich die Ernte von Rose Bud eingebracht werden. Aber das ungute Gefühl verschwand nicht ganz, es blieb irgendwo in ihr, so wie ein Krankheitskeim in einem Körper sein kann, ohne sofort eine Krankheit hervorzurufen.

Als sie aus dem Haus trat, lief Mango auf sie zu. Er sang ein Lied in seiner Sprache, klatschte im Takt in die Hände und tanzte um sie herum. Er strahlte so viel Freude und Glück aus, dass er damit den letzten Gedanken an den Rest des unguten Gefühls in ihr vertrieb.

Sie ging mit ihm zu den Hütten der Farmarbeiter, die der Sangoma jetzt vom Fluch der Ahnen reinigen würde, wie Mango erzählte.

Es war ein grausiges Spektakel. Die Farmarbeiter standen in einem großen Kreis, sangen und klatschten rhythmisch in die Hände. Im Zentrum des Kreises hatten Steve und Singi das Lamm auf eine kleine Bank gelegt, neben der eine irdene Schale stand. Der Sangoma tanzte im Rhythmus des Gesangs um die beiden Männer und das Lamm herum. Singi schnitt dem Tier die Kehle durch, ein Blutstrahl schoss hervor, und der Schwarze ließ das Blut in die Schale rinnen. Als die Schale voll war, nahm der Sangoma sie unter den Arm, ging mit ihr an den Hütten vorbei, tauchte einen Wedel in das Blut und bespritzte damit die Wände der Hütten, wobei er afrikanische Zauberformeln aussprach.

Als die Cessna am Himmel über Rose Bud auftauchte, spürte Miriam Steiner mit einem Mal, was jetzt geschehen würde. Sie spürte, wer in der Maschine saß. Und sie spürte, was den Piloten in diesem Moment bewegte. Sie konnte seine Gedanken fühlen. Und sie verstand jetzt das Gefühl, das sie direkt nach dem Aufwachen empfunden hatte. Ihre Seele hatte schon gewusst, was heute geschehen würde. Merkwürdig, dachte sie, dabei glaube ich doch gar nicht an solche Dinge. Und noch etwas spürte sie deutlicher als jemals zuvor in ihrem Leben: Sie war machtlos, absolut machtlos, konnte nichts mehr für Stefan tun.

Während sie zum Himmel hinaufblickte, versank die Welt um sie herum: Der Gesang der Schwarzen und das rhythmische Klatschen wurden immer leiser in ihren Ohren, sie sah die Tanzenden nicht mehr, sie sah nur noch die weißrote Cessna am Himmel, weiß wie das Opferlamm und rot wie sein Blut.

Das Flugzeug flog einen Kreis über der Farm, dann drehte es in Richtung der Hottentots Holland Mountains ab. Die Maschine beschleunigte, verlor aber gleichzeitig an Höhe. Es sah so aus, als würde der Pilot direkt auf die Felswände zuhalten.

Miriam blickte zu Boden, als die Cessna immer tiefer sank. Sie wollte nicht sehen, was jetzt geschehen würde. Weil sie nicht wollte, dass sie es dann für den Rest ihres Lebens vor ihrem inneren Auge sehen würde.

Der Gesang der Schwarzen brach plötzlich ab. Dann ging ein entsetzter Aufschrei durch die Farmarbeiter.

Als Miriam wieder aufblickte, war der Feuerball der auf dem Boden explodierten Maschine schon verpufft. Nur eine große schwarze Rauchwolke stieg hinter einem Hügel auf, stieg immer höher und höher und verlor sich langsam in der unendlichen Weite des afrikanischen Himmels.

Drei Tage später wurde Stefan von Braun beerdigt. Die Kirche von Philadelphia war bis auf den letzten Platz besetzt. Schwarze und Weiße saßen nebeneinander auf den Kirchenbänken. Selbst Mthobeli, der Sangoma, war gekommen. Es war das erste Mal, dass er die Kirche der Christen betrat. Der Tote hatte zu seinen Lebzeiten den Glauben der Schwarzen respektiert, und nun würde er, Mthobeli, ihm auf christliche Weise die letzte Ehre erweisen. Stefan von Braun war ein guter Mann gewesen.

Bischof Johannes Mallinger betrat das Gotteshaus erst, als die Trauernden ihre Plätze eingenommen hatten. Er ging langsam durch den Mittelgang zum Altar, vor dem der dunkelbraune Sarg aufgebahrt war, den nur ein einziges schlichtes Blumengesteck zierte.

Der Bischof, der ein schlichtes schwarzes Ornat trug, blieb neben dem Sarg stehen und wandte sich den Trauernden zu. Als er den Sangoma entdeckte, nickte er ihm zu, so subtil, dass die anderen Trauergäste es nicht bemerkten. Doch Mthobeli bemerkte es. Dann ließ der Bischof den Blick lange über die Trauernden wandern, bevor er mit seiner Rede für den Toten und die Lebenden in dieser Kirche begann:

»Stefan von Braun war mein Freund. Er wollte, dass ich ihn und seine Braut Miriam hier in dieser Kirche traue. Wir sind heute ohne ihn hier. Wir sind hier, um zu trauern und seiner Liebe zu gedenken. Sein Taufspruch war zugleich der Sinnspruch seines Lebens, das durch einen schrecklichen Unfall so plötzlich beendet wurde: ›Selig sind, die reinen Herzens sind, denn sie werden Gott schauen.‹

Menschen zu helfen, dafür lebte er. Ungeachtet ihrer Herkunft und Hautfarbe. Er war schon als Kind einer, der Brücken schlug, der Menschen miteinander versöhnte. Als ein Bruch durch sein Leben ging – nach dem Tod seiner Mutter –, verließ er uns das erste Mal. Aber er kam wieder. Zur Versöhnung. Jenseits von Rache und Zwietracht war die Liebe sein Leben. Möge sein Tod auch unsere Herzen öffnen. Damit im Land des Regenbogens, im Land von Mandela und de Klerk, alle irgendwann gleichberechtigt nebeneinander ihren Platz finden. So wie wir heute an diesem Tag. An diesem Ort hier, wo Ängste der Vergangenheit dem Gedanken weichen, diesen Freund gemeinsam zu feiern und zu ehren.«

Bischof Johannes Mallinger senkte den Blick, den er während seiner Ansprache über die Gemeinde hatte wandern lassen, und der Chor begann zu singen.

Nur Bernhard von Braun fehlte in der Kirche, er hatte nicht die Kraft, an diesem Trauergottesdienst teilzunehmen. Er kniete in einem abgedunkelten Zimmer seines Hauses und weinte um seinen Sohn, den er nun zum zweiten Mal verloren hatte. Diesmal für immer. Erst am nächsten Tag brachte er es fertig, das Grab seines Sohns auf dem Familienfriedhof von Rose Bud aufzusuchen.

Am Abend dieses Tages ging Miriam Steiner allein spazieren. Sie hatte sich entschlossen, Rose Bud wieder zu verlassen und nie mehr nach Afrika zurückzukehren. Aber sie war sich ihres Entschlusses nicht völlig sicher. Denise hatte sie gebeten zu bleiben, selbst Bernhard bat sie darum. Mit ihr, sagte er, bliebe ihm ein Stück von Stefan erhalten. Erst in diesem Moment hatte sie wirklich verstanden, wie sehr der alte von Braun seinen Sohn liebte.

Miriam war so tief in Gedanken versunken, dass sie erschrak, als sie plötzlich von den Scheinwerfern eines Fahrzeugs geblendet wurde. Sie hatte den Wagen nicht einmal kommen hören. Das Auto hielt einige Schritte vor ihr an, eine Gestalt stieg aus und kam langsam auf sie zu. Sie sah nicht mehr als einen großen dunklen Schatten.

Es war Jo Mallinger. Geblendet vom Licht der Autoscheinwerfer, konnte sie ihn erst erkennen, als er vor ihr stand.

»Gehen wir ein Stück?«, fragte er ernst.

Sie nickte, und dann gingen sie einige Schritte schweigend nebeneinander her.

»Warum hast du in der Kirche gesagt, dass es ein Unfall war, Jo?«, fragte sie dann vorsichtig.

»Was meinst du damit?« Er wusste genau, was sie meinte, doch er *wollte* es nicht wissen.

»Du weißt doch ganz genau, dass es kein Unfall war«, sagte sie leise, ohne ihn anzusehen. »Du weißt so gut wie ich, dass er sich mit diesem verdammten Flugzeug umgebracht hat. Es war ein groß inszenierter Selbstmord.«

Jo antwortete nicht, und Miriam sprach verhalten weiter.

»Er wollte, dass es aussieht wie ein Unfall. Dabei hat er alles haarklein geplant und vorbereitet. Bis ins letzte Detail. Er hat mir sogar seinen Anteil an Rose Bud vermacht. Schon vor Tagen, wie Anina Thulani sagt. Wahrscheinlich will er mich damit an Afrika binden.«

»Ich hätte es merken müssen«, sagte Jo nach einer Weile. »An dem Abend, als er bei mir war, hätte ich es merken müssen.«

Miriam blieb überrascht stehen. »Er war bei dir?«

»Ja. Am Abend vor seinem Tod.«

»Er wollte wohl, dass du dich um mich kümmerst«, sagte Miriam bitter und ging weiter.

»Woher weißt du das?«

»Du bist ein Teil seines Plans. So wie ich. Er war schon immer ein Perfektionist. Er hat alles bis ins Kleinste arrangiert, damit wir beide glücklich werden.«

Sie blieben wieder stehen und sahen sich im Licht der Autoscheinwerfer, die den ganzen Weg bestrahlten, lange an.

»Ich werde abreisen«, sagte Miriam schließlich bestimmt, wandte sich von ihm ab und ging den Weg zurück.

Jo rührte sich nicht vom Fleck. »Das kannst du nicht machen!«, rief er ihr hinterher.

Miriam zögerte, dann blieb sie stehen und drehte sich zu ihm um. »Doch! Ich werde abreisen!«

»Du solltest darüber schlafen. Bitte. Schlaf zwei Nächte darüber. – Und dann lass mich dich fragen, ob…« Jo brach ab.

Miriam antwortete nicht, sondern ging zu den Häusern von Rose Bud zurück. Als sie an dem gemauerten

Bogen mit der Glocke vorbeikam, trat Mango aus seinem Schatten hervor.

»Das dürfen Sie nicht, Miss Miriam«, sagte er und trat dicht an sie heran.

»Was darf ich nicht?«

Der Junge, der vor ein paar Tagen ein Mann geworden war, antwortete nicht. Er begann in seiner Sprache zu singen, rhythmisch in die Hände zu klatschen und tanzte um sie herum.

Miriam schloss die Augen und lauschte seinem Gesang. Mango war für sie immer noch das schöne, das freundliche, das lachende Afrika. Sie fühlte, wie sein Gesang die Anspannung von ihr nahm, die sie quälte, seit sie das Flugzeug am Himmel gesehen hatte, in dem Stefan gestorben war.

»Mango! Hör auf damit!«, schrie plötzlich jemand. »Lass das, Mango!«

Der Gesang brach ab, und Miriam öffnete die Augen wieder.

Der Farmverwalter Eric stand vor der Tür seines Häuschens und starrte herüber. »Belästigt er Sie, Miss Miriam?!«

»Mango belästigt mich nie!«, rief sie zurück. »Es ist alles in Ordnung, Eric!«

Der Verwalter beäugte die beiden noch einen Moment misstrauisch, dann ging er wieder in sein Haus zurück.

Miriam nahm Mango an der Hand, und dann gingen sie nebeneinander auf das Hauptgebäude zu.

»Also: Was darf ich nicht, Mango?«, fragte sie, nachdem sie einige Schritte gegangen waren.

»Sie dürfen nicht weggehen aus Afrika«, antwortete

der Schwarze eindringlich, blieb stehen und sah ihr in die Augen. »Das dürfen Sie nicht.«

»Woher weißt du, dass ich weggehen will?«

»Ich spüre es, Miss Miriam«, sagte er leise. »Man darf die Harmonie nicht zerstören«, fügte er dann hinzu.

Miriam verstand nicht, was er mit dem letzten Satz meinte, doch sie fragte ihn nicht danach. Sie streichelte nur sanft seine Wange. »Gute Nacht, Mango.«

# 10

Am nächsten Mittag fuhr Miriam Steiner zur Schwarzenschule nach Philadelphia, um sich von Jane van der Moolen und Sophia Mbonga, Petronellas Schwester, zu verabschieden. Sophia wurde, wie sie selbst auch, von Jane zur Lehrerin ausgebildet.

Denise hatte sie noch einmal bekniet, doch in Afrika und auf Rose Bud zu bleiben, als sie vorhin begonnen hatte, ihren Koffer zu packen. Und Miriam dachte darüber nach, während sie über die einsame rote Staubstraße durch die Felder, Olivenhaine und Weinberge fuhr. Sollte sie vielleicht Farmer oder Weinbauer werden. Farmerin und Weinbäuerin? Alle hatten ihr angeboten, sie zu unterstützen, wenn sie es lernen wollte. Aber sie wollte nicht. Nein.

Und Jo? – Nein, dachte sie: nicht *und* Jo – *aber* Jo. Da hatte Denise Recht. Das war das Problem. Denise hatte ihr vorgeworfen, dass sie vor ihren Gefühlen für Jo davonlaufen wolle. Doch das könne sie gar nicht. Weil so etwas gar nicht gehe.

Sie hatte darauf keine Antwort gewusst und schweigend weiter ihren Koffer gepackt.

Aber Mango hatte etwas in ihr zum Schwingen gebracht, am gestrigen Abend. Vielleicht hatte er sie mit dem infiziert, was Bernhard und Denise den *Afrikavirus* nannten. Wie auch immer. Sie würde trotzdem abreisen. An einem der nächsten Tage.

Obwohl es eigentlich eine schöne Zeit war mit den Kindern in der Schule. Obwohl Rose Bud der schönste Ort war, den sie bis heute kennen gelernt hatte. Und obwohl Südafrika ein Land war, in dem es etwas Sinnvolles für einen Menschen zu tun gab.

Sie hielt den Jeep neben der Schule und ging hinein. Der Unterricht war bereits zu Ende, die Kinder schon weg. Und Jane war auch nicht da. Aber Sophia war da. Jane sei mit Jo in Makomba, um die Aids-Tests vorzubereiten. Harari, Oma und auch der Sangoma hätten viele Leute davon überzeugt, erzählte Sophia. Und Mister Bernhard gibt Geld für Medikamente und alles.

Und dann war Sophia entsetzt, als Miriam ihr sagte, dass sie abreisen würde. Sie könne doch nicht einfach verschwinden, meinte sie. Das gehe doch nicht. Nicht jetzt, wo die Kinder gerade begonnen hatten, sie in ihr Herz zu schließen…

Sie verließen das einzige Klassenzimmer, Sophia schloss die Tür ab und palaverte noch einen Moment vor dem Schulhaus darüber, ob sie abreisen dürfe oder nicht, als ihr Mann Singi um die Ecke des Hauses heranstürmte.

»Du musst sofort mitkommen! Man hat sie freigelassen! Nun komm schon!« Dann sagte er sehr schnell ein paar Sätze auf Xhosa, packte seine Frau am Arm und zog sie mit sich fort.

»Wen hat man freigelassen?«, rief Miriam und lief ihnen nach.

»Die Vergewaltiger! Die Schweine, die Maria vergewaltigt haben!«, schrie Sophia und lief mit ihrem Mann davon.

Miriam rannte ihnen um die Ecke des Hauses hinterher zur Straße, wo ein hellblauer Pick-up mit laufendem Motor wartete, auf dem Fahrersitz ein Schwarzer, den sie nicht kannte. Er trug eine Sonnenbrille und einen runden roten Hut und musterte sie.

»Nein! Das geht Sie nichts an! Sie können nicht mitkommen!«, sagte Singi bestimmt, als sie an den Pick-up herankam.

»Ach was, Singi«, sagte der Fahrer. »Lass sie doch, wenn sie will.«

Singi zuckte mit den Schultern und stieg ins Auto.

Da war es wieder: das hässliche Afrika! Dumpfe, nackte, gedankenlose Gewalt! Sie könnte jetzt einfach in ihr Auto steigen, nach Rose Bud zurückfahren, ihre Koffer nehmen und verschwinden.

Oder sie würde zu Sophia auf die Ladefläche dieses hellblauen Pick-ups springen und mit ihnen nach Makomba fahren. In das andere Afrika.

»Kommst du?! – Oder kommst du nicht?!«, rief Sophia.

Ohne noch lange zu überlegen, rannte Miriam jetzt dem Fahrzeug hinterher und kletterte auf die Ladefläche.

Der Fahrer drückte aufs Gaspedal, und sie fuhren los, nach Makomba. Sophia und Miriam schwiegen und hielten sich an dem Gitter fest, das um die Ladefläche angebracht war.

»Was wird jetzt geschehen?«, fragte Miriam nach einer Weile.

»Ich weiß es nicht«, erwiderte Sophia. »Aber man darf solche Menschen nicht einfach freilassen. Die Polizei hat sie anscheinend einfach so laufen lassen. Ohne eine Gerichtsverhandlung. Und manchmal erschießt die Polizei auch einfach Leute. Auch das ist Südafrika, Miriam.«

Als sie eine viertel Stunde später die Township erreichten, hatte sich die Nachricht offensichtlich schon wie ein Lauffeuer verbreitet.

Der Fahrer hielt den Pick-up dort, wo der Tumult am größten war. Eine bunte, wütende und wilde Menge von fünfzig oder mehr Frauen, alle mit Knüppeln und sonstigen Schlagwerkzeugen bewaffnet, belagerte eine Hütte. Manche hatten Macheten in den Händen, die sie drohend über den Köpfen schwangen.

»Wenn ich die Bastarde in die Hände bekäme, würde ich sie einfach abknallen!«, rief der Fahrer. »Bäng! Bäng!«

»Wie gut, dass du nur eine große Klappe hast und keine Knarre, Ron«, wies Singi ihn zurecht. »Los, lasst uns sehen, was los ist.«

Als sie herankamen, sahen sie, dass ein Stoßtrupp der Frauen dabei war, mit Knüppeln und Brechstangen die Tür der Hütte einzuschlagen.

Oma und Mango standen mitten in der aufgebrachten Menge vor der Hütte und redeten erregt miteinander, als sie bei ihnen ankamen.

»Das könnt ihr doch nicht machen!«, sagte Miriam zu Mango. »Das geht doch nicht!«

»Doch!«, rief Sophia. »Sie müssen bestraft werden! Sonst werden bald wieder Jungfrauen vergewaltigt!«

»Das verstehst du nicht, Miriam!«, antwortete Mango laut. »Außerdem ist Maria wie eine Schwester für mich!«

In diesem Augenblick stürmten Jo und Jane plötzlich heran.

Der Bischof wollte sich gewaltsam zu den Frauen an der Tür durchdrängen, doch die aufgebrachte Menge hinderte ihn daran, auch nur in die Nähe der Tür zu gelangen.

Seine Kleidung war ziemlich ramponiert, als er den Versuch aufgab, an den dicken, knüppelschwingenden Müttern Makombas vorbeizukommen. Aber er drängte sich zu Oma durch.

Die Frauen hatten die Tür eingeschlagen, rissen die Reste aus den Angeln und drangen in die Hütte ein. Danach setzte für einen kurzen Moment das Geschrei der Frauen, die in die Hütte eingedrungen waren, aus. Kurz darauf drang ein lauter, jämmerlicher Schrei heraus, und die Frauen in der Hütte begannen wieder zu kreischen.

»Halt!«, schrie Jo, als er sich zu Oma durchgedrängelt hatte. »Du darfst sie nicht töten!«

»Einer ist bereits tot!«, rief die alte Frau grimmig.

»Das kannst du nicht machen!«, schrie Jo. »Du musst sie jetzt aufhalten! Sonst gibt es wieder Gewalt! Und neue Gewalt und dann wieder Gewalt! Ihr seid doch keine Mörder! – Mango! Sprich du mit deiner Großmutter!«

Aus der Entfernung war eine Polizeisirene zu hören. Das mussten die Streifenwagen sein, die Jo gleich übers Handy angefordert hatte, als er bei der Versammlung wegen der Aids-Tests davon erfuhr. Hoffentlich konnten die Polizisten sich durchsetzen.

»Uzimvubu hat Recht!«, sagte Mango schließlich, nachdem er eine Weile mit sich gerungen hatte. »Wir sind keine Mörder, Oma! Oder sind wir doch Mörder?! Sie müssen bestraft werden! Aber nicht von uns!«

Die alte Frau sah ihren Enkel lange an und schien zu zweifeln. Schließlich wandte sie sich jedoch den am nächsten stehenden Frauen zu und rief: »Hört auf! Sagt allen, dass sie aufhören sollen!«

Das Geschrei wurde leiser, und die Frauen sahen Oma fragend an.

Inzwischen waren zwei Streifenwagen herangekommen, und blau uniformierte Beamte sprangen aus den Autos. Ausschließlich Schwarze.

»Es ist vorbei«, sagte Jo und legte den Arm um Mango. »Jetzt wird niemand mehr getötet.«

In diesem Moment hatten die wütenden Frauen wohl den zweiten Vergewaltiger aufgestöbert, denn aus einem Hüttenfenster sprang ein junger Mann heraus und lief davon. Zwei Polizisten verfolgten ihn, die anderen beiden blieben bei ihren Autos und behielten die Menge im Auge.

»Nicht schießen!«, schrie Jo den Polizisten zu und lief ihnen hinterher, als sie den Flüchtenden mit gezogenen Waffen verfolgten. »Nicht schießen!«

Aber es nutzte nichts. Ein Schuss knallte, und als der Bischof um die nächste Ecke bog, lag ein junger Schwarzer im Staub der Straße. Ein Polizist ging neben ihm in die Hocke, prüfte seine Halsschlagader, blickte zu seinem Kollegen hoch und schüttelte den Kopf.

Die Frauen von Makomba kamen um die Hütte herum und blieben schweigend stehen, als sie den toten Vergewaltiger auf der Straße liegen sahen.

»Es ist gut, dass sie tot sind«, sagte Oma. »Und *den*

dort hat niemand ermordet, der ist von der Polizei auf der Flucht erschossen worden.«

Jo wollte ihr etwas antworten, wollte ihr entgegenhalten, dass es falsch ist, was sie da sagt, dass eine solche Gewalt völlig inakzeptabel für ihn sei, doch dann fiel ihm ein, dass dies eigentlich überhaupt nichts damit zu tun hatte, dass Oma anderer Ansicht war. Er hatte auf einmal keine Lust mehr, Oma zu sagen, dass er ihre Einstellung inakzeptabel fand. Der Tote da im Straßendreck war fast noch ein Kind. Und ein Verbrecher. Und ein Toter zu viel für Johannes Mallinger, den Bischof.

Er ging wortlos zurück zu seinem Jeep, beachtete auch Miriam nicht, sondern stieg ein und fuhr davon.

An diesem Abend betrank sich Johannes Mallinger, Bischof der Anglikanischen Kirche von Südafrika, mit einer halben Flasche Gin und einem Liter Tonic Water. Importware. Er saß auf der Veranda seines Hauses in Philadelphia, in seinem Sessel neben einem Tischchen, auf dem eine silberne Schale mit Eiswürfeln, ein Teller mit Zitronenschnitzen, die Flasche Schnaps und die Limonade standen. Er mixte sich einen neuen Gin Tonic, wenn einer leer war, und dachte über sein Leben nach.

Susan Mallinger missbilligte das erst. Nicht das Nachdenken, aber das Saufen. Außerdem hatte er kaum ein Wort mit ihr geredet, seit er vor einer Stunde gekommen war. Hatte sich einfach hingesetzt und angefangen, sich zu betrinken. Der Bischof.

Andererseits: Vielleicht war es gut für ihn, er trank ja sonst nie etwas. Vielleicht wurde ihm auf diese Weise etwas klar, was ihr schon seit einer Weile klar war: dass er verliebt war. Dass er Miriam Steiner liebte. Aber er schien wieder mal zu dumm. Einfach ein Egomane. Ein Sozialegomane. Zu dumm, um eine Frau zu lieben.

Sie zog sich vor den Fernseher zurück und sah sich die Nachrichten an. Irgendwann hieß es, dass in Makomba ein Vergewaltiger von Frauen totgeschlagen, ein zweiter auf der Flucht von der Polizei erschossen worden sei. Vielleicht war Johannes deswegen so griesgrämig.

Sie hatte nicht Unrecht damit. Doch es war nur eines der Probleme, die Jo an diesem Abend durch den Kopf gingen. Er hatte mit Jane wegen Emily geredet. Hatte ihr sogar angeboten, mit ihr zusammenzuziehen, doch sie hatte dankend abgelehnt. Sie werde ihn ihr Leben lang lieben, aber er sie nicht. Und dieses Angebot sei überhaupt das Dümmste, was sie seit langem von ihm gehört hätte. Und sie hatte ihm verboten, Emily zu sagen, wer ihr Vater ist. Zu was soll es gut sein?, hatte sie gefragt. Damit das Kind völlig durcheinander kommt? Emily hat schon einen anderen Vater, der nicht mit ihrer Mutter zusammenlebt und sich nicht um seine Tochter kümmert.

Das hatte Jane gesagt, und dann hatten sie sich umarmt und eine Weile festgehalten. Aber es war zu nichts gut. Sie war unglücklich, weil er sie nicht liebte.

Und dann war da noch Stefan. Er hatte sich im Flieger verabschiedet, aber er war noch da. Er stand wie ein Geist zwischen ihm und Miriam – obwohl er gerade das nicht gewollt hatte.

Gottes Wege, dachte der Bischof, Gottes Wege sind manchmal doch wirklich merkwürdig. Und dann dachte er wieder das, was ihm schon den ganzen Nachmittag durch den Kopf gegangen war. Was hatte Oma vor einiger Zeit zu ihm gesagt?

*Euer Gott hat uns verraten!*, hatte sie gesagt. Welch ein Irrtum! Gott dachte nicht im Geringsten daran, irgendjemanden auf irgendeinem winzigen Planeten in seinem Universum zu verraten! Und das war so, weil Gott sich kein bisschen um seine Welt scherte.

Für einen Moment erschrak er über seine Gedanken. Dann entschuldigte er sich bei Gott für seine Anmaßung. Woher sollte gerade er, Johannes Mallinger, wissen, wie Gottes Welt im Großen und Ganzen funktionierte, wie viele Ebenen sie haben mochte, und überhaupt? Das stand ihm nicht zu. Aber eines durfte er mit Fug und Recht feststellen: Gerechtigkeit auf Erden gab es jedenfalls nicht.

Ja, und dann war da noch Miriam.

Er mixte sich einen weiteren Gin Tonic. Und das Resümee, das der Bischof Johannes Mallinger und der Mensch Jo nach diesem vierten oder fünften Gin Tonic zogen, fiel nicht gut aus. Aber sie mussten eine Entscheidung treffen. Und beide trafen eine Entscheidung …

Miriam verbrachte den Morgen des nächsten Tages auf Rose Bud. Die Traubenernte war in vollem Gang, und sie saß auf der Veranda, sah zu, wie weiter hinten an den Wirtschaftsgebäuden Wagen entladen wurden, auf denen Körbe mit Weintrauben transportiert wurden, und beobachtete den ganzen Betrieb, der im Hof herrschte. Warum sollte sie keine Farm leiten können? Mit Denise zusammen. Solche Gedanken gingen ihr durch den

Kopf. Und andere, aber darüber wollte sie mit niemandem reden.

Am gestrigen Abend hatte sich Bernhard zu ihr gesetzt, später war Denise dazugekommen, aber als Bernhard mit ihr allein war, hatte er ihre Hand ergriffen und sie gebeten, es sich noch einmal zu überlegen. Er sei nun doch schon alt. Warum sei es für sie denn so unmöglich, mit Denise nach seinem Tod die Farm zu leiten?

Und dann hatte er tatsächlich ein paar Tränen vergossen, als sie ihm sagte, dass sie nun doch ein paar Tage in Afrika bleiben wollte, um noch bestimmte Dinge zu klären. Davon würde sie alles Weitere abhängig machen.

Am Mittag machte sie sich auf die Suche nach Jo Mallinger. Susan Mallinger wusste nicht, wo ihr Sohn sich aufhielt. Er habe sich gestern Abend betrunken, erklärte sie. Doch ob das was genutzt habe, könne sie nicht beurteilen.

Dann fuhr Miriam zu Jane, aber auch dort war er nicht. Jane van der Moolen war ihr inzwischen zu einer richtigen Freundin geworden; selbst wer Emilys wirklicher Vater war, hatte sie ihr im Vertrauen mitgeteilt. Und sie hatte ihr schon vor einer Weile gesagt, dass sie ihr die Liebe zu Jo gönne, wenn es eine echte Liebe sei.

Arme, traurige Jane, dachte Miriam, als sie weiterfuhr und überlegte, wo sie Jo finden könnte.

Sie fand ihn schließlich am späten Nachmittag vor dem Altar der provisorischen Freiluftkirche, die man in den letzten Tagen bei Philadelphia errichtet hatte. Morgen, hatte Denise gesagt, würde ein großes Kirchenfest gefeiert. Es wurden Gläubige aus der ganzen Provinz erwartet. Hauptsächlich Schwarze.

Die Freiluftkirche war ihr auf Anhieb sympathisch. Man hatte ein paar sehr lange, rohe, von Ästen befreite Baumstämme zu einem spitzigen stilisierten Kirchturm zusammengestellt, seitlich davon hatten die Handwerker aus Baumstämmen eine Art Gatter errichtet, das wohl die Mauern der imaginären Kirche darstellen sollte. Viele Bänke standen innerhalb des Gatters, und an der Frontseite, vor dem stilisierten Kirchturm, befand sich ein rustikaler Altar, wohl auch aus rohem Holz, doch das konnte man nicht erkennen, weil ein rotes Tuch darüber gebreitet war.

An diesem Altar kniete Bischof Johannes Mallinger und schien zu beten.

Miriam hatte den Eindruck, dass sie unhörbar auf den luftgepolsterten Sohlen ihren Turnschuhe herangetreten war, doch als sie ein paar Sekunden lautlos hinter ihm verharrte, hob er den Kopf und wandte sich um.

»Störe ich?«, fragte sie schüchtern.

»Nein«, antwortete er und erhob sich. »Was führt dich zu mir?«

»Bist du wieder nüchtern?«, versuchte sie die Spannung zu überbrücken, die sie spürte.

»Ah, du warst bei meiner Mutter?«

Sie nickte.

Jo begann, vor dem Altar hin und her zu wandern.

»Die Messe morgen wird meine letzte Amtshandlung sein«, sagte er nach zwei Kehrtwenden.

»Das meinst du doch nicht im Ernst.« Sie konnte nicht glauben, was sie da hörte.

»Doch!«, sagte Jo und lief weiter vor seinem Altar auf und ab. »Und weißt du, warum? – Ich dachte, ich könnte was verändern. Dabei hab' ich nichts bewirkt, absolut gar nichts. Die Menschen sterben, die Menschen bringen sich um. Und ich kann es nicht verhindern.«

»Jeden Tag aufstehen und erneut kämpfen«, sagte sie eindringlich, »die kleinen Schritte, das ist doch deine Überzeugung, danach lebst du doch.«

»Es ist zu wenig, einfach zu wenig. Irgendwie hab' ich komplett versagt.«

»Und jetzt?! Jetzt willst du sie alle allein lassen?! Uzimvubu gibt auf?!«, ereiferte sie sich. »Nun bleib doch endlich mal stehen!«

Der Bischof unterbrach seine Wanderung, sah sie herausfordernd an, schwieg jedoch.

So sieht also ein fahnenflüchtiger Bischof aus, dachte Miriam, ein Bischof, der die Brocken hinschmeißen will. Schließlich gab sie sich einen Ruck: »Dann sag mir mal, was jetzt werden soll, Jo?«, sagte sie. »Hast du vergessen, dass du es geschafft hast, fast alle in Makomba für den Aids-Test zu gewinnen? Hast du vergessen, dass du so wichtige Leute wie Harari überzeugen konntest, von ihrem Voodoozeug abzusehen und die Hilfe zu akzeptieren. Aids-Tests! Du hast es geschafft, dass die Leute zu den Tests kommen! – Ich kann nicht verstehen, warum du deine Arbeit auf einmal aufgeben willst?«

Jo schwieg immer noch, doch er setzte sich auf die nächste Bank. Dort schwieg er weiter und fixierte sie missmutig.

»Oder schmeißt du vielleicht die Brocken hin, weil eine alte Frau anderer Ansicht ist, was den Tod von zwei Vergewaltigern angeht? Das kann ja wohl nicht sein!«

Jo wusste nichts zu antworten. Stattdessen starrte er

jetzt auf den Altar, an dem er morgen seinen schwarzen Schafen die Frohe Botschaft verkünden würde.

»Oder geht es einfach doch nur um dich? Bist du vielleicht persönlich beleidigt?! Deine Mutter hat behauptet, du seist ein seltsamer Egomane. *Sozialegomane* hat sie gesagt. Stimmt das tatsächlich? Kann es ein, dass sie Recht hat, Herr Bischof Mallinger?«

Nach einer Weile ergriff sie seine Hand und sagte: »Durch dich habe ich so viel begriffen, Jo. Ich bitte dich. Erinnerst du dich? Als ich in diesem Pick-up saß und alles noch einmal hochkam: Weißt du noch, was du da zu mir gesagt hast?«

Jo schüttelte den Kopf.

»Du musst nicht aufhören zu hoffen, dass man sie findet, hast du gesagt, du musst nur aufhören, täglich damit zu hadern, dass man sie noch nicht hat. – Sagt dir das was, Jo?«

Er stand abrupt auf. »Das finde ich wunderbar, Miriam. Du hast dich für Afrika entschieden. Für Südafrika mit all seinen Widersprüchen. Ein Entschluss von großer Tragweite. Er wird dein Leben grundlegend verändern.«

»Verdammt noch mal, Jo! Ich hab' mich nicht für Südafrika ›mit all seinen Widersprüchen‹ entschieden! Du bist hier nicht auf deiner Kanzel! Ich hab' mich für dich entschieden! Und für Afrika!«

Sie hielt schwer atmend inne und ließ die Worte, die sie da eben geäußert hatte, gedanklich noch einmal Revue passieren. Ja, es stimmte, was sie da gesagt hatte. Und es fühlte sich gut an.

»Ich… ich kann nicht«, murmelte Jo nach einem lastenden Moment des Schweigens. »Ich kann nicht.«

Miriam machte auf dem Absatz kehrt und ging ohne ein weiteres Wort davon.

Das Open-Air-Festival im Namen Gottes wurde ein großer Erfolg für den Bischof. Er hatte einen schönen Gottesdienst zelebriert. Die Gläubigen hatten zu ihm aufgesehen. Hatten die Botschaft des Herrn vernommen. Und er hatte eine einfühlsame Predigt gehalten – über Aids. Diese Ansprache passte zwar irgendwie nicht zur religiösen Begeisterung der Menschen, die gleich danach zu den Trommeln und Gesängen ihrer Musiker tanzten, aber es waren so viele Menschen gekommen, dass sie eine große Wirkung erzielen würde. Er hatte den Tiefschlag Gottes weggesteckt. Der junge Schwarze vorgestern im Straßendreck – und all der Rest, der sein Leben zurzeit zu einer Mischung aus Achterbahn und Geisterbahn machte –, all das gehörte zum Alltag von Südafrika.

Bischof Mallinger ist wieder an Deck, Gott, dachte er, als er sich nach der Predigt erschöpft auf einen Stuhl hinter dem Altar setzte, ein Ort, an den die Gläubigen, die jetzt begannen, zu den Trommeln und Gesängen ihrer Musiker zu tanzen, nicht gehen würden.

Dafür kam Carl Houwer zu ihm. Ausgerechnet Carl Houwer. Wenn er in diesem Moment überhaupt auf einen Menschen gewartet hätte, dann wäre es Miriam Steiner gewesen. Aber Miriam war nicht zum Fest erschienen.

Der Bauunternehmer ist anscheinend sentimental gestimmt, zumindest stören ihn die tanzenden *Neger* nicht, dachte Jo voller Sarkasmus. Er erzählte ihm leutselig, dass er nach dem Tod seiner Frau, der ihn sehr getroffen hatte, wohl verlernt habe, einen Menschen wirklich zu lieben. Und dadurch, erläuterte der Bauunternehmer, habe er womöglich die letzte Chance seines Lebens verpasst, so etwas wie ein erfülltes Leben zu führen. Jo war klar, wen er mit der letzten Chance meinte: Anina Thulani, die schwarze Anwältin, die Houwer kürzlich verlassen hatte.

Damit ging der Mann, der Blechhütten auf verseuchte Mülldeponien baute, wieder davon. Jo fand seinen Auftritt unpassend und im Grunde widerlich. Wieso hört dieser Mensch nicht einfach auf, Blechhütten auf verseuchte Mülldeponien zu bauen? Wie krank kann ein Mensch eigentlich sein?

Er saß eine Weile nachdenklich auf seinem Stuhl und hörte der Musik der Schwarzen zu. Ein weißer Bischof in einer imaginären Kirche in vollem Ornat bei großer Hitze, und rund um ihn herum feierten freundliche und leichtgläubige Menschen ein Fest zu Ehren Gottes, von dem sie annahmen, er würde das irgendwie zur Kenntnis nehmen.

Was hatte Houwer noch mal gesagt? Er hatte es schon wieder vergessen. Aber irgendwas von dem, was er gesagt hatte, rumorte plötzlich in ihm.

Er zog sein goldenes Ornat aus, legte seine Bischofsmütze ab und schlich sich gewissermaßen davon, nur im violetten Unterkleid eines Bischofs der anglikanischen Kirche, der gerade ein großes Kirchenfest zelebrierte.

Unbehelligt erreichte er seinen Jeep, stieg ein und fuhr los.

Er fand Miriam am ersten Ort, an dem er suchte, weil

es der nächste war. Sie saß tatsächlich in der Schwarzenschule in Philadelphia und las in irgendwelchen Lehrbüchern.

»Was ist?«, fragte sie, ohne aufzublicken, als er den Raum betrat. »Lass mich mit dem blöden Kirchenfest in Ruhe, Mango. Ich geh' da nicht hin.«

»Auch nicht, wenn ich dich darum bitte?«

Sie blickte erschrocken auf.

Jo hielt ihr seine Hand hin.

»Was soll das bedeuten?«, fragte sie, doch es war eine überflüssige Frage. Sie konnte es in seinen Augen sehen. Jetzt musste er es nur noch sagen.

»Komm mit«, sagte er. »Fahren wir ein Stück.«

Sie nahm seine Hand und folgte ihm. Dann stiegen sie in seinen Jeep und fuhren los.

»Wo fahren wir hin, Jo?«, fragte sie, als sie aus Philadelphia hinausfuhren. »Und was ist mit dem Kirchenfest?«

»Sie tanzen. Sie freuen sich. Sie preisen den Herrn. Es geht ihnen heute gut, meinen Schafen. Sie werden eine Stunde ohne mich zurechtkommen. Ich bin schließlich kein Sozialegomane.«

Miriam schmunzelte. »Und wo fahren wir hin?«, wollte sie dann wissen.

»Überallhin, könnte ich jetzt sagen. Aber so ist es nicht. Ich bin der Uzimvubu. Und das werde ich bleiben. Ich fahre mit dir hier über diese rote Staubstraße, weil ich …« Er brach ab und starrte durch die Frontscheibe.

»Weil du was?«

»Nun ja, ich meine …«

»Zum Teufel, Jo – was meinst du denn?!«

»Du sollst nicht fluchen«, entgegnete er. »Das steht irgendwo in der Bibel.«

»Ach, tatsächlich? Das steht in der Bibel? Steht da sonst auch noch irgendwas, was Sie mir mitteilen möchten, Herr Bischof?«

Jo suchte nach einer passenden Stelle in der Bibel und musste gleichzeitig feststellen, dass er im Umgang mit Frauen wohl nicht der Geschickteste war. Aber er war der Bischof, und das war ja auch was. Plötzlich hatte er das Gefühl, als liefen ihm Schweißperlen über die Stirn, und er wischte unwillkürlich mit der Hand darüber.

»Du schwitzt überhaupt nicht«, sagte Miriam amüsiert. »Stell dich nicht so an, Bischof. Steht da nicht noch etwas in der Bibel, was du mir sagen könntest?«

»Ich weiß nicht«, antwortete er. »Ich bin nicht besonders bibelfest, aber ...«

»Aber was?«

»Könntest du dir vorstellen, die Frau eines Uzimvubus zu sein?«

Jetzt würde ich ihn gern küssen, dachte Miriam. Aber bei dem Tempo, mit dem der Bischof über die staubige Schotterpiste fuhr, wollte sie lieber damit warten, bis er irgendwo anhielt.